कभी गाँव, कभी कॉलेज

(उपन्यास)

कभी गाँव, कभी कॉलेज

अगम जैन

हिन्द युग्म

ISBN: 978-93-92820-55-7

प्रकाशक :
हिंद युग्म
सी-31, सेक्टर-20, नोएडा (उ.प्र.)-201301
फ़ोन- +91-120-4374046

मुद्रक : थॉमसन प्रेस
कला-निर्देशन : विजेन्द्र एस विज

पहला संस्करण : जुलाई 2022
दूसरा संस्करण : अगस्त 2022
चौथा संस्करण : फ़रवरी 2025
मूल्य : ₹199

Kabhi Gaanv Kabhi College
A novel by *Agam Jain*

Published By
Hind Yugm
C-31, Sector-20, Noida (UP)-201301
Phone- +91-120-4374046
Email- sampadak@hindyugm.com
Website- www.hindyugm.com

First Edition : Jul 2022
Second Edition : Aug 2022
Fourth Edition : Feb 2025
Price : ₹199

उन सभी शूरवीरों को,
जिन्होंने अँग्रेज़ी माध्यम की पढ़ाई भी शुद्ध हिंदी में की है...

1

चिलोंटाजी की डिस्टेंपर की दुकान थी जिस पर वह किराना बेचते थे। उनका ध्येय वाक्य था- 'जो बिके सो बेचो।' कहते थे कि जब से गाँव के पास कॉलेज आया है तब से फ़ोटोकॉपी डालने का भी सोच रहे हैं। फिर गली किनारे बैठे कुत्ते पर पान थूकते हुए गरियाते थे कि उनकी अँग्रेज़ी थोड़ी फिसड्डी है, पता नहीं चलता कि पन्ना सीधा किस तरफ़ से है और उल्टा किधर से।

इन्हीं चिलोंटाजी के मार्फ़त सुनील का एडमिशन कॉलेज में हुआ था। हुआ यूँ कि डीन साहब कॉलेज के शुरुआती दिनों में घर की पुताई के लिए इनसे डिस्टेंपर लेने आए। चिलोंटाजी ने माल तो महँगा बेचा ही, डीन साहब को एडमिशन की एक नयी स्कीम भी बता दी। वह बोले कि गाँवों में आपकी पकड़ नहीं है। आप सिर्फ़ अख़बार से प्रचार कर रहे हैं लेकिन गाँव में अख़बार अलमारी में बिछाने और समोसे खाने के काम आता है। आप ऐसा करिए कि हमें हर एडमिशन का पाँच हज़ार रुपये दे दीजिए और सीट भरते जाइए। डीन साहब मान गए।

बस फिर क्या था! चिलोंटाजी ने दो आदमी लगा दिए। एक गाँव घूमने के लिए और एक कॉलेज के गेट पर। गाँव घूमने वाला आदमी गाँव-गाँव जाकर वहाँ के प्रधानों से सौदेबाज़ी करता और दूसरा, कॉलेज के गेट पर आए हुए छात्र को सीधे एडमिशन ना लेने देकर चिलोंटाजी के मार्फ़त दिलवाता।

डीन साहब चेंबर में बैठकर चिलोंटाजी पर गर्व महसूस करते थे। उन्हें यही लगता था कि यह चिलोंटा नहीं होता तो कॉलेज चपरासियों की पगार भी ना दे पाता और चिलोंटाजी को भी यही लगता था। दोनों के ख़याल बहुत मिलते-जुलते थे।

चिलोंटाजी अपनी इस तरकीब को 'शिक्षा के क्षेत्र में आवश्यक हस्तक्षेप' कहते थे। उनकी सोच थी कि जब तक शिक्षा में पैसा नहीं होगा तब तक शिक्षा

उन्नत नहीं हो सकती। प्राचीन काल की गुरु दक्षिणा और अभी की फ़ीस में कोई अंतर नहीं है। बस वह कोर्स कराने के बाद में लेते थे और उनकी ग़लती से सीखकर हम शुरुआत में लेने लगे हैं।

सुनील पास के गाँव धरमगंज के प्रधान का बेटा था। इस गाँव का नाम उन बूढ़े डाकुओं ने रखा था जो डाका डालने लायक़ नहीं बचे थे। जीवन के अंतिम पड़ाव पर कुछ और नहीं कर पा रहे थे इसलिए धर्म करने लगे थे। बस इसी कारण गाँव का नाम 'धरमगंज' हो गया था।

12वीं तक सुनील के दोस्त परीक्षा में उसे पासबुक के पर्चे फाड़कर देकर आते थे। आस-पास बैठे लड़कों को भी कुछ काग़ज़ दे आते थे और 'सर्वे भवंतु सुखिनः' के सुभाषित के आधार पर परीक्षक को भी पेट्रोल का दो सौ रुपये दे आते थे।

अब सुनील गाँव के स्टैंडर्ड से शादी करने लायक़ हो गया था। गाँव की वर्षा ने तो अपने पिताजी के हाथों रिश्ता भी भेज दिया था। वर्षा के पिताजी मिठाई का डब्बा तो रख आए परंतु वर्षा की फ़ोटो उनकी जेब में ही रखी रह गई। एक छोटी-सी भूल और हो गई कि वह रिश्ते की बात करना भी भूल गए।

ख़ैर, जब चिलोंटाजी प्रधान जी के सामने बैठे, शाम का समय था। प्रधान जी बनियान के नीचे से पेट का मैल निकाल रहे थे और चिलोंटाजी उनके हाथों के मैल की फ़िराक़ में थे।

सुनील को उन्होंने बहुत समझाया कि अच्छा पढ़ोगे तो आगे बढ़ोगे, शहर में नौकरी लगेगी। लेकिन सुनील को डिग्री से ज़्यादा अपने बाप की प्रधानियत पर भरोसा था।

फिर बोले टाई-वाई पहनकर एसी कमरे में पढ़ोगे तो विदेश जैसा लगेगा। लेकिन सुनील बहुत देसी आदमी था। मोटरसाइकिल भी उसके पास राजदूत की थी और डिओडरेंट की जगह नवरत्न का पाउडर ख़ाली करता था। उसने तुरंत अँग्रेज़ी मीडियम की पढ़ाई को दुत्कार दिया।

चिलोंटाजी हताश होकर जा ही रहे थे कि तभी उन्हें कुछ याद आया। सुनील से बोले कि अच्छी लड़की पाने के लिए डिग्री लगती है आजकल। शादी के कार्ड में तुम्हारे नाम के आगे ब्रैकेट में 12वीं पास थोड़े लिखेंगे। शहर की लड़की को गाँव लाना इतना सरल नहीं है। सुनील ठहरा ठेठ देसी आदमी, यहाँ मात खा

गया। शहरी लड़की को ज़िंदगी भर गोबर की ख़ुशबू और चेहरे पर मिट्टी की परत की सौग़ात देने के लिए उसने यह क़ुर्बानी दी और कॉलेज में एडमिशन लेने के लिए हामी भर दी। दान स्वरूप अपने पाँचों दोस्तों की फ़ीस भी अपने पिताजी से दिलवा दी। सुनील की सोच थी कि पढ़े-लिखे दूल्हे की शादी में गाँव छाप दोस्त नाचेंगे तो अच्छा नहीं लगेगा।

2

विवेक बहुत अच्छा लड़का था। कम-से-कम उसकी माँ का तो यही सोचना था। उनका कहना था कि विवेक का आईआईटी में दो बार फ़ेल होना आईआईटी का ही नुक़सान है।

विवेक के चरित्र का पता उसके मोबाइल से चलता था। उसके पास कीपैड वाला फ़ोन था और उसमें पासवर्ड भी नहीं लगा था। विवेक ने दैनिक भास्कर के बुधवार संस्करण में पढ़ा था-'एक लक्ष्य रखो, बड़ा लक्ष्य रखो।' इस चक्कर में आईआईटी के अलावा किसी और परीक्षा का फ़ॉर्म भरा नहीं और जिस परीक्षा का भरा था उसमें हुआ नहीं।

विवेक को नये कॉलेज के बारे में कूड़ेदान से पता चला। सुबह जब सफ़ाई कर्मचारी उनके जन्मसिद्ध अधिकार के मुताबिक़ हड़ताल पर गए तब पड़ोसी के पालतू कुत्ते की विष्ठा छपा अख़बार उड़कर विवेक के पास आया। उसी से इस कॉलेज के बारे में पता चला।

कॉलेज का साल पहला था लेकिन जब विवेक कॉलेज के लिए रवाना हुआ, उसकी माँ ने सबको बताया कि कॉलेज का प्लेसमेंट सौ परसेंट से भी ज़्यादा है।

हालाँकि विवेक का सीधे भी एडमिशन हो सकता था लेकिन उसने चिलोंटाजी के माध्यम से करवाया। हुआ यूँ कि जब वह मेन गेट पर पहुँचा तब उसे पता चला कि कॉलेज के पास के गाँव से एडमिशन हो रहे हैं। मेन गेट वालों को तो छोड़ो, एडमिशन विभाग वालों को भी नहीं पता था कि यहाँ सीधे एडमिशन हो रहे हैं। सब वाया चिलोंटाजी होकर ही वहाँ पहुँचते थे।

चिलोंटाजी ने विवेक के एडमिशन में इतनी मदद की कि उसके पास कॉलेज के हॉस्टल की फ़ीस तक नहीं बची। उसकी व्यवस्था भी चिलोंटाजी ने कर रखी थी। उनमें कौरवों और पांडवों दोनों के गुण विद्यमान थे। कॉलेज से

एक किलोमीटर दूर गाँव के पुराने स्कूल में उन्होंने चार कमरे किराए पर चढ़ा दिए। और उनमें 16 लड़के भर दिए।

विवेक को जो कमरा मिला उसमें हवा की पूर्ण व्यवस्था थी क्योंकि कमरे में गेट नहीं था। सुगंध-दुर्गंध से युक्त वातावरण था। सुगंध उसके रूममेट द्वारा जलाई अगरबत्ती की और दुर्गंध पास में लगे नाले की। विवेक ने सामान उतारकर मन-ही-मन एक हुंकार भरी मानो अब वह कुछ करना चाहता था। आईआईटी की असफलताओं को वह पीछे छोड़ चुका था। अब यही उसके साथी थे और ये कॉलेज ही उसके लिए आईआईटी।

सुलोचन, विनय और चैन सिंह- ये उसके रूममेट थे। उनके नाम ही ज़मीन से जुड़े हुए थे। विवेक की कहानी कोटा के अनय, रॉबिन और अथर्व से सुलोचन, विनय और चैन सिंह तक आ गई थी। अगरबत्ती जलाने वाला सुलोचन था। मान्यताओं में उसकी बड़ी मान्यता थी। कमरे की चारों दीवारों पर उसने स्वास्तिक बना दिए थे।

चैन सिंह अपने स्कूल का गुंडा रह चुका था, ऐसा वो सबको बताने का सोचकर कॉलेज आया था। लेकिन वो इस बात को छुपाकर रखना चाहता था कि उसके बाबूजी और मास्टरजी उसकी कितनी सुताई करते थे। हवाबाज़ी और बकवास करना उसका हुनर था। हर ओखली में सर देकर मूसल पड़ने पर डर के बारासिंगा होना उसकी पुरानी आदत थी।

विनय दिखने में सभ्य और डरपोक था। विवेक को विनय को देखते ही एक अपना-सा लगा। विवेक तीनों से परिचय का आदान प्रदान कर अपना सामान जमाने में जुट गया।

विवेक पहले दिन से ही पढ़ाई शुरू करना चाहता था। उसने किताब निकालकर जैसे ही पढ़ना शुरू किया, एक ऐसी घटना घटी जिसके लिए विवेक को छोड़कर पूरा गाँव तैयार था-लाइट चली गई।

3

कॉलेज का पहला दिन था। विवेक सूट पहनकर तैयार हुआ था। सुलोचन माथे पर चंदन लगाए और हाथ में विभिन्न प्रकार के धागे बाँधकर चप्पल पहने हुए सामने आ गया। सुलोचन बहुत सीधा लड़का था। उसको कहो कि बाहर भूत है तो वह मान लेता था। वह श्मशान को मुर्दों का एयरपोर्ट कहता था। टचवुड में उसका इस हद तक विश्वास था कि एक छोटी लकड़ी जेब में रखकर घूमता था।

चैन सिंह टी-शर्ट और जीन्स में प्रकट हुआ। उसका सोचना था कि किसी को भी उसकी ज़रूरत से ज़्यादा भाव नहीं देना चाहिए। वह लोगों के सिर्फ़ तब तक मुँह लगता था जब तक उसे उधार ना मिल जाए। वह उधार वापस माँगने वालों से बहुत नफ़रत करता था। कहता था कि उसका बस चले तो उधार वापस माँगने वालों को कारावास की सज़ा दे दे। विवेक को देखकर चैन सिंह ने कहा कि कॉलेज उसके सूट के लायक़ नहीं है। कॉलेज में वह दूल्हा लगेगा और संभावना है कि कोई लड़की उसके गले में माला डाल देगी। बहरहाल विवेक ने चैन सिंह को ज़रूरत से ज़्यादा भाव देना उचित न समझा।

विनय सुलोचन जितना साधारण भी नहीं था और चैन सिंह जितना असाधारण भी नहीं। वह हिंदी मीडियम की पैदाइश था, उसमें भी शुद्ध लड़कों वाले विद्यालय की पैदाइश, जिसने आज तक किसी लड़की से बात नहीं की थी। दुकानदार भी यदि कोई लड़की रही हो तो उसने वहाँ से कभी सामान नहीं ख़रीदा था, उसके फेफड़े फड़फड़ाने लगते थे। वह कॉलेज जाने को लेकर थोड़ा नर्वस था। पसीना सिर से सरककर चश्मे पर अठखेलियाँ कर रहा था।

चारों जब कॉलेज के लिए निकले तब धूल का झोंका मारते हुए एक ट्रैक्टर उनके बाजू से निकला। चैन सिंह ने ट्रैक्टर को गरियाने की कोशिश की लेकिन ट्रैक्टर वाले ने साउंड बॉक्स की आवाज़ बहुत तेज़ कर रखी थी।

कॉलेज के लगभग एक किलोमीटर के रास्ते में बड़ी नुमाइश थी। कुछ घर थे जहाँ बूढ़े लोग सुबह से हुक्का पी रहे थे। उनका सोचना था कि अब नहीं पीएँगे तो भी मरना ही है। थोड़ा आगे चलकर एक तालाब था और तालाब से पुलिस चौकी और श्मशान घाट दोनों लगे हुए थे। पहले वहाँ अकेला श्मशान घाट ही था। जब नयी चौकी बनने की बात शुरू हुई तो गाँव के प्रधान ने सर्वसम्मति से यह सुझाव दिया कि पुलिस की चौकी गाँव से थोड़ा बाहर रहेगी तो गाँव की जनता ज़्यादा सुरक्षित रहेगी। आईजी साहब भी सहमत हुए। उनका सोचना था कि शमशान और पुलिस चौकी में कई समानताएँ हैं। लोग दोनों ही जगह जाना नहीं चाहते। दोनों ही जगहों से डरते भी हैं। कुछ मान्यताओं के मुताबिक़, भूत दोनों ही जगह पाए जाते हैं। दोनों ही जगह जाते सब हैं लेकिन लौटने में कोई-न-कोई कम हो जाता है। दारुण क्रंदन और रुदन दोनों ही जगह सुना जा सकता है।

चौकी के हेड साहब बड़े धार्मिक थे। चौकी में कम और तालाब में ज़्यादा रहते थे। तालाब में डुबकी लगाने से पाप धुलते हैं ऐसा उनका मानना था और पुलिस वाले के पाप बहुत होते हैं इसलिए उन्हें डुबकी की ज़्यादा ज़रूरत होती है। डुबकी लगाने में व्यस्त होने से कभी-कभी चौकी से ही चीज़ें चोरी हो जाती थीं। हेड साहब इसे भी अपने पापों का फल समझकर तालाब में डुबकी लगाने चले जाते थे।

वहाँ से थोड़ा आगे चलकर बस स्टैंड था। वहाँ कोई स्टैंड नहीं था, सिर्फ़ ड्राइवर गाँव से थोड़ा दूर बस को रोकते थे इसलिए वहीं स्टैंड बन गया था। कुछ वर्षों पहले होली पर चिलोंटाजी के बड़े भाई के लड़के ने भाँग पीकर बसों पर पथराव कर दिया था तभी से ड्राइवरों ने गाँव की बस रोकने को लेकर बग़ावत कर दी थी। बस स्टैंड के आगे कुछ पंचर की दुकानें थीं जिनके मालिक कॉलेज खुलने के बाद ढाबा भी चलाने लगे थे। पीछे गाय के तबेले पर भी खपरैल डालकर उसे कॉलेज के दो बच्चों को किराए पर चढ़ा दिया था। ये सब पार करके चारों कॉलेज में दाख़िल हुए।

4

महिमा अँग्रेज़ी मीडियम में पढ़ी थी लेकिन अँग्रेज़ी सिर्फ़ दिखावे के लिए ही बोलती थी। क़ायदे से न उसकी हिंदी अच्छी थी न इंग्लिश। दिखने में अच्छी थी लेकिन बस दिखने में ही अच्छी थी।

हँसते हुए पिताजी को कहकर कॉलेज आई थी कि अच्छे से पढ़ाई करूँगी और पिताजी ने भी हँसते हुए टॉप करने का आशीर्वाद दिया था। यह एक सामाजिक प्रथा थी जिसे निभाना ज़रूरी था। अकथ्य सच्चाई दोनों जानते थे।

चूँकि कॉलेज के ही हॉस्टल में महिमा को रहना था इसलिए उसने आवश्यकता के अलावा भी कुछ शॉपिंग की। महिमा के साथ ही उसके पिताजी को भी दिखावे में बहुत विश्वास था। कॉलेज की हिस्ट्री तो उन्हें पता नहीं थी लेकिन जब कॉलेज देखने गए थे तो दिखने में अच्छा था। उनका सोचना था कि इस कॉलेज में वह सब कुछ है जो उनके कॉलेज में नहीं था। गर्ल्स हॉस्टल, लाइब्रेरी, फ़ैकल्टी के लिए स्टाफ़ रूम आदि। जिस कॉलेज को घूमने में थकान हो जाए वह अवश्य ही अच्छा होगा, यह सोचकर महिमा का एडमिशन करा दिया। कॉलेज के पहले दिन जब महिमा ऑडिटोरियम में आई तो लोगों की आँखें अटक गईं। बच्चे तो बच्चे, कई शिक्षक भी सहम गए। वो कोसने लगे कि उनकी पढ़ाई के दौरान ऐसी घटना क्यों नहीं घटी!

विवेक, सुलोचन, चैन सिंह और विनय जब से कॉलेज में घुसे थे सब कुछ बदला-सा लग रहा था। धोती-कुर्ता-पगड़ी पहने लोगों की भीड़ की जगह टाई-शर्ट-पैंट पहने जेंटल महानुभावों ने ले ली थी। माहौल में ठेठ देसी हिंदी की जगह अँग्रेज़ी की सी सुगंध आने लगी थी। मटके से वॉटर कूलर, दरी से बेंच, समोसे से पैटीस तक का ये सफ़र कॉलेज की दहलीज़ लाँघने भर पूरा हो गया था। ऐसा लग रहा था मानो मध्यकालीन युग से निकलकर सीधे आधुनिक भारत में आ गए हों।

कॉलेज के बच्चों में दो तरह की प्रजातियाँ थीं। एक का नेतृत्व सुनील कर रहा था जो कि गाँव के जागीरदारों की स्वतंत्र संतानें थीं और वो 'थैंक यू' का जवाब भी 'अरे क्या बात कर दी!' बोलकर देते थे। और दूसरी तरफ़ महिमा की प्रजाति थी जो कॉलेज की अदाओं पर फ़िदा होकर आ गए थे लेकिन ये नहीं जानते थे कि वहाँ घोड़े पर गधा बैठा हुआ था।

महिमा जैसे ही विवेक की पास वाली सीट पर आकर बैठी, विवेक कॉलेज के सभी पुरुषों का सामूहिक दुश्मन बन गया। विवेक की हर हलचल पर कई आँखें टिक गईं। विवेक इतना नर्वस हो गया कि उसने चैन सिंह के साथ सीट अदला-बदली कर ली।

महिमा भी जानती थी कि सबकी निगाहें उसकी ओर हैं लेकिन विवेक का सीट बदलना उसके पल्ले नहीं पड़ा। आज तक ऐसा कभी नहीं हुआ था। स्कूल में बच्चे दो-दो घंटे पहले आकर महिमा के पास वाली सीट चुनते थे।

ख़ैर, डीन सर का भाषण शुरू हुआ। उन्होंने एक भारतीय की तरह शुरुआत इंग्लिश में की लेकिन जल्दी ही हिंदी पकड़ ली। उनकी इस कॉलेज को लेकर बहुत अपेक्षाएँ थीं। वह अपने रिटायरमेंट के लिए यहाँ से अच्छा प्रॉफ़िट बनाना चाहते थे। उनके घर के गार्डन में झूला भी नहीं लग पाया था जो कि बच्चों की अगले महीने की फ़ीस से लगना था। उन्होंने वे सभी बातें कीं जो वह लिखकर लाए थे। शिव खेड़ा की बड़ी-बड़ी बातें वह लिखकर लाए थे। 'महान व्यक्ति कुछ अलग कार्य नहीं करते, बस उसी कार्य को अलग ढंग से करते हैं'- इसको उन्होंने गाकर सुनाया। वह इसी कार्य को अलग ढंग से करना चाहते थे।

दुष्यंत कुमार की पंक्ति 'एक पत्थर तो तबियत से उछालो यारो' भी उन्होंने वाक़ई एक पत्थर उछालकर सुनाई। वह पत्थर फ़ोटोग्राफ़र के ऊपर गिरा जिसने बदले में डीन साहब की नाक में उँगली डाले हुए फ़ोटो खींची और सबको भेज दी।

डीन ने अंत में कहा, "देखिए बच्चो, इन तीन वर्षों में हम आपको तीन साल बड़ा कर देंगे। नौकरी भले ही ना लगे, हम आपको नौकरी ढूँढने लायक़ बना देंगे। जो महँगी फ़ीस हम आपसे समय पर जमा करवाएँगे, उसका एक हिस्सा हम ज़रूर आप लोगों पर बुद्धिमानी पूर्वक ख़र्च करेंगे। आपको कभी भी मेरी आवश्यकता हो, ऑडिटोरियम के बाहर लगी सुझाव पेटी में अपनी शिकायत

डाल देना। महीने के अंत में जब पेटी खुलेगी तो आधी शिकायतें बासी हो जाएँगी और बाक़ी पर हम एक्शन लेते हुए ख़ारिज कर देंगे। ईमेल करने की ज़रूरत नहीं है क्योंकि लोग भावावेश में कुछ भी लिख देते हैं और फिर बाद में पछताते हैं।"

आधी-अधूरी तालियों की जबरन गड़गड़ाहट के साथ पहला दिन समाप्त हुआ। सभी ने उस ओर रुख़ किया जहाँ महिमा ने किया।

5

विवेक, विनय और महिमा एक ही क्लास में थे। विवेक ने जब सुबह कंघी करते वक़्त अपना चेहरा देखा तो वह तभी समझ गया था कि उसे महिमा की तरफ़ नहीं बहना है। यह बड़ी बात थी कि विवेक को अपनी औक़ात का अंदाज़ा जल्दी हो गया। अपनी औक़ात में रहना बहुत कठिन होता है। आमतौर पर औक़ात में ना रहने वाले लोग ही दूसरों को औक़ात में रहने की सलाह देते हैं। सामने वाला भी सलाह न मानता हुआ औक़ात में नहीं रहता है। हिंदुस्तान में सभी अपनी औक़ातों की हदों से कई किलोमीटर आगे जा चुके हैं। ऐसे में विवेक का अपनी औक़ात में रहना आश्चर्यजनक और क़ाबिले-तारीफ़ था।

विनय का बौद्धिक स्तर अभी इस हद तक पहुँचा ही नहीं था कि वह किसी लड़की को समझ भी सके। उसके लिए क्लास में सिर्फ़ लड़कों वाली बेंच ही भरी थी, लड़कियों वाली बेंच पर उसे ठूँठ दिखते थे।

क्लास मोटे तौर पर दो भागों में बँटी थी। एक तरफ़ थे कॉलेज के हॉस्टल के लड़के-लड़कियाँ। सब बाहर से बड़ी उम्मीदों के साथ कॉलेज में पढ़ने आए थे। दूसरी तरफ़ थे प्रतिदिन अपने घरों से आने वाली लड़के, जो विविध कारणों से लेकिन मुख्य रूप से चिलोंटाजी के अथक परिश्रम से यहाँ तक आए थे।

पहली नस्ल थोड़ी अँग्रेज़ों की तरह अनुशासित लगती थी और दूसरी फक्कड़ ज़िंदगी वाली थी। पहली नस्ल 'मे आई कम इन' बोलकर अंदर आती थी। दूसरी नस्ल इतनी मेहनत नहीं करती थी, बस अंदर आ जाती थी। पहली और दूसरी नस्ल इस मामले में बराबर थी कि दोनों के घर वालों के पास पैसा था और दोनों ही नस्लों के पास अक़्ल नहीं थी।

एक तीसरी जमात, जो कि अल्पसंख्यक थी, विवेक-विनय जैसे लोगों की थी। इनके घर वालों के पास उतना पैसा नहीं था। ये कॉलेज के बाहर से आते थे लेकिन एक तरह से हॉस्टल में ही रहते थे क्योंकि बाहर कमरा लेकर रहते

थे। ये पहली नस्ल जितने फक्कड़ भी नहीं थे और दूसरी नस्ल जितने अँग्रेज़ी विलासिता के भोगी भी नहीं। क़ायदे से विलासिता के भोगी सभी बनना चाहते हैं मगर जो विलासिता को कोसते हैं, वह भी अंगूर खट्टे हैं इसलिए।

पहली क्लास लेने जो प्रोफ़ेसर आए, उनका नाम सक्सेना सर था। उन्होंने आते ही वह हरकत की जो नहीं करनी चाहिए थी- उन्होंने पूरी क्लास को डाँटना शुरू कर दिया। एक बहुत प्राचीन सिद्धांत है- व्यक्तिगत डाँट से व्यक्ति ठीक होता है और सामूहिक डाँट में व्यक्ति मज़े लेता है। यदि आप पूरी क्लास पर झल्लाओगे तो सब ख़ुश रहेंगे क्योंकि सबको लगता है कि उसे छोड़कर बाक़ी लोगों के बारे में बात हो रही है। वैसे यह बच्चों का दिल जीतने का अच्छा तरीक़ा भी है। सबको वह क्लास याद रहती है और अमूमन जिस क्लास में पढ़ाई हो, बच्चे वह क्लास भूल जाते हैं। सक्सेना सर डाँटते रहते और बच्चे ख़ुश होते रहते।

डाँटने के बाद सक्सेना सर ने फिर एक ग़लती की। उन्होंने वो पूछ लिया जो कभी नहीं पूछना चाहिए था, "तुम बड़े होकर क्या बनना चाहते हो ?"

राकेश पिछली बेंच से बैठे-बैठे बोला, "सरपंच बनेंगे मास्साब।"

राकेश कॉलेज से 10 किलोमीटर दूर के गाँव के सरपंच का बेटा था। अगली बार की सरपंचई उसे लड़नी थी। लेकिन उसके गाँव में कोई पढ़ा-लिखा लड़का बाहर से पढ़कर आया था जो शायद गाँव को और अच्छा बनाने के नाम पर सरपंच का चुनाव लड़ना चाहता था। राकेश के पिता का कहना था कि ये सब बातें कहने में और पिक्चरों में ही अच्छी लगती हैं, वास्तव में जीतता वही है जो चुनाव वाले दिन हर बूथ पर अपने कार्यकर्ताओं को खड़ा करे। मतदाताओं के साथ कंधे से कंधा मिलाकर खड़े रहने का यह एक सांकेतिक नमूना होता है और यह सिर्फ़ नमूना ही रह जाता है।

चूँकि गाँव के पास ही कॉलेज खुला था तो सरपंच ने राकेश से कहा- 'जाओ, ज़रा सैर कर आओ।' फिर क्या, राकेश विज्ञापन पर छपी अँग्रेज़ी लड़की को देखकर एडमिशन ही ले आया।

जैसे ही राकेश ने 'सरपंच बनेंगे मास्साब' कहा, विवेक ने विनय को कॉपी के पीछे वाले पन्ने पर लिखकर पूछा-यह 'मास्साब' क्या होता है ? विनय ने लगभग पाँच मिनट तक पेन चलाया और संपूर्ण संदर्भ सहित व्याख्या कर दी। उसने बताया कि कैसे 'मास्टरसाहब' पहले 'मा. साहब' बना और फिर धीरे-धीरे

अँग्रेज़ी का 'मास्टर' हिंदी के 'मास्साब' में तब्दील हो गया। विनय ने उपसंहार करते हुए अपनी व्यथा भी व्यक्त की कि आज के ज़माने में मास्साब बस नाम के मास्साब रह गए हैं।

ख़ैर, राकेश के जवाब से सक्सेना सर के कॉमन सेंस के परखच्चे उड़ गए। उन्होंने सपने में भी नहीं सोचा था कि वो विज्ञान पढ़ा रहे होंगे और उनकी क्लास में एक लड़का इसलिए नोट्स बना रहा होगा क्योंकि उसका लक्ष्य सरपंच बनने का है।

बहरहाल, सक्सेना सर ने बात की सूई को क्लास के कपड़े में फँसाया और महिमा पर भी वही सवाल दाग़ा। महिमा पहली बार तो प्रश्न सुनकर हँस दी। बस! आधे लोगों का तो दिन वहीं ख़त्म हो गया। अब खाना-पीना नहीं चाहिए, आज का दिन तो उसकी मुस्कान याद करके ही निकाल लेंगे। महिमा की मुस्कान जंगल सफ़ारी के टाइगर की तरह निकली। जिसने देख लिया वह अपना जीवन सार्थक समझने लगे और जिनसे चूक हो गई वह अपने को जीवन भर माफ़ न करने का वकालतनामा ड्राफ़्ट करने लगे।

सक्सेना सर भी महिमा से फिर पूछने की ज़हमत नहीं कर पाए और आगे बढ़ने ही को थे कि महिमा ने बोला, "सर, बनना तो बहुत कुछ चाहते हैं लेकिन देखते हैं कि यह कॉलेज कहाँ ले जाता है!"

सक्सेना सर इतनी दार्शनिकता के लिए भी तैयार नहीं थे। उन्हें लगा था कि कोई सरल-सा उत्तर मिलेगा, जैसे कि अच्छी नौकरी चाहते हैं, कंपनी डालना चाहते हैं या प्रोफ़ेसर बनना चाहते हैं।

विवेक और विनय समझ रहे थे कि महिमा को ख़ुद नहीं पता है कि उसने क्या बोल दिया है। दुनियाभर की यही स्थिति है। आगे वही लोग बढ़े हैं जिन्हें नहीं पता कि वह क्या बोल गए! जो सोचते हैं कि क्या बोलना है वो सोचते ही रह जाते हैं।

सक्सेना सर सबसे आलसी प्रोफ़ेसर में से एक थे। उन्होंने पढ़ा था कि जो काम करते हैं ग़लतियाँ उन्हीं से होती हैं, अतः उनसे ग़लतियाँ ना हों इसलिए वो काम करना पसंद नहीं करते थे। क्लास में भी बच्चों से ही प्रश्न पूछकर और किताबों की रीडिंग लगवाकर सेमेस्टर ख़त्म करते थे। लेकिन आज उनके प्रश्न को फ़ुटबॉल की तरह यत्र-तत्र-सर्वत्र उछाला जा रहा था।

उन्होंने महिमा से प्रति-प्रश्न करने की बजाय आगे बढ़ना बेहतर समझा। उन्हें भय था कि कहीं क्लास को यह ना लगने लगे कि वह महिमा से ही बात किए जा रहे हैं और उन्हें ये भी समझ में नहीं आ रहा था कि महिमा के उस उत्तर पर क्या प्रतिक्रिया दी जाए।

सक्सेना सर ने वही प्रश्न विनय के खाते में उछाला। विनय ने बहुत ही हिचकते हुए उत्तर दिया कि वह साहित्यकार और कवि बनना चाहता है। सक्सेना सर को पहली बार सीधा जवाब मिला था, वह ख़ुश हो गए। लेकिन उनके अलावा विनय के उत्तर से कोई ख़ुश नहीं हुआ। आमतौर पर साहित्यकारों और कवियों से लोग ख़ुश रह भी नहीं सकते। आप कुछ भी करो, वो आपको विलेन रखते हुए ही कहानी-कविता बना देते हैं। हर रचना के हीरो वे स्वयं होते हैं। लेकिन जैसा वे लिखते हैं वैसा स्वयं कभी नहीं करते।

विनय को याद आया कि उसके आदर्श कवि ने शराब पीते-पीते 'नशा ख़राब है' लिखा था। और एक साहित्यकार को साहित्य पुरस्कारों के भ्रष्टाचार को उजागर करने वाली किताब पर 'साहित्य पुरस्कार' मिला था। कहते हैं कि पुरस्कार मिलने के बाद उनकी वह कृति बिकनी बंद हो गई और उन्होंने भी उस पर कोई टिप्पणी करने से किनारा कर लिया।

विनय के बाद विवेक का नंबर आया। उसने जवाब दिया कि उसने अभी तक कुछ नहीं सोचा है। वैसे देखा जाए तो यह सबसे ईमानदार उत्तर था। हिंदुस्तानियों को क्या बनना है, यह इस बात पर निर्भर होता है कि उन्होंने हाल ही में कौन-सी फ़िल्म या सीरीज़ देखी है। 'लगान' देखकर क्रिकेटर बनने की चाह रखने वाले 'दबंग' देखकर पुलिस बनने की तैयारी कर लेते हैं। 'मुन्नाभाई एमबीबीएस' देखकर डॉक्टर बनने और 'कोई मिल गया' देखकर एलियन बनने का भी ख़्वाब देखने लगते हैं। हिंदुस्तान का युवा इतना सब कुछ बनना चाहता है कि अंत में कुछ नहीं बन पाता। उसकी स्थिति उस महिला की तरह है जो सेल में बहुत आइटम सेलेक्ट करती है लेकिन अंत में ख़ाली हाथ घर वापस जाती है। सक्सेना सर ने यह जानते हुए भी कि उनको 30 साल तक की उम्र तक ख़ुद नहीं पता था कि क्या बनना है और ये मास्टर की नौकरी भी उनके अंकल की दिलाई हुई है, विवेक की बात पर अट्टाहास कर बैठे।

इस पर 'वोट देने की उम्र के लड़के को क्या करना है यह नहीं पता',

'भले ही चपरासी बनने का सपना हो लेकिन 18 की उम्र तक कोई-न-कोई सपना ज़रूर होना चाहिए', 'कल क्लास में तभी आना जब क्या बनना है यह कन्फ़र्म हो जाए' आदि बोलकर विवेक को भरसक ज़लील किया। सक्सेना सर के हिसाब से ज़लील होना आवश्यक है। सक्सेना सर ने जिन-जिन को ज़लील किया था, वो सभी आज कहीं-न-कहीं सेटल हैं। अन्य टीचर्स का कहना था कि सक्सेना जी ने जिन्हें ज़लील नहीं किया वो भी कहीं-न-कहीं तो हैं ही। लेकिन सक्सेना सर इस बात से इत्तेफ़ाक नहीं रखते। उनका कहना था कि जो ज़लील नहीं हुए वो अगर उनसे ज़लील हुए होते तो वे आज के कहीं-न-कहीं की जगह कहीं और कहीं-ना-कहीं होते।

विवेक की इस ज़िल्लत पर सिर्फ़ एक व्यक्ति नहीं हँसा, वह थी महिमा। क्योंकि वह सुन नहीं पाई थी कि विवेक ने क्या जवाब दिया था। क्लाइमैक्स उससे मिस हो गया था। दूसरा, वह इस सोच में थी कि यह वही लड़का है जो पहले दिन उसके पास से उठकर चला गया था। महिमा ने सोचा कि अगर उसे याद रहा तो वह एक दिन ज़रूर पूछेगी कि विवेक उठकर क्यों गया था।

6

रविवार की छुट्टी थी। विवेक, विनय, सुलोचन और चैन सिंह चारों चिलोंटाजी की डिस्टेंपर की दुकान से किराने का सामान ख़रीदकर लौट रहे थे। पसीने से तर जैसे ही कमरे पर पहुँचे, लाइट चली गई। गाँव की लाइट चिड़िया की तरह थी, थोड़े समय ठहरती थी और फिर उड़ जाती थी। वापस कब आएगी, कितनी देर के लिए आएगी, इसका कोई ठिकाना नहीं रहता था।

चैन सिंह के दिमाग़ी फ़ितूर में ख़याल आया कि तालाब में नहाकर इस गर्मी को चित किया जा सकता है। यह सुनकर विवेक और सुलोचन के मन में शंका उत्पन्न हुई। विवेक को शंका थी, क्योंकि पुलिस चौकी तालाब से सटी हुई है, थोड़ा-सा भय बना रहता है। कहीं संतरी ने आकर गरिया दिया तो कच्छे में उल्टे पैर भागना पड़ेगा।

लेकिन चैन सिंह का गणतंत्र में बहुत विश्वास था। उसने किताबी ज्ञान की हुंकार भरी कि सार्वजनिक स्थानों पर सबका समान अधिकार है और संतरी तो क्या, एसपी भी उसे वहाँ नहाने से नहीं रोक सकता।

ख़ैर, विवेक ने चुप रहना ही बेहतर समझा और तभी सुलोचन ने अपनी शंका दागी। इस शंका के सामने विवेक की शंका लघुशंका साबित हुई। सुलोचन का पूछना था कि वहाँ साबुन लेकर चलना है या मिट्टी से ही नहाएँगे? काफ़ी देर तक भीषण घमासान विमर्श होने के बाद अनेकांत के सिद्धांत को अपनाते हुए यह तय हुआ कि साबुन भी ले लिया जाए और जिन्हें मिट्टी में लोटना हो तो वैसा भी कर सकते हैं।

बढ़िया कपड़े पहनकर एसी क्लासों वाले कॉलेज में जाने वाले लड़के हाफ़ पैंट और बनियान में, हाथों में बाल्टी लिए जब तालाब की तरफ़ को कूच कर रहे थे तब ऐसा लग रहा था मानो शक्तिमान गंगाधर के भेस में आ गया हो।

तालाब में जब चारों नहा रहे थे, वहाँ एक और व्यक्ति डुबकियाँ ले रहा था।

ये न उनको जानते थे और न जानने के इच्छुक थे। इनकी अठखेलियाँ चढ़ती जवानी के जोश से भरी हुई थीं और उस व्यक्ति पर भगवान के प्रति अधेड़ावस्था वाला रुझान उमड़ रहा था।

हिंदुस्तान के तालाबों में कई कहानियों ने सदियों से डुबकी लगाई हैं और एक कहानी यहाँ भी बन रही थी। हुआ यूँ कि जिस समय उस व्यक्ति ने डुबकी लगाई तभी चैन सिंह ने भी अपने आप को पानी में फेंका। उस व्यक्ति और चैन सिंह का पहला आई कॉन्टेक्ट पानी के अंदर हुआ। चैन सिंह के शरारती दिमाग़ ने उस व्यक्ति को पानी के अंदर ही मुँह बनाकर चिढ़ाया और निकलकर बाहर आ गया। चैन सिंह अपनी बहादुरी का क़िस्सा सबको ऐसे सुनाया मानो शेर की मांद में जाकर सेल्फ़ी ले आया हो।

इन चारों ने तब तक वहाँ मटरगश्ती की जब तक गाँव की लाइट नहीं आई। उसके बाद जैसे ही यह कपड़े बदलकर वापस जाने को हुए, संतरी साहब चौकी से पधार गए। हाथ में भारी राइफ़ल लिए हुए, जिसके साथ अगर उन्हें तालाब में धक्का दे दिया जाए तो राइफ़ल उन्हें डुबोकर ही दम ले। संतरी ने उनको बताया कि चौकी पर हेड साहब उन्हें याद कर रहे हैं। विवेक ने चैन सिंह की तरफ़ इशारों में कहना चाहा कि देखा! वह सही था, चौकी के इर्द-गिर्द आना ही नहीं था। चैन सिंह के चक्कर में उसने उड़ता हुआ तीर ले लिया। चैन सिंह ने भी अपने इशारों में जवाब दिया कि वह सब सँभाल लेगा, डरने की ज़रूरत नहीं है।

लेकिन जैसे ही हेड साहब के सामने पेश हुए, चैन सिंह की सिट्टी-पिट्टी गुम हो गई। काटो तो ख़ून नहीं। यह तो वही व्यक्ति है जिसे चैन सिंह पानी के अंदर चिढ़ाकर आया था। चैन सिंह ने सेकंड में ही अपना भविष्य नाप लिया। उसको अभी से ही अपना शरीर सूजा हुआ और बदन में दर्द उठता दिख रहा था।

विनय, सुलोचन और विवेक भी जानी-पहचानी शक्ल देखकर सहम उठे लेकिन उनके रोंगटे वैसे खड़े नहीं थे जैसे चैन सिंह के। चैन सिंह के रोंगटे तो खड़े होकर कूद-फाँद मचा रहे थे।

हेड साहब धीरे से हँसे और उनसे पूछा कि क्या वे कॉलेज के विद्यार्थी हैं? उनमें से कोई जवाब देता उसके पहले ही संतरी बोल उठा कि जनाब! वही होंगे, गाँव के तो मालूम नहीं पड़ते। हेड साहब ने फिर चैन सिंह को आगे बुलाया। चैन सिंह को वे दो क़दम दो किलोमीटर के जैसे लगे। पाँवों में मानो हाथी का

पाँव समा गया था। हेड साहब ने चैन सिंह से पूछा कि वह पानी के अंदर क्या बताना चाह रहा था, पानी गंदा होने के कारण वह समझ नहीं पाए थे।

चैन सिंह की तो इंद्रियाँ काम ही नहीं कर रही थीं लेकिन विवेक, विनय और सुलोचन समझ गए कि हेड साहब यह नहीं समझ पाए हैं कि उनके साथ मज़ाक़ किया गया था। सुलोचन ने आगे बढ़कर तपाक से कहा कि सर वह डुबकी लगाने से होने वाले फ़ायदे पूछ रहा था।

हेड साहब का हेड डुबकी के नाम पर काम करना बंद कर देता था। यहाँ भी वही हुआ। उनकी 'डुबकी' की प्राण-प्रतिष्ठा हो रही थी। नये-नये कुँवारे लड़के भी डुबकी का मूल्य जानना चाह रहे थे। उन्होंने तत्काल अगले आधा घंटे के प्रवचन के लिए आसन जमाया और शुरू हो गए। चैन सिंह का चैन अभी तक लौट नहीं पाया था। पानी से निकालकर फिर से पानी में डाली गई मछली की तरह उसकी हालत थी। जान वापस आ रही थी लेकिन झटका बहुत गहरा था।

सुलोचन ने पूरा प्रवचन मन लगाकर सुना। 'बातों में आने' की कला थी उसमें। वह हर किसी की बातों में आ जाता था। एक बार उसे किसी ने कहा कि शमशान में एक आउट हुए बल्लेबाज़ की आत्मा बल्ला पकड़े घूमती है, तो वह शिद्दत से एक रात बॉल लेकर शमशान पहुँचा और ज़ोर-ज़ोर से आवाज़ लगाई कि तुम आउट नहीं थे, फिर से बैटिंग करने लौट आओ। सुलोचन का सोचना था कि शायद बैटिंग करके उसकी आत्मा को शांति मिलेगी। लेकिन ऐसा नहीं हुआ।

सुलोचन हेड साहब की बातों के कुकर में इतना पक गया था कि यदि सँभाला नहीं जाता तो वह तालाब में अपना घर बना लेता। हेड साहब भी सुलोचन से सबसे अधिक प्रसन्न हुए। हेड साहब हर उस व्यक्ति से प्रसन्न हो जाते थे जो उनकी बातों को ध्यान से सुनता था। उनको शहर से गाँव भेजा ही इसलिए गया था क्योंकि वहाँ थाने में वह प्रवचन देकर मामले निपटाने लगे थे। रिपोर्ट नहीं लिखी जा रही थीं। साहब का प्रवचन सुनकर आरोपी बरी हो रहे थे, मानो उनका उपदेश सुनना ही एक प्रकार की सज़ा थी।

सुलोचन को भी हेड साहब ने वरदान दिया कि उसे कोई दिक़्क़त हो तो बता सकता है और सुलोचन ने भी कैकेई की तरह वक़्त पड़ने पर ज़रूर बताने की बात कही। थाने से कमरे पर जाते वक़्त चैन सिंह की भरपूर खिल्ली उड़ाई गई। आज के बाद से वह शायद वह नहीं रह पाएगा जो होने का वह दावा करता था।

7

लगभग महीने भर में सुनील का ठेका जम चुका था। चार-पाँच निखट्टू तो वह अपने साथ ही लेकर भर्ती हुआ था कॉलेज में, चार-पाँच और उसके साथ जुड़ गए थे। सब एक ही बैच के थे लेकिन सुनील को 'भैया' बोलते थे। उनका कहना था कि उम्र भले बराबर हो लेकिन सुनील भैया के कर्म बहुत उत्कृष्ट हैं और आदमी जन्म से नहीं बल्कि कर्मों से महान बनता है।

कॉलेज की कैंटीन में और कॉलेज के गेट के बाहर लगे चाय के टपरे पर उसने अपना अड्डा बना लिया था। जब महिमा को और उसके साथ उठने बैठने वालों पर नज़र रखनी होती तब उसका कंट्रोल रूम कैंटीन होता और जब सभ्यता के तंबू से बाहर आकर चाय, कचोरी और सिगरेट जलानी होती तो गेट के बाहर के टपरे पर जाकर बैठता था।

कैंटीन में खाने के लिए उसके पास पैसा तो इफ़रात था लेकिन वहाँ का मैन्यू उसे समझ नहीं आता था। उसका सोचना था कि कैंटीन वाले ठग हैं। पानी में चाय पत्ती और बर्फ़ मिलाकर आइस टी 50 रुपये में देते हैं, चावल में पत्तागोभी के पत्ते और तेल डालकर फ्राइड राइस 80 रुपये में। चूँकि सुनील अनाप-शनाप चीज़ों में बहुत सोच-समझकर ख़र्च करता था इसलिए वो अंत में इस निष्कर्ष पर पहुँचा कि किसी चीज़ के नाम का अगर अँग्रेज़ीकरण कर दो तो वह महँगी हो जाती है। मिठाई को स्वीट्स कहने पर पैसा बढ़ना निश्चित ही है। गुरुजी को याद करने पर गुरु दक्षिणा याद आती है और उन्हीं को टीचर कहने लग जाओ तो ट्यूशन की फ़ीस। छुट्टी को याद करने पर गाँव याद आता है और वेकेशन को याद करने पर गोवा। बंदूक़ बोलने पर दुनाली याद आती है और गन बोलने पर राइफ़ल।

सुनील ने जबसे महिमा को देखा था उसने उसे धरमगंज के प्रधान की बहू बनाने का सोच लिया था। क्योंकि वह ख़ालिस हिंदी फ़िल्म देखकर बड़ा

हुआ था इसलिए महिमा के क़रीब आने के उसके तरीक़े भी हथकंडे जैसे लग रहे थे। उसने हर उस लड़के को धमकाया जिसने महिमा से बात की थी। जब सुनील ने कैंटीन पर काम करने वाले जीतू से महिमा को पिज़्ज़ा लेते हुए देखा तो एक झड़प तो उसकी वहाँ भी हुई। वो तो उसके चेले-चपाटों ने अपने भैया को समझाया कि ये आवश्यक कार्यों की श्रेणी में आता है। इसे रोकना महिमा भाभी के लिए भी अच्छा नहीं है। तब से सुनील ने अपनी लिस्ट में से सक्सेना सर, गार्ड, हॉस्टल के मेस इंचार्ज का नाम अलग किया।

सुनील ने एक बार महिमा को पिक्चर ले जाने के लिए भी कहा लेकिन महिमा ने मना कर दिया। उसका सोचना था कि वह पिक्चर अच्छी नहीं है।

जब सुनील ने सीधे महिमा को क्लास में जाने से बीच में रोककर कहा की डिग्री मिलने के बाद शादी करोगी क्या? तब महिमा का बल्ब जला कि कहानी क्या है! लेकिन उसने यह कहकर बात टाल दी कि जब डिग्री मिलने के बाद ही शादी करनी है तो फिर तब ही बात करेंगे।

बड़ी असमंजस की-सी हालत बन गई थी। सुनील का सोचना था कि महिमा डिग्री मिलने के बाद शादी के लिए राज़ी है। लेकिन सुनील के चपाटे गैंग के बीरबल समझे जाने वाले का कहना था कि महिमा ने उसे शादी के लिए मना कर दिया है।

अपनी डिग्री के पहले वर्ष में ही ब्रह्मचर्य आश्रम से गृहस्थ आश्रम में प्रवेश करने की इस व्यवस्था पर गहन मंथन चालू हो गया। पक्ष और विपक्ष में कई बातें हुईं। कुछ का कहना था कि क्योंकि यह बात सुनील भैया के मुख से साक्षात निकली है इसलिए वह सही है और कुछ का कहना था कि क्योंकि घर जाने में अभी समय है, इसलिए वाद-विवाद को आगे बढ़ाने की दृष्टि से सुनील भैया सही नहीं हैं।

आख़िर में ये तय हुआ कि महिमा पर डिग्री मिलने तक लगातार ऐसे ही नज़र गड़ाए रखना उचित होगा और चेले-चपाटे उनको भाभी कहकर ही संबोधित करेंगे ताकि महिमा की अभी से प्रैक्टिस हो जाए।

8

शाम चार बजे कॉलेज की छुट्टी होती थी। दिनभर कॉलेज में इतना पस्त हो जाते थे कि गाँव में रहने वाले सभी लड़के कोशिश करते थे कि उन्हें गाँव तक जाने के लिए कोई-न-कोई लिफ़्ट तो मिल ही जाए।

कभी-कभी खेत से गाँव को जाने वाले बाइक सवार भलमनसाहत में बाइक को रोक लें तो दो-तीन लोग एक साथ बाइक पर लद जाते थे। बाइक पर बैठे-बैठे बाइक सवार उन सबको बड़ा बेइज़्ज़त करते थे। कहते थे कि अगर डिग्री लेकर भी नौकरी ही करनी है तो हमारी किसानी उससे ज़्यादा भली है। और ये भी कि अगर बच्चों के बाप उनके कॉलेज की फ़ीस भर सकते हैं तो एक मोटरसाइकिल ख़रीद के क्यों नहीं दे सकते? और यह भी कि तुम लोग पहले अच्छे से पढ़े-लिखे होते तो अच्छे कॉलेज में होते। उनसे पूछो कि उन्हें कैसे पता कि यह कॉलेज अच्छा नहीं है तो कहते कि उनके गाँव के ही चिंटू को कॉलेज की केमिस्ट्री लैब में लगा रखा है। वह बच्चों और प्रोफ़ेसर–सब की असली औक़ात जानता है। ये भी कहते थे कि इलेक्ट्रिकल की लैब के इंचार्ज भी इलेक्ट्रिशियन हमारे गाँव से बुलाते हैं।

उनका यह भी कहना था कि कॉलेज में नौकरी कर रहे चिंटू सरीखे गाँव के लड़कों का मानना था कि कॉलेज में लड़के पढ़ने कम, और लड़कियाँ ताड़ने ज़्यादा जाते हैं। हालाँकि चिंटू ने भी एक बार ताड़ते हुए पानी के गिलास में एसिड भर दिया था लेकिन उसका सोचना था कि इतनी कठिन नौकरी में थोड़ा टाइम पास ज़रूरी है। लड़कों का क्या है? पढ़ाई करने आए हैं तो मन लगाकर पढ़ना चाहिए, टुच्ची हरकतों से बाज़ आना चाहिए।

लिफ़्ट देने वालों की सारी ज़िल्लतें लड़के लोग बाइक पर पीछे बैठे-बैठे पी जाते थे। चैन सिंह का कहना था कि उसका मन करता है कि कभी पीछे बैठे-बैठे ही बाइक वाले की कनपटी बजा दे। उसका मानना था कि लिफ़्ट देकर

कोई उपकार थोड़ी कर रहा है। यह तो मानवता का मूलभूत कर्तव्य है। चैन सिंह उस प्रजाति का था जो दूसरों से सहायता भी ले ले और धन्यवाद तो छोड़ो, सामने वाले को ये भी एहसास करा दे कि चैन सिंह ने सहायता लेकर उस पर उपकार किया है।

विनय का कवि हृदय बाक़ी सब तो सह लेता था लेकिन बाप द्वारा फ़ीस भरने वाली बात उसको चुभ जाती थी। उसका सोचना था कि लोगों को माँ-बाप तक नहीं जाना चाहिए। वह तो कविता-कहानियों में भी माँ-बाप तक नहीं जाता। भले ही बात सही हो लेकिन माँ-बाप का नाम आते ही वह भावविह्वल हो जाता था।

एक बार स्कूल में चार बच्चों के कविता पाठ में तीसरा स्थान प्राप्त करने पर जब उसे यह कहकर सर्टिफ़िकेट लेने बुलाया गया कि देखो! माँ-बाप ने कितना अच्छा सिखाया है तो विनय स्टेज पर ही नहीं गया। उसका सोचना था कि संचालक को माँ-बाप तक नहीं जाना चाहिए था।

ख़ैर, लड़के सारा ज़हर पी जाते थे क्योंकि मोटरसाइकिल पर वो लदे थे। अपने समय के आने का इंतज़ार करते थे जब उनके पास भी मोटरसाइकिल होगी और वो पीछे बैठने वालों को ऐसे ही बेइज़्ज़त करेंगे। ऐसे खुली आँखों से देखे गए सपने ही व्यक्ति को आगे बढ़ाते हैं।

ख़ैर, इस लिफ़्ट की झूमा-झटकी में सबसे ज़्यादा नुक़सान चिंटू को हुआ। चिंटू का कॉलेज में नाम चितरंजन था। शुरू में सभी बच्चे उसे चितरंजन भैया बुलाते थे लेकिन लड़कियों द्वारा भी 'भैया' बोलना चिंटू को ना रीझा। उसने तुरंत सत्याग्रह शुरू कर दिया। अब वो बच्चों की मदद तब ही करता जब बच्चे उसे 'चितरंजन सर' कहकर पुकारते। चितरंजन भैया बोलने पर वह सविनय अवज्ञा कर देता।

लेकिन जब से लिफ़्ट लेकर जाने वाले लड़कों को ये पता चला कि चितरंजन सर तो असली के चिंटू हैं, चितरंजन के अस्तित्व पर ही क्राइसिस आ गया। विवेक ने चिंटू वाली बात सुरभि को बताई जिसने लड़कियों के मंडल में इस प्रस्ताव को लाने में बिलकुल देरी नहीं की। और जिस दिन महिमा ने चितरंजन को 'चिंटू भैया' बोलकर पुकारा, चिंटू एक हफ़्ते तक कॉलेज नहीं आया। उसे लगा कि उसकी इज़्ज़त पर कौवा हग गया है। और इस प्रकार चिंटू

का सविनय अवज्ञा आंदोलन कॉलेज से घर की पगडंडी मार्च के बाद नौकरी छोड़ो आंदोलन के साथ समाप्त हुआ। चिंटू अब खाट पर लेटा हुआ अपने सुनहरे दिन याद करता है और सोचता है कि वह कौन था जिसने कॉलेज वालों को उसका असली नाम बताया।

कॉलेज के छह महीने होने को थे, एक दिन एक विचित्र घटना हुई। कॉलेज से लौटते समय विवेक और विनय को किसी मोटरसाइकिल ने लिफ़्ट नहीं दी। दोनों शांति से चलते रहे। चैन सिंह होता तो किसी मोटरसाइकिल वाले को पथरा भी सकता था। तभी पीछे से गड़गड़ाता हुआ एक ट्रैक्टर आया। अपनी औक़ात का तीन गुना भर रखा था उसने ट्रॉली पर। विनय और विवेक ने उसे हाथ दिया और ट्रैक्टर वाले ने ट्रैक्टर रोक दिया। वो औघड़ ड्राइवर पूरी ताक़त से ट्रैक्टर का साउंडबॉक्स बजा रहा था। उसके ट्रैक्टर और साउंडबॉक्स को देखकर समझ आ रहा था कि उसे दुनिया की कोई परवाह नहीं है। उसका मैसेज स्पष्ट था-आप कुछ भी कहो, मैं नहीं सुनूँगा। क्योंकि ट्रॉली भरी थी और सफ़र छोटा था इसलिए विवेक और विनय ट्रॉली के पीछे लटक गए। ड्राइवर ने जो झूमते हुए ट्रैक्टर चलाया, विवेक और विनय के प्राण पखेरू दो-तीन बार गगन मंडल की सैर कर आए। अमूमन ड्राइवरों को हमेशा अपने ऊपर औक़ात से ज़्यादा विश्वास होता है और उनके साथ बैठने वालों को औक़ात से ज़्यादा अविश्वास। और असलियत इन दोनों के बीच में कहीं होती है।

जैसे ही विवेक और विनय अपनी मंज़िल पर पहुँचे उन्होंने उतरने की तैयारी के लिए एक-एक पैर हवा में लहरा दिए लेकिन उन्हें एहसास हुआ कि ट्रैक्टर की गति अभी कम नहीं हुई है और संभवतः ड्राइवर इस गाँव का ना होकर अगले गाँव का है।

विवेक और विनय ने ज़ोर-ज़ोर से आवाज़ लगाई पर भूसा रखे होने से ना वो ड्राइवर को देख पा रहे थे और ड्राइवर का तो पीछे मुड़कर देखने का सवाल ही नहीं बनता। उन दोनों ने ट्रॉली को ज़ोर-ज़ोर से पीटना चालू किया लेकिन विदेशी साउंडबॉक्स पर देसी गाने की थिरकन आस-पास की धरती फाड़े हुए थी तो उनकी आवाज़ तो मुँह से निकलते ही गूँगी पड़ जा रही थी।

दोनों चीखते रहे और ट्रैक्टर लहलहाता रहा। दो किलोमीटर आगे जाकर अपने गाँव सरई जाकर रुका।

सरई बहुत छोटा गाँव था। मेन रोड वहाँ से नहीं जाती थी इसलिए अभी तक हिंदुस्तानी परंपरा बची हुई थी। बच्चे आठ साल की उम्र तक चड्ढी नहीं पहनते थे। बहू अभी तक घर की देहरी पर पैर रखना पाप समझती थी और चबूतरों पर ससुरों के हुक्के चला करते थे। दातुन और तंबाकू एक ही शिद्दत से जहाँ मन आए वहाँ थूका जाता था। गाँव कीचड़ और गोबर की परंपरा में सना हुआ था।

गाँव में ना स्कूल था और ना ही हॉस्पिटल। लोगों के खेत थे और जिनके नहीं थे वो उन्हीं खेतों में काम करते थे। गाँव में मोटरसाइकिल और मोबाइल ज़रूर आ गए थे लेकिन गाँव की हरकतें मध्यकालीन ही थीं। गाँव वालों को आज भी यही भरोसा था कि लड़कियों को पढ़ाने से पाप लगता है और लोटा लेकर खेत में जाकर करने से पेट साफ़ रहता है। कुछ सरकारी अभियानों के चलते बाथरूम/टॉयलेट के कुछ कमरों का निर्माण भले ही हुआ था लेकिन उनका इस्तेमाल स्टोर रूम की तरह ही किया जाता था। कमरा बनाने में इतनी मेहनत करो और उसके बाद उसे गंदा कर दो- यह गाँव वालों की समझ से परे था। उनकी नज़र में मेन रोड से जुड़े सब गाँव और सारे शहर वाले पागल हो चुके थे।

विवेक और विनय को यह लिफ़्ट भारी पड़ गई थी। आधा किलोमीटर बचाने के चक्कर में दो किलोमीटर की कसरत होने वाली थी। वो ट्रैक्टर ड्राइवर पर नाराज़ थे लेकिन भला नर्क में जाकर कोई असुरों से लड़ा है क्या! उन्होंने सोचा कि अब चुपचाप मुँह फेरते हैं और वापस जाकर किसी को नहीं बताएँगे नहीं तो चैन सिंह और सुलोचन अपना गला फाड़ लेंगे। लेकिन दुर्दशा यह हुई कि गाँव वालों के लिए कॉलेज वाले लड़कों का उनके गाँव में पदार्पण एक बड़ी ख़बर थी। वैसे सभी को पता था कि कॉलेज खुला है लेकिन गाँव में भी उस कॉलेज की प्रजाति का आगमन होगा इसकी उम्मीद कम थी।

आस-पास गिल्ली-डंडा खेलते हुए नंग-धड़ंग लड़के खड़े होकर ताकने लगे। बूढ़े भी अपनी खाट पर कमर सीधी कर सुखासन में बैठ गए। और क्योंकि हिंदुस्तान में हर आदमी इतना फ्री है कि वह देखने का काम घंटों कर सकता है इस बात को ध्यान में रखते हुए विवेक और विनय अविचलित अपने रास्ते पर चलते गए और सभी लोग उनको देखते गए।

तभी वह ड्राइवर ट्रैक्टर से उतरकर उनके पास आया। उसने पहले तंबाकू दबाए हुए ही बोलने की कोशिश की लेकिन ख़ुद को असहाय पाया तो मजबूरन तंबाकू थूकना पड़ा जिसके कुछ छींटे विनय के जूतों पर भी पड़े। उसने कहा, "भैया आप लोगन हमारे बच्चन को कछु सिखा दो।"

हमारे यहाँ की संस्कृति रही है कि हम ख़ुद भले ही गर्दन तक व्यसनों में दबे हों लेकिन बच्चों को ज्ञान नैतिकता का ही देंगे। यहाँ एक बाप दारू के ठेके से बच्चों को पढ़ाई करने की सलाह देता हुआ भी देखा जा सकता है। ख़ुद अपने सगे भाई से बात नहीं करेगा और बच्चों को अजनबियों के भी पैर छूने का ज्ञान देगा। यही पवित्र भावना उस ट्रैक्टर ड्राइवर में भी थी। उसकी क्रीम रंग की पैंट भूरी नज़र आ रही थी और नाख़ूनों में ज़बरदस्त मैल भरा हुआ था। ऐसे महामानव के इस विनम्र निवेदन को कोई कैसे ठुकरा सकता था? और फिर कॉलेज के लड़के 'क ख ग घ' तो पढ़ा ही लेते होंगे, इतना विश्वास गाँव वालों को होने से उन्होंने भी ड्राइवर की हाँ में हाँ मिला दी। एक अम्मा तो घर की देहरी पर ही अपने बच्चे की पॉटी साफ़ करते-करते बोली कि यदि विवेक और विनय पढ़ाना शुरू करें तो वह उन्हें अपने हाथों की बनी लस्सी पिलाएगी।

लस्सी की कल्पना तो विनय के मन में अच्छी थी लेकिन जिन हाथों द्वारा वह लस्सी अवतरित होनी थी उन हाथों की वर्तमान स्थिति, जो कि बच्चे के पिछवाड़े पर थी, की कल्पना विनय के लिए असह्य थी।

विवेक ने ड्राइवर से कहा कि वह पढ़ा तो लेगा लेकिन उसके कुछ मूलभूत प्रश्न हैं- किन को पढ़ाना है, क्या पढ़ाना है और कहाँ पढ़ाना है? ये प्रश्न भले ही विवेक के लिए ज्वलंत हों लेकिन ड्राइवर ने उनका तुरंत ही शीतल समाधान कर दिया।

वहीं पेड़ के नीचे दो कुर्सी लगा दी, बच्चों का गुल्ली-डंडा खींचकर फेंक दिया और उन्हें ज़मीन पर बैठा दिया और कहा, "भैया, कछु बढ़िया पढ़ा देओ।"

9

चैन सिंह और सुलोचन अमूमन साथ में कॉलेज से वापस लौटते थे। चैन सिंह लिफ़्ट माँगने में उस्ताद था। वह गाड़ी के सामने ही आकर खड़ा हो जाता था। कुछ समय में ये हालत हो गई थी कि चैन सिंह बीच में चलता था और गाड़ियाँ बाजू से डरकर निकलती थीं। उसका बस चलता तो वह चिड़िया को पकड़कर उस पर भी बैठ जाता।

उस दिन भी वह बीच रास्ते पर ही चलता रहा पर गाड़ी ही नहीं निकली। सुलोचन और चैन सिंह लिफ़्ट के इंतज़ार में चलते-चलते बस स्टैंड तक आ गए थे। तभी चैन सिंह के आगे आकर एक मोटरसाइकिल रुकी। चैन सिंह अपनी आदत के मुताबिक़ गाड़ी के पीछे जाकर बैठ गया और अपने पुट्ठे ड्राइवर से सटाकर सुलोचन के लिए जगह बना ली। सुलोचन इस सोच में था कि ऐसा चमत्कार कैसे हो गया कि बिना रोके ही गाड़ी आकर रुक गई।

तभी एक महिला मोटरसाइकिल के पास आकर रुकी। मोटरसाइकिल चालक पहले चौंका और फिर उसने चैन सिंह को समझाया कि वो पीहर से आई अपनी बीवी को लेने के लिए रुका है ना कि उन लोगों को लिफ़्ट देने। लेकिन चैन सिंह मानने को तैयार ही नहीं था।

विचित्र सीन बन गया था जहाँ पत्नी रास्ते पर खड़ी थी और पति के पीछे कोई अजनबी चिपककर बैठा हुआ था जो उतरने का नाम ही नहीं ले रहा था। सुलोचन के बहुत मनाने पर भी चैन सिंह तब माना जब मोटरसाइकिल वाले ने कहा कि वो अपनी पत्नी को घर छोड़कर चैन सिंह को छोड़ने फिर से आएगा।

10

सुरभि महिमा नहीं थी। जब वह चलती थी तो हवाएँ नहीं चलती थीं, न ही लड़के उसे देखने के लिए ठहरते थे। महिमा पहली नज़र का ध्रुव सितारा थी और सुरभि दूर कहीं छुपा टिमटिमाता तारा। सुरभि की मुस्कान धीरे-धीरे चढ़ती थी। महिमा दोपहर की धूप की तरह तेज़ थी और सुरभि सुबह की धूप की तरह शीतल।

आश्चर्य यह था कि इस कॉलेज के पागलख़ाने में शायद सुरभि ही थी जो सयानी थी। माँ-बाप ना होने से वह अपने मामा के पास पली-बढ़ी थी। मामा के पास पैसा तो था लेकिन समय नहीं था तो उन्होंने इस कॉलेज में ही भर्ती करा दिया।

इस बात से एक प्रश्न ज़रूर उठता है कि आदमी के पास समय क्यों नहीं रहता? यदि पैसा कमाने में पूरा समय चला जाता है तो इतने पैसे का करेगा क्या? समाज सेवा में पूरा समय चला जाता है तो उसको समाज से पहले अपनी सेवा की ज़रूरत है। वह भी तो समाज का ही हिस्सा है आख़िर। सिर्फ़ एक चीज़ में समय ना मिलना जायज़ है और वो है गप्पे मारना। मनुष्य जन्म तभी सार्थक है जब अपनी पूरी ताक़त झोंककर गप्पे मारे हो। खाना, पीना, सोना तो जानवर बनकर भी कर सकते हैं लेकिन गप्पे लड़ाने का सौभाग्य ईश्वर ने सिर्फ़ मनुष्यों को दिया हैं। और उन गप्पों में भी तीसरे की बुराई शामिल हो तो वो रामबाण औषधि की तरह भी काम करता है। यदि बहू को पीलिया हो तो सास की बुराई करो पूरा ज्वर उतर जाएगा और देवरानी का पेट ख़राब हो तो जेठानी की बुराई करो सब डाइजेशन ठीक हो जाएगा। निंदा का फाँका करो, गरारे करो और निंदा की ही भाप लो तो कोई चिंता की बात नहीं है।

संभवतः इन्हीं गप्पों में मामा जी का समय व्यतीत होने से उन्होंने सुरभि को 'जहाँ नन आया वहाँ' भेज दिया होगा। सुरभि महिमा की रूममेट थी और ना चाहते हुए भी छह महीनों में दोनों की दोस्ती गाढ़ी हो गई थी। लड़कों द्वारा

सुरभि का उपयोग महिमा तक गिफ़्ट पहुँचाने में किया जाता था और महिमा द्वारा सुरभि का उपयोग ख़ाली रैपर 'ना' लिखकर पुनः पहुँचाने में किया जाता था।

सुरभि के मन में ये रहता था कि महिमा थोड़ा समझदार बने और लड़कों से बचकर रहे। लेकिन महिमा का सोचना था कि सुरभि को थोड़ा समझदार बनना चाहिए। लड़कों से बचने में अपनी ऊर्जा वेस्ट नहीं करनी चाहिए।

सुरभि ख़ाली समय में आमतौर पर लाइब्रेरी में पाई जाती थी। इसे कॉलेज का भूत बंगला कहा जाता था क्योंकि वहाँ कोई नहीं जाता था। सुलोचन का सोचना था कि लाइब्रेरी की जगह तो सर्वधर्म मंदिर होना चाहिए लेकिन वो तब पीछे हट गया जब विवेक ने उससे पूछा कि जब सर्वधर्म सम्मिलित होंगे तो उसे मंदिर क्यों कहेंगे मस्जिद या चर्च क्यों नहीं? सुनील का उसके पट्ठों से कहना था कि लाइब्रेरी की जगह लवर्स प्वॉइंट होना चाहिए जहाँ जैसे ही लड़का-लड़की जाएँ तो हम पीछे से उन्हें परेशान करने पहुँच जाएँ। लेकिन सुनील भी सोच में पड़ गया जब उसके एक पट्ठे ने हिम्मत करके पूछा कि यदि उनकी महिमा भाभी की सेटिंग हो गई तो?

बहरहाल अभी वहाँ लाइब्रेरी ही थी जो कि डीन साहब द्वारा कॉलेज को मान्यता देने वाले निरीक्षकों को बेवक़ूफ़ बनाने के लिए बनाई गई थी। वो लाइब्रेरी कम और स्टेशनरी की दुकान ज़्यादा लगती थी।

यहीं सुरभि को कॉलेज में अपनी सबसे समझदार सहेली मिली-किताबें। सुरभि जब पढ़ने बैठती थी तो समुंदर के गहरे में रह रही सुंदर चट्टानों पर बनी तस्वीर जैसी लगती थी जो एकदम अनछुई है। ऐसी सुरभि कहीं और नहीं दिखती थी, जैसी लाइब्रेरी में दिखती थी।

11

दूसरे सेमेस्टर में लैब की क्लास थी। लैब में चितरंजन सर की कमी खल रही थी। लैब में दो लोगों को मिलकर एक बीकर से दूसरे बीकर (देसी भाषा में छोटा भगोना) में कुछ रसायन मिलाने थे और रंग बदलने पर ज़ोर-ज़ोर से चिल्लाना था। विनय का कहना था कि उसका बीकर इतने रंग नहीं बदलता जितना कि आदमी बदल लेता है। पीछे से चितरंजन भैया की जगह लिए मास्टर भैया विनय को टोकते थे कि आदमी की गारंटी नहीं है लेकिन ये बीकर ज़रूर सही समय पर रंग बदलेगा। विनय ने मास्टर भैया की बात सुन तो ली पर उससे इत्तेफ़ाक़ नहीं रख पाया। उसके हिसाब से आदमी के रंग बदलने की गारंटी गिरगिट से भी ज़्यादा है। उसके दिमाग़ में चिलोंटाजी चल रहे थे जिन्होंने दूसरे सेमेस्टर में उनके कमरे का किराया बढ़ा दिया था।

इस बार विवेक को महिमा का साथ मिला। विवेक को पूरा विश्वास हो गया कि इस बार तो बीकर का रंग पक्का नहीं बदलेगा। महिमा का रंग-ढंग बदलने में ज़्यादा विश्वास नहीं था। महिमा का सोचना था कि विद्यार्थी को स्थिर रहना चाहिए। टीचर्स आते-जाते रहेंगे लेकिन उनकी बातों से विचलित नहीं होना चाहिए, करना वही चाहिए जो अपने मन में हो। महिमा का ये विचार फ़ुटपाथ से उठाई एक 'मोटिवेशन' किताब से लिया गया था।

जब महिमा और विवेक अपनी टेबल पर पहुँचे तो महिमा ने अपनी आदत के अनुसार बात करनी शुरू की। उसे याद था कि ये विवेक ही कॉलेज के पहले दिन उसके पास से उठ गया था। महिमा ने शांतिपूर्वक विवेक से पूछा, "तुम मुझे पसंद क्यों नहीं करते हो?"

विवेक को सँभलने का मौका ही नहीं था, पहली बॉल पर ही बाउंसर मार दी गई थी। विवेक इस सूझ में था कि शायद आम बातचीत की शुरुआत की तरह 'हाय-हेलो' या फिर 'तुम मेरी तरफ़ से प्रैक्टिकल कर लेना' से शुरुआत

होगी या फिर विवेक महिमा को जितना छह महीने में क्लास में देख पाया था उस आधार पर कुछ अपवादों जैसे 'तुम जितने सीधे दिखते हो उतने हो नहीं' या 'पता है मुझे कितने लड़के लाइन दे चुके हैं' से शुरुआत के लिए भी वह तैयार था। लेकिन ऐसा व्यक्तिगत हमला विवेक को थोड़ा दूर बहा ले गया और विवेक ने बहते हुए ही कहा, "तुमको ऐसा क्यों लगा कि मैं तुम्हें पसंद नहीं करता?"

लेकिन विवेक को लगा कि इस वाक्य में ज़्यादा मक्खन लग चुका है तो उसने अगले वाक्य की सूखी रोटी रखकर चुपड़ दिया, "मेरा मतलब है हम सब ही तुम्हें पसंद करते हैं।"

"तो तुमने मुझसे कभी कहा क्यों नहीं?" महिमा ने विवेक के 'हम' पर ध्यान नहीं दिया।

विवेक के लिए महिमा पुलिस की तरह थी जिसकी ना दोस्ती अच्छी और दुश्मनी। और उसे लगने लगा था कि कैसे उसके संपर्क में आना ही काल को बुलावा देना है। ये तो ऐसी हड्डी हो गई जो ना उगली जा रही है न निगली जा रही है। विवेक ने शब्दों का चुनाव करते हुए कहा, "कह देता तो क्या हो जाता?"

"मुझे पता चल जाता।" महिमा को ज़्यादा सोचने की ज़रूरत नहीं पड़ रही थी।

उसने आगे कहा, "चलो कोई बात नहीं। मैं ऐसे सबको पसंद आती रहती हूँ। तुम्हारी कोई ग़लती नहीं है।"

"कोई तुम्हें बोलता है कि तुम उसे पसंद हो तो तुम क्या जवाब देती हो?"

"उस पर नाराज़ होती हूँ। लड़के बड़े बदतमीज़ हो गए हैं, कभी भी कुछ भी बोल देते हैं। उनके घर पर माँ-बहन नहीं हैं क्या?"

विवेक घबरा गया। उसके दिमाग़ में एक साथ दो-तीन प्रश्न घूमे। लड़कों के बदतमीज़ होने की परिभाषा क्या है? किसी लड़की को पसंद करने के इज़हार करने का उसके घर में माँ-बहन के होने ना होने से क्या वास्ता है? लेकिन विवेक ने स्वार्थ दिखाते हुए अपने काम के प्रश्न को प्राथमिकता दी।

"जब नाराज़ ही होना था तो अच्छा हुआ कि मैंने नहीं पूछा।"

महिमा को अपने स्वभाव के विरुद्ध जाकर सोचना पड़ गया। जहाँ तक वह सोच पाई वहाँ तक उसे लगा कि शायद विवेक सही कह रहा है। लेकिन फिर

उसने तपाक से कहा, "चलो कोई बात नहीं मुझे क्या !तुम्हारा ही नुकसान है। तुम्हारा नसीब ही नहीं कि तुम मुझसे डाँट सुन पाए।"

विवेक अब थोड़ा सँभल चुका था। महिमा से बात करना इतना कठिन नहीं रहा था अब उसके लिए। यह ज़रूर था कि राकेश और उसके साथी विवेक को चूड़ियाँ पहनने के इशारे कर रहे थे। बकौल राकेश, लड़कियों से गपशप सिर्फ़ लड़कियाँ ही कर सकती हैं इसलिए विवेक को भी लड़कियों का शृंगार धारण कर लेना चाहिए। राकेश भले ही उसकी बौद्धिक औक़ात से अच्छे कॉलेज में पढ़ रहा हो लेकिन उसे रह-रहकर अपना गाँव हर पीरियड में याद आता था। उसके हिसाब से लड़के लड़कियों से बातें करने के लिए नहीं बने हैं, बस आदेश देने के लिए हैं।

विवेक कुछ देर तक चुप रहा। उसे आईआईटी की तैयारी के अपने दिन याद आ गए थे जहाँ कि वह एक लड़की से भरपूर बतियाता था। उन दोनों को लगता था कि वे आईआईटी की तैयारी कर रहे हैं लेकिन जितना वे बातें करते उतना उनकी तैयारी की चिता पर लगी आग को हवा मिलती। जब तक वह सँभलते, तैयारी की चिता पर सिर्फ़ राख बची थी जिसे लेकर जब विवेक लड़की के पास गया तो लड़की ने फूँक मारकर राख उड़ा दी। विवेक आज भी सोचता था कि अगर उसने अच्छे से पढ़ाई की होती तो शायद वह कम नंबरों से फ़ेल होता।

विवेक लेकिन आज छह महीने बाद जब महिमा के साथ खड़ा था तो उसे थोड़ी ख़ुशी थी। उसे ख़ुशी थी कि कम-से-कम इस कॉलेज में वह फ़ेलियर नहीं है। उससे भी उच्च स्तरीय योद्धा इस मार्केट में हैं। राकेश को देखकर उसे ख़ुद पर गर्व होता था। इसी ख़ुशी में उसने महिमा से कहा, "महिमा मैं तुम्हें पसंद करता हूँ।"

महिमा पहले तो ख़ुश हुई लेकिन फिर बहुत मुश्किल से विवेक की शैतान मुस्कान को समझ पाई कि यह भी मज़ाक़ ही था। विवेक हँस दिया। उसने थोड़ा सीरियस दिखकर कहा, "अच्छा चलो ऐसा करते हैं कि दोस्त बन जाते हैं। फिर एक-दो साल में देखते हैं, वाक़ई पसंद आओगी तो मैं सचमुच बोल दूँगा।"

"हाँ, यह ठीक है। लेकिन तुम्हें सुरभि से भी दोस्ती करनी पड़ेगी। मैं वही गिफ़्ट लेती हूँ जो सुरभि फ़ाइनल करती है। एक्चुअली नहीं तो कुछ गिफ़्ट रिपीट हो जाते हैं।"

विवेक कहना चाहता था कि महिमा लंबा सोच रही है लेकिन क्योंकि पीरियड पूरा हो गया था विवेक ने बहुत ही गहराई का परिचय देते हुए कहा, "ठीक है।"

विनय दूर खड़ा-खड़ा विवेक महिमा और राकेश के प्रसंग पर पूरे पीरियड भर हँसता रहा। इस कारण उसके बीकर का रंग ज़्यादा गहरा हो गया था। मास्टर भैया ने विनय को डाँटा भी, पर विनय की हँसी चलती रही। मास्टर भैया का दिमाग़ ठनका और उन्होंने विनय को एक्स्ट्रा क्लास के लिए रोक लिया। तब जाकर विनय का श्रृंगार रस उतरकर करुण रस में परिवर्तित हुआ।

गेट से बाहर निकलते-निकलते विवेक ने महिमा को कहा, "तुम यह मत समझ लेना कि तुम्हारे नोट्स, प्रोजेक्ट, क्लास में अटेंडेंस, कैंटीन में तुम्हारे खाने का पेमेंट यह सब मैं करूँगा।"

"चिंता मत करो, उसके लिए मेरे पास लोग हैं। फ़िलहाल दोस्त रहो आशिक़ मत बनो।"

12

जैसे कॉलेज के अंदर और कॉलेज के बाहर में बहुत फ़र्क था वैसे ही विनय का आचरण लड़कियों के सामने और लड़कियों के बिना बहुत अलग था। लड़कियों के जाते ही वह आत्मविश्वास से सराबोर हो जाता था। इसलिए जब मास्टर भैया ने उसकी एक्स्ट्रा क्लास लगाई तब उसका बर्ताव आम क्लास से अलग हो गया।

उसे फिर अपने स्कूल के दिन याद आ गए जब वह अपने दोस्तों के साथ क्लास की आख़िरी बेंच पर बैठकर अपने सर को चने फेंककर मारता था।

एक्स्ट्रा क्लास से बचने को भी उसने काफ़ी हथकंडे अपनाए। ज़ोर से लघुशंका का बहाना बनाया लेकिन मास्टर भैया ख़ुद उसके साथ बाथरूम चले गए। सिर दर्द का बहाना बनाया तो मास्टर भैया ने ड्रॉअर से एक्सपायरी वाला बाम निकालकर लगा दिया। एक बीकर भी फोड़ दिया, पर मास्टर भैया विचलित नहीं हुए और उन्होंने रजिस्टर में विनय के नाम के आगे बीकर की रसीद चिपका दी। विनय जब सब तरफ़ से हार गया तो उसने आख़िरकार रसायन का रंग बदलना शुरू किया। उसने मास्टर भैया से एक अच्छा विद्यार्थी बनकर पूछा, "भैया, यह केमिकल जलन करता है क्या?"

भैया ने ना में उत्तर दिया। मास्टर भैया का उत्तर देना ही था कि विनय ने पूरा बीकर अपने ऊपर उड़ेल लिया।

मास्टर भैया इसके लिए तैयार नहीं थे। और विनय के कपड़े केमिकल में पूरे भीग जाने से उन्हें विनय को छोड़ना पड़ा। विनय ख़ुशी में जो भागा तो सीधे अपने कमरे पर जाकर रुका।

13

सुनील कैंटीन में बैठा-बैठा बहुत दुखी हुआ जब उसे पता चला कि महिमा पूरे पीरियड भर विवेक से बात करती रही।

उसके चेले को राकेश से पता चला था और कोई और सुनील भैया को उससे पहले न बता दे इसलिए वह ओलंपिक की गति से भागता हुआ सीधे कैंटीन पहुँचा था। सुनील भैया वहाँ कैंटीन में बैठे-बैठे फ़ेसबुक पर सभी को रिक्वेस्ट भेज रहे थे जब यह चेला उनके सामने खड़ा हुआ था। सुनील ने चेले की बात सुने बग़ैर सीधे अपने मन की बात रखी, "सुनो यार चूहे, ये फ़ेसबुक पर कई लड़कियाँ फ़िल्मी हीरोइनों जैसी क्यों लगती हैं?"

लेकिन चूहे ने बात काटकर सीधे काम की बात की और जीत के भाव के साथ हँस दिया मानो उसने सम्राट चक्रवर्ती को संतान रत्न उत्पत्ति की ख़बर सुनाई हो और दरबार में बैठा सम्राट अब ख़ुशी में उसे सिंहासन से उतरकर अपने गले में पड़ी मोती जड़ित माला उपहार में दे देगा। लेकिन ऐसा हुआ नहीं। सुनील ने पूछा, "अबे चूहे, तुम अपनी मनहूस शक्ल पर हँसो तो बिलकुल ही नहीं। कहाँ है वह लड़का?"

चूहे को नहीं पता था। वह अपने आपको अभिमन्यु की तरह अनुभव कर रहा था जो चक्रव्यूह में घुस तो गया था लेकिन बाहर नहीं निकल पा रहा था। सुनील कुर्सी से झटके से खड़ा हुआ, पैंट टाइट की, बेल्ट लगाया और मेन गेट की तरफ़ रवाना हुआ।

विवेक लाइब्रेरी के बाहर खड़ा होकर विनय का इंतज़ार कर रहा था क्योंकि विनय की एक्स्ट्रा क्लास थी। तभी उसे सुनील के नेतृत्व में चार-पाँच लड़के आते हुए दिखे। विवेक निश्चिंत खड़ा रहा। लेकिन फिर उसने देखा कि अचानक से उनमें से एक ने विवेक की तरफ़ इशारा किया और इशारा देखते ही सारे लड़के विवेक की तरफ़ घोड़े की गति से बढ़ने लगे। विवेक ने सपने में एक

बार देखा था कि वह बहुत बड़ा आदमी बन गया है और लोग उसके आगे पीछे भागे जा रहे हैं, पागल हुए जा रहे हैं। विवेक को वो सपना कुछ-कुछ हिस्सों में सच होता दिख रहा था। लोग उसकी ओर भाग भी रहे थे, पागल भी हुए जा रहे थे लेकिन यह पागलपन थोड़ा रौद्र रूप धारण किए हुए था।

विवेक को नहीं पता था कि उसका पीछा क्यों किया जा रहा है लेकिन मानव स्वभाव के अनुरूप उसने दौड़ लगाई और लाइब्रेरी में घुस गया। विवेक के लिए वह अज्ञात क्षेत्र था। वह किताबों के रैक के बीच से चलता रहा और अंत में कोने वाली टेबल पर पहुँचा जहाँ सुरभि बैठी हुई थी। विवेक का दिल इस बात को स्वीकार नहीं करना चाह रहा था कि वह एक लड़की की आड़ लेकर अपने आप को बचाए लेकिन उसका दिमाग़ कह रहा था कि तीस मार ख़ाँ बनने का समय नहीं है। 'विनाश काले विपरीत बुद्धि' सुन-सुनकर दिमाग़ वैसे भी पक चुका था। उसके हिसाब से लड़का हो या लड़की, जान बचती है तो बचा लेनी चाहिए और फिर यहाँ देख भी कौन रहा है! विवेक के हिसाब से यदि लड़कों को गाली-गलौज ही करनी होगी तो कम-से-कम लड़की के सामने थोड़ा फ़िल्टर लगा रहेगा।

इस सोच में विवेक था ही कि सुरभि ने खीजकर चेहरा ऊपर उठाया। आज तक सुरभि के सामने हमेशा लाइब्रेरी वाले भैया ही आकर खड़े होते थे। वो भी सुरभि को भगाने के लिए। 'हमारे लंच का टाइम हो गया है', 'लाइब्रेरी बंद करने का टाइम हो गया है', 'लाइब्रेरी में झाड़ू-पोंछा लगाने का टाइम हो गया है'- ये वाक्य सुरभि के जीवन में चरस घोल चुके थे। वह जब भी सुनती, उस पर गुस्से का नशा चढ़ जाता था।

यही कारण था सुरभि की खीज का। लेकिन जैसे ही उसने विवेक को देखा, वह थोड़ी शांत हुई। विवेक ने सहमे हुए पूछा, "क्या मैं यहाँ बैठ सकता हूँ?"

सुरभि ने विवेक को ऊपर से नीचे तक देखते हुए कहा, "बैठ जाओ लेकिन तुम्हारे पास किताब तो है नहीं!"

"मैं पढ़ने नहीं आया हूँ।"

"हाँफ क्यों रहे हो?"

"वो एक्चुअली सुनील अपने लड़कों के साथ मेरी तरफ़ भाग रहा है, मैं यहीं बाहर विनय का वेट कर रहा था तो मैं अंदर आ गया।"

"क्यों तुम्हारी तरफ़ भाग रहा है वो?" सुरभि सुनील को बहुत अच्छे से जानती थी।

"मुझे नहीं पता।"

"नहीं पता? पूरी क्लास भर महिमा के साथ बातें करोगे और फिर चाहोगे कि बिना किसी ज़ख़्म के निकल जाओ। सुनील की पुरानी कहानियाँ नहीं पता हैं क्या?"

"अरे लेकिन ऐसी कोई बात ही नहीं हुई और मैंने थोड़ी अपना नम्बर महिमा के साथ लगाया था। उसके साथ तो मेरा प्रैक्टिकल भी अधूरा रह गया।"

सुरभि हँस दी। विवेक कुछ और बोलना चाहता था लेकिन ज़बान पर शब्दों के ना आने के कारण वहीं बैठ गया।

थोड़ी देर में ही हलचल हुई। 'ढूँढो उसे', 'अंदर ही घुसा था' सुनाई देने लगा। लाइब्रेरियन ने भी हल्ला शांत कराने की कोशिश नहीं की क्योंकि हमेशा ही लाइब्रेरी में शांति बनी रहती थी इसलिए मानव प्रजाति को अपनी माँद में पाकर वह भी ख़ुश था। और फिर वह सुनील को जानता भी था। लाइब्रेरियन के हिसाब से सुनील करने में बहुत पिछड़ा हुआ था, बस वह बोलने में ही आगे रहता था। लेकिन इस बात से लाइब्रेरियन पूर्ण रूप से सहमत था कि ज़माना बोलने वालों का ही है। बोलने वालों के ही चेले बनते हैं, बोलने वालों से ही लोग डरते हैं और बोलने वाले ही समझदार दिखते हैं। लाइब्रेरियन को पूरा विश्वास था कि उसकी लाइब्रेरी में एक पन्ना भी नहीं हिलेगा और एक चींटी भी नहीं मरेगी।

लेकिन विवेक की हालत ऐसी नहीं थी। वह भले ही सुरभि के सामने हँसने की कोशिश कर रहा हो लेकिन उसकी शर्ट पसीने से तीसरे बटन तक गीली हो चुकी थी। सुरभि ये देखकर मन-ही-मन मुस्कुरा रही थी। नाटक तो उसने भी बहुत दिनों से नहीं देखे थे। और फिर उसमें भी लाइव विशिष्ट प्रसारण हो तो फिर बात ही क्या है! लेकिन विवेक की हालत बिगड़ती देखकर सुरभि को उस पर थोड़ा तरस आया। सुरभि ने तुरंत ज़ोर से आवाज़ लगाकर सुनील को अपनी टेबल की तरफ़ बुलाया।

विवेक पूरी तरह सकते में आ गया। जिस पर वह भरोसा किए हुए था कि शायद उसके कारण वह बच जाएगा उसने तो चलती चक्की के पाटों में उँगलियाँ फँसा दी। सुनील ने जैसे ही विवेक को सुरभि के पास देखा उसकी

बाँछें खिल गईं मानो कुंभ का बिछड़ा यार मिल गया हो। जैसे-जैसे सुनील पास आता, विवेक भस्मासुर की-सी गर्मी महसूस करता जाता। सुनील ने टेबल पर आते ही, सुरभि के कारण, अपनी भाषा सँभालते हुए कहा, "बाहर चल, कुछ बात करनी है।"

विवेक ने कहा, "बताओ भाई, क्या बात है ?"

"बाहर तो चल। अभी तेरा भाई-बहन एक करता हूँ।"

विवेक डरकर उठने लगा तभी सुरभि ने कहा, "सुनील, यहीं बात करो।"

सुनील की हालत उस नेता की तरह हो गई जिसे ना चाहते हुए भी अपने हाईकमान के आदेश पर उठक-बैठक करनी पड़ती है।

सुनील ने अनमने ढंग से विवेक पर ग़ुस्सा करना शुरू किया। सुनील के आरोप बेहद सरल और सीधे थे। महिमा से कुछ गज़ की दूरी बनाए रखनी चाहिए थी जो विवेक ने नहीं की।

सुनील के चेलों को सुनील की आवाज़ में वह रंग नहीं दिख रहा था जो कि चाय की टपरी पर दिखता था। उनके अनुसार, उनके सुनील भैया लड़कियों के सामने हकला जाते हैं और उनकी दादागिरी का स्तर जघन्य हो जाता है। लेकिन 'जो है सो है' के आधार पर वे अपने सुनील भैया की हाँ में हाँ मिलाए जा रहे थे।

विवेक को सफ़ाई का मौक़ा मिल ही नहीं पा रहा था और सुनील पूरा रायता फैलाए जा रहा था। अंत में फ़िल्मी खलनायकों से प्रभावित होकर उसने विवेक को धमकी दी, "अगली बार महिमा के साथ मत दिखना, नहीं तो..."

इसके आगे बोलने ही वाला था कि सुरभि ने बीच में टोक दिया, "ठीक है सुनील। बाक़ी मैं समझा दूँगी।"

सुनील की हालत उस व्याख्याता की तरह हो गई जो कहना बहुत कुछ चाहता है लेकिन समय पूरा होने का हवाला देकर उसे पकड़कर बैठा दिया जाता है। सुनील कुढ़ते हुए वहाँ से वापस लौटा और लाइब्रेरियन ने फिर निराशा भरी निगाहों से उसे देखा मानो कह रहा हो कि उसे सुनील से इससे ज़्यादा की उम्मीद थी।

14

सुनील के एक चेले का नाम चूहा था। चूहे को अपना नाम बहुत पसंद था। क्लास में टीचर उसे उसके आधार कार्ड वाले नाम से बुलाते तो उसे अच्छा नहीं लगता था।

चूहे का सोचना था कि उसकी आत्मा 'चूहा' शब्द में ही बसती है। उसके अनुसार नाम ऐसा होना चाहिए जो आपको जनता के क़रीब ले जा सके। उसने सुनील भैया को भी यही सुझाव दिया था कि चुनाव में नाम का बहुत बड़ा रोल होता है और यदि चुनाव जीतना है तो ऐसा ही कोई नाम उनको भी रख लेना चाहिए।

चूहे से उसके नामकरण की कहानी पूछो तो बड़ा ख़ुश होकर बताता था। हुआ यूँ कि उसे बचपन में अपने स्कूल में एक लड़की बहुत पसंद थी। साल भर में जैसे-तैसे ताक़त जोड़कर वह उससे अपने मन की बात कहने पहुँचा था। उस दिन उसने आँवला का तेल ज़्यादा लगाया था और पाउडर पोतने से आटे में सनी रोटी की लोई लग रहा था।

इंटरवल हुआ और सभी बच्चे खाना खाने मैदान में गए थे। क्योंकि वह लड़की क्लास की मॉनिटर थी, वो अगले पीरियड के लिए अलमारी में से चॉक और डस्टर निकाल रही थी। तभी चूहा लड़की के पीछे जाकर खड़ा हो गया। वह कुछ बोलता उसके पहले ही लड़की ज़ोर से 'चूहा, चूहा' चिल्लाते हुए पीछे मुड़ी और क्लास से बाहर भाग गई। चूहे ने अलमारी में से एक चूहे को कूदते हुए देखा जो पीछे वाली बेंच के पीछे के बिल में जाकर छुप गया।

उस लड़की ने जब बाहर जाकर हल्ला मचाया कि क्लास में चूहा है तो सभी बच्चे क्लास की ओर दौड़ पड़े और चूहे को वहाँ खड़ा पाया। उसी दिन से लड़के उसे मज़ाक़ में चूहा कहने लगे। लेकिन क्योंकि उस नाम के साथ चूहे

के पहले प्यार की यादें जुड़ी हुई थीं इसलिए उसने इस नाम को सीरियसली ले लिया।

कहानी के अंत में चूहा ये भी बताता है कि उसकी फ़ेसबुक आईडी भी चूहा नाम से ही है और जिस दिन उसने अपनी आईडी से उस लड़की को रिक्वेस्ट भेजी, लड़की ने अगले एक घंटे में वह रिक्वेस्ट एक्सेप्ट कर ली। यह नहीं बताया कि तब से आज तक वह उस लड़की को कई बार 'हाय हेलो' भेज चुका है लेकिन आज तक उसे जवाब का इंतज़ार है। चूहे का कहना है कि जिस दिन जवाब आएगा, उस दिन इस बात को भी सार्वजनिक कर देगा।

15

सुनील के जाने के बाद विवेक थोड़ी देर चुप रहा जैसा कि आदमी नींद से उठने के बाद होता है। वास्तविकता समझने में चंद सेकंड लगते हैं और दिमाग़ के तार ज़बान से धीरे-धीरे जुड़ते हैं। फिर उस पर विवेक का सिस्टम तो विंडोज़ 98 की तरह था जिसे खुलने में थोड़ा ज़्यादा समय लग रहा था और सुरभि मंद-मंद मुस्कान के साथ उसे रीस्टार्ट होते हुए देख रही थी।

पूरी फ़िल्म को रिवाइंड करने पर विवेक को समझ आया कि शायद सुरभि ने उसको बचा लिया है। उसने सुरभि से पूछा, "यदि मैं इसके साथ बाहर चला जाता तो क्या होता?"

"मैं इसके साथ बाहर टपरी पर थोड़ी बैठती हूँ। मुझे क्या पता कि क्या होता? हाँ, लेकिन गेस कर सकती हूँ कि शायद कुछ गाली-गलौज होती, तुम उल्टा जवाब देते तो शायद कॉलर भी पकड़ी जाती, माफ़ी मँगवाई जाती और 'महिमा मेरी भाभी है' वाक्य को दस बार बुलवाकर छोड़ दिया जाता।"

"फिर तो अच्छा हुआ। थैंक्स कि तुमने मुझे बचा लिया!"

सुरभि ने कुछ नहीं कहा। विवेक फिर से बोला, "अच्छा यह बताओ कि तुम्हारी बात सुनील क्यों मान गया और ऐसा क्यों लग रहा था कि उससे तुम्हारी अच्छी जान-पहचान है?"

सुरभि कुछ बोल पाती उसके पहले ही विवेक के दिमाग़ के दीये में घी डल गया, "अच्छा समझ गया। महिमा तुम्हारी दोस्त है। और सुनील भाई साहब के लिए महिमा मुँहबोली पत्नी है। तो तुम सुनील की मुँहबोली साली बन गई हो। महिमा बता रही थी तुम्हारे बारे में।"

सुरभि पहले तो 'मुँहबोली पत्नी' की संज्ञा पर बहुत हँसी। मुँहबोले भाई-बहन, माँ-बाप तो सुना था लेकिन संसार में सबसे ज़्यादा मुँहबोले पति-पत्नी ही होते हैं। 'मुँहबोले' का क्या है, बस घटिया-से बास मारते हुए 'मुँह' से 'बोलना'

ही तो है। लड़कों की धर्मपत्नी एक होती है लेकिन 'मुँहबोली' अनेक हो सकती हैं। यही नियम लड़कियों पर भी लागू होता है। लेकिन पति-पत्नियों के बारे में मुँह से बोला नहीं जाता है। समाज की बनाई संस्कार की परिभाषा में वह फ़िट नहीं बैठता है।

सुरभि जब हँस रही थी तो विवेक को ऐसा लगा जैसे तपते सूरज पर कोई बादल आकर बैठ गया हो। विवेक उसे समझ नहीं पाया बस इतना समझ आया कि उसे अच्छा लगा। सुरभि ने विवेक से जिज्ञासावश पूछा, "क्या बता रही थी महिमा मेरे बारे में?"

"यही कि तुम उसकी पीए हो। यदि कोई गिफ़्ट महिमा को देना हो तो तुम से होकर ही जाता है।"

'महिमा' शब्द पर ज़ोर देकर विवेक ने तंज़ कसा। सुरभि मुस्कुराकर बोली, "महिमा दिल की बहुत नेक है। दुनियादारी के हिसाबों में शायद उतनी समझदार ना हो लेकिन कभी किसी का बुरा नहीं चाहती। लेकिन इस बात में कोई शक नहीं कि उसे अटेंशन और गिफ़्ट पसंद हैं इसीलिए शुरुआत में जब कुछ लड़के महिमा से सीधे बात नहीं कर पाते थे तो अपनी चिट्ठी-पत्री पहुँचाने के लिए मेरा सहारा लेते थे। शुरू में मेरा दिमाग़ ज़रूर ख़राब हुआ कि क्या पोस्टमैन बना रखा है! लेकिन जैसे-जैसे हम और महिमा ठीक-ठाक दोस्त बनते गए, मुझे लगा कि इस रज़िया को गुंडों से बचाकर रखना चाहिए। महिमा नहीं जानती कि कितने लेटर-गिफ़्ट्स तो उस तक पहुँचते ही नहीं हैं।"

विवेक का मुँह फैल गया। अचंभित होते हुए उसने पूछा, "अरे! 'कितने लेटर-गिफ़्ट्स तो उस तक पहुँचते ही नहीं हैं' की कृपया अपने शब्दों में व्याख्या करें। 20 नंबर का प्रश्न है कोई बात छूटनी नहीं चाहिए।"

सुरभि फिर हँस दी। अभी तो विवेक जितनी बार सुरभि को हँसते हुए देखता था, उसे लगता था कि सुरभि हँसती ही रहे और वह उसे देखता ही रहे जब तक दोनों को भूख ना लग जाए। विवेक का सोचना था कि यह प्यार-व्यार की फ़ीलिंग भरे पेट वालों के चोंचले हैं। जो भूखा हो उसके लिए इश्क-प्यार-मोहब्बत सब खोटे सिक्के हैं जिनसे एक पाव भी आटा नहीं ख़रीदा जा सकता है।

लेकिन अभी तो विवेक का पेट भरा था और सुरभि का भी भरा ही लग रहा था। सुरभि ने कहा, "यहाँ के कई लड़के सनकी हैं।"

विवेक ने सुनील को याद करते हुए ज़ोर से गर्दन हिलाकर हाँ में हाँ मिलाया।

"बाहर से आते हों या हॉस्टल में रहते हों, जब नीचे गिरने की बात आती है तो हमाम में सब नंगे हो जाते हैं। कुछ लड़के तो गुलाब, ग्रीटिंग कार्ड या चॉकलेट वग़ैरह भेजते हैं जो मैं सीधे महिमा को दे देती हूँ लेकिन कुछ लड़के पागल हैं।"

"किस तरह का पागलपन?"

"एक लड़के ने शादी का कार्ड भेजा था। मुझे लगा महिमा को अपनी शादी में इन्वाइट कर रहा है लेकिन कार्ड खोला तो उसमें दुल्हन के कॉलम में महिमा का नाम लिखा हुआ था। एक लड़के ने चिट्ठी में लिखा था कि 'महिमा, तुम अपनी खाई हुई चॉकलेट के रेपर मुझे दे सकती हो क्या?' एक लड़का महिमा की तस्वीर बनाकर लाया था जिसमें महिमा की नाक बहुत लंबी थी। यदि वह महिमा को मिल जाती तो वह अपनी नाक रगड़ डालती। एक लड़के ने महिमा के लिए लंदन से केक मँगवाया था। शायद उसके बड़े भाई वहाँ से इंडिया आ रहे थे। लेकिन जब तक वह मेरे पास पहुँचा वह सड़ चुका था। लड़के को बोला तो उसने कहा कि बस तुम दे देना उसे मेरे एफ़ट्र्स दिख जाएँगे। मैंने कहा कि एफ़ट्र्स तो मैं उसे बता दूँगी लेकिन केक दिया तो वार्डन से तुम्हारी शिकायत होना तय है। तब जाकर वह केक वापस लेने को राज़ी हुआ।"

विवेक अपनी हँसी नहीं रोक पा रहा था। हर एक घटना के साथ उसकी हँसी बढ़ती जा रही थी और सुरभि को भी सुनाने में मज़ा आने लगा था। विवेक ने कहा, "वैसे सुरभि, महिमा ने मुझे कहा है कि मुझे यदि उससे दोस्ती करनी है तो तुमसे भी करनी पड़ेगी।"

"क्यों?"

"क्योंकि उसको यदि गिफ़्ट देना है तो तुमसे पास करवाना पड़ेगा, ऐसा महिमा का कहना है।"

"ठीक है। जब उसे गिफ़्ट देना हो तो बता देना, मुझसे दोस्ती करने की क्या ज़रूरत है? और हाँ दोस्ती करनी नहीं पड़ती है, वह तो हो जाती है।"

बात तो ठीक ही थी। दोस्ती 'करने' का शगूफ़ा आमतौर पर इसलिए छेड़ा जाता है क्योंकि लड़के-लड़की अपने अंदर के भावों के उफान को कंट्रोल नहीं

कर पाते हैं। नहीं तो कभी किसी लड़के को लड़के से या लड़की को लड़की से औपचारिक दोस्ती करते किसी ने नहीं देखा। वे तो एक साथ आसमान से गिरकर खजूर में लटकते हैं तो अपने आप दोस्त बन जाते हैं।

विवेक को भी बात जम गई। उसने कहा, "ठीक है। लेकिन यह बताओ कि तुम इस भूतहा हवेली में करती क्या हो?"

सुरभि का मन फिर हल्का हुआ। उसने कहा, "लाइब्रेरी में कोई खेलने तो आता नहीं है। कॉलेज में वैसी पढ़ाई नहीं होती जैसी मैं चाहती हूँ इसलिए यहाँ पढ़ने आती हूँ।"

"गोल्ड मेडल लेने का प्लान है तुम्हारा?"

"प्लान तो नहीं है लेकिन मिल जाए तो कोई ग़म भी नहीं है।"

"सही बात है।" विवेक इसके आगे कुछ कहना चाहता था लेकिन उसे कुछ सूझ नहीं रहा था और सुरभि भी सोच रही थी कि कहीं कुछ ज़्यादा ना बोल दे। फिर विवेक को वापस कमरे पर भी लौटना था। विनय उसका इंतज़ार कर रहा होगा। दोनों को गाँव में बच्चों को पढ़ाने जाना था।

उस दिन जब क्लास ख़त्म हुई थी तो गाँव वाले बड़े ख़ुश हुए। लाठी ठोकते हुए विनय और विवेक से बोले थे कि अब तुम हर दिन आया करो। गाँव वालों के डर से दोनों हर दिन शाम को आने के लिए राज़ी हो गए थे। तब से पढ़ाते हुए चार महीने हो गए थे। हर दिन शाम को पैदल दो किलोमीटर चलकर पढ़ाने जाते और जो मन में आता वह पढ़ाते, फिर वापस आते।

विवेक ने कुर्सी से उठते हुए सुरभि से कहा, "ठीक है सुरभि। मैं चलता हूँ। मुझे और विनय को पास के एक गाँव भी जाना है।"

पास के गाँव जाने की बात विवेक ने जान-बूझकर कही थी और जिस कारण से कही थी, ठीक वही हुआ। सुरभि ने अचंभित होकर पूछा, "पास के गाँव क्यों? कोई रिश्तेदारी है तुम लोगों की? वैसे भी क्लास में तो दोनों भाई बिलकुल भाई-भाई ही लगते हो।"

"अरे नहीं, गाँव के बच्चों को पढ़ाने जाते हैं।"

सुरभि को बड़ा आश्चर्य हुआ और ख़ुशी भी। विवेक से वह थोड़ी और प्रभावित हुई। सुरभि ने जब थोड़ा और विस्तार से बताने को कहा तो विवेक ने वह नहीं बताया जो वाक़ई में हुआ था, विवेक ने वह बताया जो अधिकतर

समाजसेवी बताते हैं। विवेक का कहना था कि वह और विनय, लेकिन मुख्य रूप से वह, शिक्षा के बहुत बड़े पक्षधर रहे हैं। जब उन्हें पता चला कि गाँव में प्राइमरी स्कूल भी नहीं है तो उन्होंने सोचा कि क्यों ना मौक़ा भुनाया जाए और तब से वह दोनों हर दिन चार किलोमीटर पैदल आते जाते हैं और एक घंटा बच्चों को पढ़ाते हैं।

विवेक ने यह बात भी छुपा ली कि आमतौर पर लिफ़्ट मिल जाती है और वह बच्चों को पढ़ाने से ज़्यादा उन्हें चुप कराते हैं। विवेक का सोचना था कि इन बातों को ज़्यादा तूल नहीं दिया जाना चाहिए। तिल का ताड़ नहीं बनाना चाहिए।

समाजसेवी और समाजसेवी संस्थाओं में कइयों की कहानी विवेक जैसी ही होती है। वे काम इसलिए करती हैं ताकि किसी को प्रभावित कर सकें। लेकिन कुछ महत्त्वपूर्ण तथ्यों को अपनी इच्छानुसार छुपा लेती हैं जो उनके हिसाब से पहाड़ में राई के समान होते हैं।

यह हिसाब लोगों और समय के साथ बदलता रहता है। एक महिला ने अपने पूरे जीवन काल में सिर्फ़ एक बच्चे को खाना खिलाया था लेकिन उस फ़ोटो के नाम पर वह बाल अधिकार सेविका के रूप में अमर होना चाहती थी। एक लड़के ने अपने घर में बचे हुए खाने को कुत्ते को खिला दिया और आज हज़ारों लोग फ़ेसबुक पर उसे 'पशुओं के मसीहा' के रूप में जानते हैं। लोग घर के पुराने कपड़े बाँटकर, एक-दो बार ख़ून दान कर, ग़रीबों को खाना बाँटकर अपने आप को 'दान का देवता' घोषित करवा लेते हैं।

इसी तर्ज़ पर विवेक ने सुरभि को प्रभावित किया। सुरभि मुस्कुरा दी लेकिन उसने आगे कुछ नहीं कहा। विवेक भी जाने वाली स्थिति में स्लो मोशन में आने लगा था। आख़िरी बार जब विवेक ने सुरभि को देखा तो उसे यक़ीन हो गया कि सुरभि जितनी खुली हुई यहाँ है वैसी बाहर नहीं रहती है।

ख़ैर, विवेक ने सुरभि को सुनील से बचाने के लिए फिर से धन्यवाद दिया और बाहर निकल आया। बाहर निकलते ही फिर सुनील दिमाग़ में घूम गया। सुनील की पूरी टीम थोड़ी दूर पर एक-दूसरे के मुँह में मूँगफली डालने वाला खेल खेल रहे थे। उन्होंने विवेक से कुछ नहीं कहा, बस खेल ज़ोर-ज़ोर से खेलने लगे। विवेक वहाँ से फुर्ती में निकल लिया और इनसे बचने का तरीक़ा सोचने लगा।

16

गाँव से पढ़ाकर लौटते समय विवेक को विनय अपनी स्वरचित कविताएँ और कहानियाँ सुनाता था। कोई और उपाय ना होने के कारण विवेक उनको सुनता रहता था।

विनय जैसा अपने आचरण में नहीं था वैसा वह अपनी कविताओं में था, बेहद रोमांचकारी और रोमांसकारी। सारी लड़कियों से वह अपनी लेखनी के माध्यम से ही गुफ़्तगू करता था। इधर विवेक का दिमाग़ अभी भी सुनील में अटका हुआ था। उसने बच्चों को भी कुछ पढ़ाया नहीं, बस पहले पढ़ाया हुआ पूछा। लेकिन तब भी वह अपने आप में इतना मशग़ूल था कि बच्चे उसे 'क ख ग घ' बोलकर 'ए बी सी डी' सुना गए और विवेक के कान पर जूँ तक नहीं रेंगी।

विनय ने अपनी कुछ रचनाएँ फिर विवेक को सुनाईं लेकिन जिस उत्साह से दाद मिलनी चाहिए थी, नहीं मिली। विनय को पूरा भरोसा था कि उसकी रचना में तो कोई कमी हो ही नहीं सकती इसलिए उसने विवेक से उसकी हालत पूछी। विनय महिमा के साथ लैब वाली कहानी तो जानता ही था लेकिन उसके आगे की कहानी सुनने में उसे बड़ा मज़ा आया। उसे अब कॉलेज पसंद आने लगा था। इस तरह की घटना ही उसे लिखने का मसाला देती रहती थी लेकिन विवेक को व्यथित देखकर उसे भी व्यथित दिखना पड़ा और दुख साझा करना पड़ा।

विनय के अनुसार वह अकेला ऐसा नहीं है। यह कला उसने अपने समाज से ही सीखी है। किसी के दुखी होने पर दुखी दिखना बहुत ज़रूरी है, नहीं तो वह भी आपके दुखी होने पर दुखी नहीं दिखेगा। इसे सामान्य भाषा में 'तौर-तरीक़ा' कहा जाता है। उदाहरण के लिए किसी के घर चोरी हो गई हो और आप उसके घर जाएँ और आपको फ्रिज में ठंडी लस्सी पड़ी दिख जाए तो 'तौर-तरीक़ा' कहता है कि वह लस्सी निकालकर आपको नहीं पीनी चाहिए। भले ही दो नंबर

का पैसा चोरी हुआ हो लेकिन 'तौर-तरीक़ा' कहता है कि वह बात सामने वाले के मुँह पर नहीं बोलनी चाहिए।

विनय को अपना वो दिन याद आया जब उसके भाई का आईआईटी का रिज़ल्ट आया था। वह रो रहा था और विनय बैठकर पॉपकॉर्न खा रहा था। उसके भाई को उसके फ़ेल होने से ज़्यादा उस दुखद घड़ी में विनय के पॉपकॉर्न खाने का दुख था इसलिए उसने विनय को चार तमाचे रसीद कर दिए थे। फिर दोनों बैठकर रोए। पिताजी भी जब ऑफ़िस से आए तो दोनों के भातृप्रेम को देखकर गदगद हो गए। सहसा उनके मन में आया कि चलो, मरने तक बँटवारा नहीं करना पड़ेगा।

विनय करुण रस में विवेक को सांत्वना दे रहा था कि ये लड़कियों का चक्कर ही बुरा है, सुनील जैसे लड़कों के मुँह नहीं लगना चाहिए आदि। विवेक भी इस बात को समझता था। विवेक का कहना था कि वह ख़ुद किसी के मुँह नहीं लग रहा है लेकिन विनय जैसा भी नहीं है कि लड़की देखकर दूर ही भाग जाए या तमीज़ से बात भी ना कर पाए। विवेक का सुनील को लेकर भी कहना था कि वो भी सुनील के गैंग के मुँह नहीं लगना चाहता लेकिन सुनील की गैंग ऐसा नहीं चाहती। वो हर उस लड़के के मुँह लगना चाहती है जो महिमा से बात भी कर ले। ऐसे कैसे चलेगा?

विनय ने मज़ाक़ में कहा कि तो फिर थाने में जाकर केस कर देते हैं, जेल भेज देते हैं उनको। विवेक ने समझाया कि केस इतनी आसानी से नहीं बनते हैं। और धमकी देने वाले को जेल भेजने लगे तो शहर के शहर ख़ाली हो जाएँगे। धमकी देना तो व्यक्ति का जन्मसिद्ध अधिकार है। आदमी सपने में भी धमकियाँ देता है। आदमी जानवरों को भी धमकी देता है। विवेक के पड़ोस वाली आंटी अपने कुत्ते को ही धमकियाँ देती रहती थीं। धमकियों पर सजाएँ मिलने लगीं तो बच्चे अपने बाप और अध्यापकों को भी अंदर करवा देंगे। माँ को भी सॉफ़्ट कॉर्नर के कारण छोड़ दें तो बड़ी बात है।

विनय जब तक इस बात को समझता, विवेक को अचानक एक ऐसा तरीक़ा चमका कि वह अचानक ही ख़ुश हो गया और तेज़-तेज़ चलने लगा। विवेक का मूड हल्का होने से विनय को ये फ़ायदा हुआ कि अब वह अपनी कविताएँ फिर से सुना सकता था। लेकिन सीधे बात करने के विषय में आमूलचूल परिवर्तन

करना उसे ठीक नहीं लगा इसलिए उसने विनय से वह तरीक़ा जानना चाहा, जिस कारण वह इतना ख़ुश था।

विवेक ने बताया कि एक बार हेड साहब से चौकी पर जाकर बात की जा सकती है। विनय ने कहना चाहा कि वह भी तो यही कर रहा था जब विवेक ने उसे प्रवचन सुना दिया। विवेक ने कहा कि केस करके जेल भेजने की बात अलग है लेकिन यदि हेड साहब एक बार सुनील की टीम को टाइट कर देंगे तो भी काम हो जाएगा। विनय का प्रश्न था कि लेकिन हेड साहब अपनी क्यों सुनेंगे? फिर सुनील के पिताजी भी प्रधान हैं, कहीं ऐसा ना हो कि हेड साहब उल्टा हमको ही घसीट लें। इस पर विवेक ने कहा कि यहीं सुलोचन काम आएगा। सुलोचन की धार्मिक आस्था हेड साहब से काफ़ी मिलती-जुलती है शायद उसकी बात वह मान जाए। विनय को थोड़ी राहत मिली। अब वह अपनी बात कर सकता था। दस क़दम तक दोनों चुपचाप चले फिर विनय ने विवेक से कहा कि क्योंकि उसकी परेशानी का तरीक़ा मिल गया है शायद विवेक अब अच्छे से विनय की लेखनी को सुन पाएगा।

विवेक ने इशारे से इरशाद किया और दूर कहीं खेतों में देखने लगा। शाम ढलने से लोग अपने घरों को जा रहे थे। एक भैंस गोबर कर रही दूसरी भैंस को परेशान कर रही थी। कुछ बच्चे सूखे खेत में क्रिकेट खेल रहे थे। जिस लड़के का बैट था वह सब पर दादागिरी जता रहा था। हैंड पंप पर लाइन लगी हुई थी। एक नयी महिला ने चुपचाप से वृद्ध महिला की मटकी पीछे करके अपनी आगे रख दी थी। कुछ आदमी सड़क किनारे बीड़ी पी रहे थे और रास्ते से निकलने वाले हर व्यक्ति पर धुआँ छोड़ रहे थे।

विवेक ये सब देखता रहा और विनय अपनी कहानी-कविताएँ सुनाता रहा। विवेक मन में सोच रहा था कि वह जो ये सब देख रहा है शायद ये बदला जा सकता होगा। उसने विनय से पूछा कि कलेक्टर क्या काम करते हैं?

विनय को फिर से उसकी कविता पर दाद नहीं मिली थी और उस पर विवेक का ये प्रश्न सुनकर विनय को लगा कि विवेक पागल हो गया है। उसके दिमाग़ की अस्थिरता छप्पर फाड़ चुकी थी। विनय को लगा कि स्थिति सँभालने का पूरा ज़िम्मा उसी का है इसलिए उसने कलेक्टर के बारे में ज़्यादा ना जानते

हुए भी कहा कि कलेक्टर अपने ज़िले में जो चाहे वह कर सकता है, बहुत लोगों का भला कर सकता है।

"तो फिर इस गाँव में आज तक प्राइमरी स्कूल क्यों नहीं बना?"

"क्या पता हो सकता है कि यहाँ का कलेक्टर अच्छा ना हो। आदमी पर भी डिपेंड करता है ना।"

"कलेक्टर तो आईएएस का एग्ज़ाम देकर बनते हैं न?"

"हाँ तुझे भी बनना है क्या?"

"ऐसे कभी सोचा नहीं है।"

विवेक को अब थोड़ा ठीक लग रहा था। उसे सुरभि की हँसी भी याद आ गई थी। उसने विनय से कहा कि वो मुस्कुराने वाली लाइन फिर से सुना सकता है क्या?

विनय को बहुत ख़ुशी हुई। उसने सुनाया-

"हजारों जानलेवा हमले कुछ न कर सके मेरा
तेरी एक मुस्कुराहट मेरी जान ले गई।"

विवेक सुरभि के बारे में सोचता रहा और विनय अपनी दाद के बारे में।

17

सुरभि शाम के डिनर के बाद महिमा के साथ वॉक कर रही थी जब उसने दिन की घटना के बारे में महिमा को बताया। महिमा तो यह सुनकर बहुत ख़ुश हुई कि उसके पीछे लड़के मरे पड़े जा रहे हैं। उसने सुरभि से कहा कि चाहे जो भी हो सुनील की दिल्लगी को मानना पड़ेगा। सुरभि महिमा को जानने लगी थी इसलिए यह सुनकर उसका दिमाग़ खराब नहीं हुआ। लेकिन उसने महिमा को समझाने की कोशिश की कि कैसे विवेक को भी परेशान किया जा रहा है, जिसका किसी से कोई लेना-देना नहीं है।

महिमा को तब समझ में आया कि शायद उसे ही सुनील को यह बात समझानी पड़ेगी। लेकिन सुरभि नहीं चाहती थी कि महिमा सुनील से सीधे मिले इसलिए उसने महिमा की तरफ़ से एक लेटर सुनील के नाम लिखा।

महिमा ने सुरभि से कहा, "तुम बहुत अच्छा लिखती हो। आगे से मैं अपनी सारी चिट्ठियाँ तुम से ही लिखवाऊँगी।"

सुरभि ने कहा, "व्हॉट्सएप और फ़ेसबुक की दुनिया में चिट्ठियाँ कौन लिखवाता है?"

महिमा ने पूछा, "फिर हम सुनील को चिट्ठी क्यों लिख रहे हैं?"

सुरभि ने समझाया, "व्हॉट्सएप से भेजने में नंबर उसके पास चला जाएगा।"

"और फ़ेसबुक?"

"सुनील की अक़्ल का इतना भरोसा नहीं है कि वह मैसेज खोलकर पढ़ पाएगा।"

महिमा को बात समझ आ गई। कभी-कभी महिमा को लगता था कि सुरभि बहुत तेज़ है, कभी-कभी लगता था कि सुरभि को बहुत कुछ सीखना बाक़ी है। महिमा के हिसाब से सुरभि दुनिया के रंग-ढंग अभी इतने अच्छे से नहीं समझ पाई थी जितने अच्छे से महिमा समझती थी। ख़ैर, सुरभि ने महिमा की तरफ़

से ख़ूब खरी-खोटी लिखी थी। लेकिन सुरभि ने यह भी ध्यान रखा था कि कहीं चिट्ठी महिमा के स्तर से अधिक बौद्धिक स्तर को न छू जाए नहीं तो न महिमा को समझ आएगा और ना ही सुनील को।

चिट्ठी में बाक़ी लड़कों को परेशान ना करने की बात लिखते हुए अंत में लिखा कि अब किसी को परेशान किया तो अपना पत्ता कटा हुआ समझना।

जब सुनील के पास यह चिट्ठी चूहे के मार्फ़त पहुँची तो चूहा बहुत डरा हुआ था। क्योंकि उसने पहले से चिट्ठी पढ़ ली थी और उसे लगा कि सुनील भैया बहुत नाराज़ होंगे। लेकिन सुनील चिट्ठी पढ़कर बहुत ख़ुश हुआ। उसने जैसे ही पढ़ा कि अपना पत्ता कटा हुआ समझना, उसने सब से कहा कि इसका मतलब अभी तक उसका पत्ता कटा नहीं है।

एक तरफ़ जहाँ चूहे को ये समझ नहीं आ रहा था कि वो अच्छा दूत क्यों नहीं बन पा रहा है, सुनील भैया की भावनाओं से मैच क्यों नहीं कर पा रहा है, वहीं दूसरी तरफ़ सुनील भैया की टोली फिर दो गुटों में बँट चुकी थी। एक पार्टी का कहना था कि महिमा के इस क़दर ऑर्डर देने से सुनील भैया की इमेज को धक्का लगना चाहिए लेकिन सुनील भैया की पार्टी का कहना था कि सुनील भैया को तनिक भी धक्का नहीं लगा है। दूसरी पार्टी का कहना था कि महिमा यह कहते हुए भी कि अभी तक पत्ता नहीं कटा है, पत्ता काट चुकी है लेकिन सुनील भैया की पार्टी का कहना था कि ज़्यादा वाक्यों के बीच में रिसर्च नहीं करनी चाहिए, जो जैसा लिखा है उसका वैसा ही अर्थ समझना चाहिए।

अंत में सुनील भैया ने निश्चित किया कि क्योंकि महिमा ने आख़िरी चांस दिया है, एक क़दम पीछे खींचकर लड़कों को परेशान नहीं किया जाएगा। लेकिन महिमा पर लगातार नज़र बनाए रखनी होगी। इस बात को उसने चिट्ठी पर 'ओके' लिखकर चूहे के हाथों सुरभि तक पहुँचा दिया।

18

विवेक ने रातभर सुलोचन को बहुत मनाया। चैन सिंह का कहना था कि उसको पुलिस के पास जाने की ज़रूरत नहीं है और वह अकेला ही सुनील और उसके पिद्दियों से निपटने के लिए काफ़ी है। लेकिन जिस तरह से पिछली बार चौकी में चैन सिंह की पतलून गीली होते-होते रही थी, विवेक को उस पर भरोसा नहीं था। इस बात की पूरी संभावना थी कि चैन सिंह बिना सीटी लिए ही प्रेशर कुकर का ढक्कन खोल दे और हर तरफ़ धमाका हो जाए।

जब चैन सिंह की बात नहीं मानी गई तो चैन सिंह ने चौकी के साथ अपना पुराना इतिहास देखते हुए चौकी जाने के प्लान से अपने आप को किनारा कर लिया। दूसरी तरफ़ सुलोचन का कहना था कि हेड साहब तो उसे भूल भी गए होंगे और वह उसकी हेल्प क्यों करेंगे? विवेक ने वो बात याद दिलाई जब हेड साहब ने सुलोचन से कहा था कि कोई काम हो तो बताना और सुलोचन ने रामायण की तर्ज़ पर वक़्त आने पर बताने की बात कही थी। सुलोचन ने कहा कि यह कोई सतयुग नहीं है जहाँ ज़बान की क़ीमत होती है और वैसा न करने पर धरती धँस जाती है और आसमान से देवता प्रकट होकर एक स्वर में ज़बान तोड़ने वाले को धिक्कारते रहते हैं। कलयुग में ज़बान की कोई क़ीमत नहीं है और फिर उसमें भी पुलिस वाला या नेता हो तो समझ लो कि जो कहा है, वह तो होना ही नहीं है।

बहुत मान-मनव्वल के बाद सुलोचन अगले दिन चलने के लिए राज़ी हो गया। सुलोचन की सोच थी कि यदि लड़की उससे कुछ माँगती तो कोई बात भी थी। यहाँ तो जबरन ही वह सूली पर चढ़ा जा रहा है। लेकिन क्योंकि उसे 'भगवान क़सम' दिला दी गई थी, सुलोचन का अपनी बात से पलटने का सवाल ही नहीं था।

हर प्रकार से मंत्रणा करते हुए विनय, विवेक और सुलोचन चौकी पहुँचे। बाहर संतरी इस ठाठ और विश्वास से सो रहा था मानो कोई अपराधी आएगा तो संतरी को पहले उठा ही देगा। संतरी के हाथ की राइफ़ल नीचे गिर गई थी। सुलोचन और विवेक सीधे चौकी के अंदर चले गए लेकिन विनय ने उदारता दिखाते हुए संतरी को उठाया और बताया, "आप की राइफ़ल कुत्ते उठाकर ले जा सकते हैं।"

संतरी ने गहरी नींद से जबरन उठते हुए कहा, "राइफ़ल की चिंता इसलिए नहीं है क्योंकि उसमें गोली नहीं है।"

विनय ने आश्चर्य से पूछा, "फिर राइफ़ल किस काम की है?"

संतरी ने विनय को बेहद निरीह नज़रों से देखते हुए पाँच साल के बच्चे को समझाने वाली टोन में कहा, "राइफ़ल सिर्फ़ डराने के लिए है, मारने के लिए नहीं। दूसरी बात, गोली राइफ़ल में रखने से ग़लती से इधर-उधर चलने का ख़तरा बना रहता है। और तीसरी बात कि यदि मुठभेड़ में राइफ़ल दुश्मनों के पास चली जाती है तो दुश्मन हम पर पलटवार नहीं कर पाएँगे और वह 'फूल' बन जाएँगे।"

संतरी को यह बताते हुए लगा कि हिंदुस्तान का हर युवा मूर्ख है और सारा दिमाग़ उसी के पास है। ऐसी चाल के बारे में तो कोई सपने में भी नहीं सोच पाएगा।

लेकिन विनय के प्रश्न रह-रहकर गैस बनकर पेट से मुँह में आ रहे थे। विनय ने पूछा, "यदि मुठभेड़ हुई और राइफ़ल संतरी के पास ही रही तो आप कैसे हमला करेंगे?"

संतरी ने सोचा कि यह बच्चा कितना नादान है इसे हर एक बात समझानी पड़ती है। फिर संतरी ने गहरी साँस छोड़ते हुए कहा, "दुश्मन क्यों हमला कर रहा है यह जानना ज़रूरी है। यदि वह चौकी पर हमला कर रहा है तो भागने में ही भलाई है क्योंकि चौकी में चुराने जैसा कुछ भी नहीं है, वह क्या ले जाएगा? हम कम-से-कम अपनी जान तो बचाएँ। और यदि वह हम पर हमला कर रहा है तो फिर भागने में ही भलाई है क्योंकि चौकी तो बची हुई है ही, भागने से हम भी बच जाएँगे।"

विनय के प्रश्न लेकिन अभी थमे नहीं थे। वो लगातार बिना बारूद के गोले दागे जा रहा था और संतरी सभी गोलों को मानो अपनी छोटी उँगली पर नचा रहा था।

अंदर सुलोचन और विवेक हाथों में पसीना लिए हुए हेड साहब के सामने खड़े हुए। हेड साहब डुबकी लगाकर आए ही थे और वर्दी पहन रहे थे। शर्ट के बटन लगाते हुए उन्होंने लड़कों से आने का कारण पूछा। सुलोचन ने याद दिलाया कि वो वही लड़का है जिसे हेड साहब ने डुबकी की महत्ता बताई थी और कहा था कि कोई भी दिक़्क़त हो तो आ जाना। हेड साहब को कुछ याद नहीं आया लेकिन फिर भी हाँ में गर्दन हिलाते हुए समस्या पूछी। समस्या का पूछना था कि विवेक ने लैब में महिमा से बातचीत की कहानी बतानी शुरू कर दी।

हेड साहब के पास इतना समय नहीं था। डुबकी लगाने का अगला मुहूर्त आए जा रहा था। सुलोचन ने बात काटते हुए बताया कि सुनील और उसके चेले-चपाटों ने विवेक को परेशान किया है।

हेड साहब को धरमगंज के प्रधान ने जब आख़िरी बार जन-सहयोग दिया था तब यह बताया था कि उनका लड़का कॉलेज जा रहा है। हेड साहब ने हाथ जोड़कर बेहद विनम्रता से विश्वास दिलाया था कि उनके लड़के को कोई दिक़्क़त नहीं होने देंगे।

हेड साहब ने लड़कों से पूछा कि किस हद तक सुनील ने परेशान किया है? विवेक ने सारी बात बता दी। हेड साहब थोड़े नाराज़ हुए। उन्होंने कहा कि इतनी छोटी-छोटी बातों पर यदि पुलिस एक्शन लेने लगेगी तो हर घर में एक पुलिस वाला परमानेंट बैठाना पड़ेगा। उन्होंने 'परमानेंट' पर ऐसे ज़ोर दिया ताकि सबको पता चल जाए कि वो अनपढ़ नहीं हैं। विवेक और सुलोचन चुप हो गए। विवेक थोड़ा मायूस भी हो गया क्योंकि उसे उम्मीद थी कि शायद सरकारी सिस्टम तो उसकी सहायता करेगा।

दोनों को थोड़ा मायूस देखकर हेड साहब ने वो कहा जो वे सबको कहते थे, "ठीक है, मैं देखता हूँ।"

हेड साहब ने अपनी पूरी नौकरी में कभी कुछ नहीं देखा था। और हेड साहब के मुताबिक़ देखना भी नहीं पड़ता है। उनका कहना था कि व्यक्ति चौकी

पर अपनी बात ऐसे सुनाने आता है जैसे वह मज़ार या मंदिर पर जाता है। उसकी बस चुपचाप सुन लेनी चाहिए। उसका दर्द हल्का हो जाता है। फिर आख़िरकार करना उसको अपने मन की ही है और लड़ना उसको ही है अपनी परेशानियों से। हेड साहब का मानना था कि क्योंकि पुलिस वाले सुनकर कुछ नहीं करते हैं इसीलिए लोग सुखी हैं। यदि वो तुरंत एक्शन लेने लग जाएँ तो घर-घर में फूट पड़ जाएगी, कलह हो जाएगा। कारण पूछने पर वह बताते थे कि अधिकतर झगड़े तुरंत के होते हैं और समय के साथ अपने आप ही ख़त्म हो जाते हैं। मान लो पति के दारू पीकर आने पर जब पत्नी चौकी शिकायत करने आए और हम जल्दबाज़ी में उसे बंद कर दें तो अगले दिन दोनों लड़कर तलाक़ कर लेंगे और नुक़सान महिला का होगा। भरी गृहस्थी छोड़कर अकेली कहाँ जाएगी। वहीं यदि हम पत्नी को बस सुन लें और कह दें कि 'ठीक है, मैं देखता हूँ' तो उसका ग़ुस्सा भी निकल जाएगा और जब अगले दिन पति का नशा उतरेगा तो दोनों तब तक राज़ी-ख़ुशी रहने लगेंगे जब तक कि पति फिर से शराब न पी ले।

कुल मिलाकर हेड साहब के 'ठीक है, मैं देखता हूँ' का छुपा हुआ मतलब था कि भाड़ में जाओ। हम कुछ नहीं करेंगे। लेकिन विवेक को अभी भी सिस्टम पर श्रद्धा थी और वह 'ठीक है, मैं देखता हूँ' को हेड साहब के आश्वासन और सांत्वना समझकर बाहर निकले।

जब वो बाहर पहुँचे, उन्होंने देखा कि विनय संतरी से संतरी के दिन भर का कार्य विवरण पूछ रहा था। इस पर संतरी के मुँह से ग़लती से 'सोना' निकल गया लेकिन उसने अपने आप को ठीक करते हुए कहा कि संतरी के बहुत काम होते हैं। विनय ने संतरी से उदाहरण स्वरूप दो-तीन काम गिनाने को कहे जिसके संबंध में संतरी सोच में पड़ गया और जब तक वह सोच पाता तब तक विवेक और सुलोचन विनय का हाथ पकड़कर उसे वहाँ से खींच ले गए।

19

कुछ दिनों तक कॉलेज में कुछ नहीं हुआ। विवेक कॉलेज जाता, सुनील और उसके चपाटे उसे कैंटीन और टपरी पर दिखते भी लेकिन अब वो पहले जैसे दुश्मन नहीं दिख रहे थे। वो लोग अपने काम में मशग़ूल दिख रहे थे। उनकी टोली में से अपशब्द सुनाई दे रहे थे इसका मतलब था कि वो लोग ख़ुश हैं। लड़कों की टोलियों का यही नियम है। गालियाँ इस हद तक प्रयोग में लाई जाती हैं कि कई लड़कों का तकिया कलाम बन जाती हैं।

सुनील का ही एक साथी सुंदर, जो सिर्फ़ नाम का ही सुंदर था, उसने तो एक लड़की को प्रपोज़ करते समय भी गाली दे दी थी। हालाँकि वह लड़की भी कम नहीं पड़ी और उसने भी सूद समेत सुंदर के कलेजे में गालियाँ उतार दीं। सुंदर इतना ख़ुश हुआ कि उसने जगह-जगह 'अपने बराबर की लड़की' मिलने का ढिंढोरा पीट दिया। उसने तो सुनील भैया को रिक्वेस्ट भी की कि उस लड़की को गर्लफ्रेंड बनने के बाद ग्रुप में भी शामिल कर लेना चाहिए ताकि ग्रुप लैंगिक समानता की ओर भी आगे बढ़े। लेकिन तब भी सुनील भैया के ग्रुप ने टपरी पर बैठकर गहन मंथन किया था। टोली दो भागों में बँट गई थी। एक का सोचना था कि लड़की को जोड़ देना चाहिए जैसा सुंदर ने कहा। दूसरे ग्रुप का सोचना था कि नहीं जोड़ना चाहिए क्योंकि इससे संस्कृति का ह्रास होगा। इस टीम के लोगों ने गाली से शुरुआत करते हुए कहा कि गालियाँ लड़कियों की सेहत के लिए अच्छी नहीं हैं। इतना गहन चिंतन चल रहा था कि दोनों पक्ष-विपक्ष की टीमों में से किसी को नहीं सूझा कि यदि अगली बार किसी के 'साम' पर सुंदर अपनी औक़ात का अधिक 'दाम' लगाते हुए लड़की के सामने पहुँचा तो लड़की के 'दंड' से पूरा 'भेद' खुल जाएगा।

ख़ैर जो भी हो, इसको देखकर विवेक थोड़ा-सा नॉर्मल हुआ। हालाँकि चैन सिंह ने अपनी तरफ़ से पूरा कवर दे रखा था। चैन सिंह का कहना था कि

दोस्त ही दोस्त के काम आता है भले ही दोस्त ना चाहे। उसके हिसाब से दोस्त कभी-कभी जताते नहीं हैं लेकिन उनके मन की बात समझनी पड़ती है। जो मन ना पढ़ पाए वह सच्चा दोस्त हो ही नहीं सकता। विवेक ने चैन सिंह को कुछ भी करने से मना किया था लेकिन चैन सिंह बातें नहीं मन पढ़ रहा था। हालाँकि विवेक के सामने ऐसी नौबत और चैन सिंह के सामने ऐसा मौक़ा आया ही नहीं कि वह अपनी करतब दिखा सके।

विवेक ने कोशिश की कि वह महिमा से दूर ही रहे और महिमा भी अपने में इतनी व्यस्त थी कि विवेक पर उसका ध्यान नहीं गया। सुरभि से हाय-हेलो तो हुआ लेकिन ज़्यादा बात नहीं हुई। विवेक चाहता था कि सुरभि से बात हो लेकिन कॉलेज के बाद सीधा पढ़ाने भी जाना होता था। विनय के सामने वह अभी तक सुरभि से मिलने का कोई बहाना नहीं ढूँढ पाया था।

20

पहला साल ख़त्म होने को था और परीक्षाएँ हमेशा की तरह कब आईं, पता ही नहीं चला। क्योंकि कॉलेज का पहला साल था इसलिए पिछले वर्षों के पेपर उपलब्ध नहीं थे। सक्सेना सर सरीखे प्रोफ़ेसरों के लिए यह गहरा आघात था। उनके हिसाब से पेपर तैयार करना देश चलाने से भी ज़्यादा कठिन था। देश चलाने के लिए बस मीटिंग लेनी होती है, पेपर बनाने में तो ख़ुद बैठकर दिमाग़ लगाना पड़ता है।

उस पर एक जटिलता यह भी थी कि पेपर सरल बनाना था। कुछ दिन पहले डीन साहब ने सबकी मीटिंग ली थी। उन्होंने नाश्ते में चाय और बिस्किट रखवाए। ख़ुद के लिए कटलरी में और बाक़ी सब के लिए डिस्पोज़ल में। डीन साहब का कहना था कि उनको छोड़कर बाक़ी सभी में समानता बनी रहनी चाहिए। तो चाय में बिस्किट गलाते हुए उन्होंने सभी को यह सख़्त निर्देश दिया कि पेपर बेहद आसान होना चाहिए। क्योंकि कॉलेज का पहला साल है, यदि बच्चे फ़ेल हो गए तो कॉलेज की इमेज गर्त से महागर्त में पहुँच जाएगी।

डीन साहब ने गलकर कप में गिरे बिस्किट को दूसरे बिस्किट की सहायता से निकालते हुए कहा कि यदि कोई भी विद्यार्थी फ़ेल होगा तो उस विषय के टीचर से हर्जाना वसूला जाएगा और छुट्टियों में कटौती की जाएगी। ये कहते हुए वह दुखी हो गए। सभी टीचर्स को लगा कि डीन साहब कितने संवेदनशील हैं कि सज़ा की बात भी करते हैं तो पहले ख़ुद दुखी हो जाते हैं। तभी डीन साहब ने अपना दुख जग-ज़ाहिर करते हुए कहा कि यह कम्बख़्त बिस्किट बाहर ही नहीं निकल रहा है।

उस मीटिंग से सक्सेना सर बड़े चिंतित थे। रात-रातभर सो नहीं पाते थे। प्रेमिका से बिछड़े हुए प्रेमी जैसी स्थिति हो गई थी। एक दिन फ़ेसबुक पर कॉलेज के बच्चों की प्रोफ़ाइल देखते-देखते उन्हें अपने कॉलेज के प्रोफ़ेसर साहब की

प्रोफ़ाइल दिख गई। उन्हें याद आया कि इनसे पेपर गढ़ने का सलीक़ा जाना जा सकता है। ये सोचकर उन्हें मैसेज किया। पहले तो दोनों ने एक प्रोफ़ेसर होने की व्यथा साझा की कि कैसे दोनों जहाँ में सामंजस्य बिठाकर चलना पड़ता है। एक तरफ़ बच्चे हैं जो मूर्ख दिखते हैं लेकिन समझदार हैं और दूसरी तरफ़ कॉलेज के प्रशासनिक अधिकारी हैं जो समझदार दिखते हैं लेकिन मूर्ख हैं। फिर सक्सेना सर ने क़बूल किया कि प्रोफ़ेसरी की नौकरी जान हथेली पर लेकर चलने जैसी होती है जिस पर दूसरी तरफ़ से जवाब आया कि इससे बढ़िया तो पुलिस में भर्ती हो जाते तो अच्छा रहता।

आख़िरी में अपने काम की बात करते हुए सक्सेना सर ने उनके प्रोफ़ेसर से पेपर तैयार करने की तरकीब पूछी। कुछ देर सन्नाटा छा गया। सक्सेना सर घबरा गए। उन्होंने दस बार मैसेज पढ़ा कि कहीं कोई ग़लती तो नहीं हो गई है। थोड़ी देर बाद दूसरी तरफ़ से जवाब आया कि पेपर तैयार करना प्रोफ़ेसरी के व्यवसाय के बेहद ख़िलाफ़ है। वो सक्सेना सर को पेपर भेज देंगे जो उन्हें उनके प्रोफ़ेसर ने भेजा था। कॉलेज के पेपर श्रुति की तरह सदियों से चले आ रहे हैं; कहाँ उत्पन्न हुए, किन परिस्थितियों में हुए, ये कोई नहीं जानता। लेकिन यह एक प्रोफ़ेसर से दूसरे तक पहुँचते गए हैं और पहुँचते रहेंगे। इसमें बस एक शर्त थी। वो यह कि पूरा पेपर वैसा का वैसा ही टीपा जा सकता है सिर्फ़ एक प्रश्न बदलना आवश्यक है। एक प्रश्न बदलने के दो कारण थे- पहला तो ये कि ताकि किसी को इस बात का अंदेशा ना हो कि इस पेपर को कहीं और से टीपा गया है और दूसरा ये कि आने वाले प्रोफ़ेसरों के लिए इस प्रकार के उच्च स्तरीय प्रश्न पत्रों का एक बैंक तैयार किया जा सके जिससे उनकी बाधाएँ आसान हों और वह अपने पूर्वज प्रोफ़ेसरों को दुआओं और मनोकामनाओं में याद रख सकें। सक्सेना सर तो फूले नहीं समा रहे थे। उनके लिए तो मानो जनरल की टिकट एसी में अपग्रेड हो गई थी। उन्होंने अपने प्रोफ़ेसर से वादा किया कि वे प्रोफ़ेसरों की इस असीम परंपरा में वह कौवा ज़रूर बनेंगे जो आग बुझाने के लिए अपनी औक़ात अनुसार पानी की बूँद डालता है। प्रोफ़ेसर साहब ने बताया कि वो कौवा नहीं गिलहरी थी। लेकिन सक्सेना सर का कहना था कि गिलहरी आग बुझाने कैसे जा पाएगी कौवा तो उड़कर चला जाएगा। इस बात पर लंबी बहस के साथ सक्सेना सर ने प्रोफ़ेसर को धन्यवाद ज्ञापित किया।

सक्सेना सर को सैंपल प्रश्नपत्र तो मिल गया था लेकिन उनके सामने एक और बड़ी समस्या थी। वो थी प्रश्नों के उत्तर तैयार करना क्योंकि सर को अपने विद्यार्थियों पर पूरा भरोसा था। इसलिए उन्हें ज्ञात था कि यदि जवाबों की कुंजी बच्चों तक नहीं पहुँची तो बच्चे पहले ही साल में ढेर हो जाएँगे और ऐसी शहादत किसी के लिए भी अच्छी नहीं थी।

सक्सेना सर ने दिन-रात मेहनत करके इंटरनेट को दाल में से कीड़ा निकालने के जैसे छान मारा और 'कहीं का ईंट कहीं का रोड़ा भानुमति ने कुनबा जोड़ा' की लोकोक्ति को अमल में लाए।

दूसरी तरफ़, जब तक सक्सेना सर के नोट्स मार्केट में नहीं आए थे, लोग सुरभि के नोट की फ़ोटोकॉपी करा रहे थे। चिलोंटाजी ने डिस्टेंपर की दुकान के बग़ल से अपने लड़के के लिए फ़ोटोकॉपी की दुकान डाल दी थी। सुरभि के नोट्स की फ़ोटोकॉपी कर-करके चिलोंटाजी का लड़का ख़ुद परीक्षा देने लायक़ हो गया था।

सुरभि नोट्स देने में तो ज़िंदादिल थी लेकिन परीक्षा के टाइम की जो बात उसे अखरी, वो थी लाइब्रेरी में विद्यार्थियों का आवागमन। लाइब्रेरी भूत हवेली से शॉपिंग मॉल बन गया था। हर समय कोई-न-कोई आता जाता था और सुरभि से कस्टमर केयर की तरह किताबों की अलमारियों के बारे में पूछता रहता था। लाइब्रेरियन से भी ज़्यादा लाइब्रेरी का ज्ञान सुरभि को हो गया था। कुछ ऐसे लड़कों की भी जमात तैयार होने लगी थी जो सिर्फ़ सुरभि को देखना चाहते थे।

सुलोचन के पूजा पाठ की गति भी परीक्षा के नज़दीक आने के साथ-साथ बढ़ती जा रही थी। जितना उसे कोर्स का याद नहीं था, उससे ज़्यादा उसने आरतियाँ और श्लोक याद कर लिया था। लेकिन इतना सब करके भी जब उसके पेट की गुड़गुड़ शांत ना हुई तब उसने विवेक से कहा कि अब सुरभि के नोट्स माँग लेना चाहिए।

विवेक भी यही चाहता था लेकिन ख़ुद के लिए माँगने में उसे शर्म आती थी। आईआईटी की परीक्षा देकर कॉलेज टॉप करने का सपना देखकर आया लड़का ख़ुद के नोट्स भी नहीं बना पाया वो यह सोच नहीं पाता था। पर चूँकि अब विवेक को नहीं सुलोचन को ज़रूरत थी इसलिए विवेक ने सुरभि से मिलने लाइब्रेरी जाने का पक्का किया।

अगले दिन जब विवेक और विनय लाइब्रेरी पहुँचे तो वहाँ की भीड़ देखकर दंग रह गए। परीक्षा के कारण भीड़ होगी यह तो अंदाजा था लेकिन इतनी भीड़ समझ पाना तो सिर के ऊपर से निकल गया। विनय ने विवेक को लाइब्रेरी के बाहर ही उस भाव से विदाई दी जैसे रानी अपने राजा को युद्ध पर जाते समय देती है। आँखों में जीत का विश्वास लेकिन मन में हार का भय।

विवेक जब सुरभि की टेबल के सामने पहुँचा तो उसे सारी भीड़ का राज़ पता चल गया। वहाँ महिमा भी सुरभि के साथ बैठी हुई थी। पूरी तरह से मेकअप करके और सज-सँवर के वह पढ़ने आई थी। महिमा का कहना था कि ऐसे दिन साल भर में एक-दो बार आते हैं। इन दिनों के लिए पूरी तरह तैयार रहना चाहिए। सुरभि जब रूम से लाइब्रेरी के लिए निकली थी तब महिमा ने कहा था कि वो तैयार होकर उसके पीछे-पीछे आ रही है। सुरभि के लाइब्रेरी में पहुँचने के तीन घंटे बाद महिमा का लाइब्रेरी में पदार्पण हुआ और वह पंद्रह मिनट की पढ़ाई के बाद ही थक गई थी।

उसकी सुरभि से इस बात पर लड़ाई थी कि जब मार्केट में सक्सेना सर के नोट्स आए हैं तो फिर वह अपने नोट से क्यों पढ़ा रही है? इस पर सुरभि का कहना था कि उसके नोट्स में भी वही सब कुछ है जो सक्सेना के नोट में है। लेकिन महिमा समझने को तैयार नहीं थी, हालाँकि महिमा का सोचना था कि सुरभि समझने के लिए तैयार नहीं है।

विवेक कुछ बोल पाता उसके पहले ही महिमा ने उससे मदद माँगते हुए सुरभि को समझाने को कहा। विवेक दोहरे उलझन में पड़ गया। पहली तो ये कि सक्सेना सर के नोट्स मार्केट में आ गए हैं, यदि उसे यह पता होता तो उसे लाइब्रेरी तक नहीं आना पड़ता और दूसरी यह कि वो ख़ुद सुरभि के नोट्स माँगने आया था तो वह सुरभि को कैसे कह दे कि सक्सेना सर के नोट से पढ़ा जाए। इसलिए विवेक ने महिमा की बात को नज़रअंदाज़ कर सुरभि से पूछा कि क्या उसके नोट्स मिल सकते हैं? सुरभि ने अपने बैग से अपने ही नोट्स की एक फ़ोटोकॉपी निकाली और विवेक को दे दी। विवेक मन-ही-मन ख़ुश हुआ लेकिन बाहर से औपचारिक हँसी हँसते हुए सुरभि को कहा कि उसे फ़ोटोकॉपी कराने की ज़रूरत नहीं थी विवेक ख़ुद ही करा लेता।

सुरभि भी हँसी। ये लाइब्रेरी वाली हँसी बेहद धारदार थी। विवेक बस सुरभि की तरफ़ देखता ही रहा कि सुरभि ने कहा कि यह फ़ोटोकॉपी विवेक के लिए नहीं है बल्कि फ़ोटोकॉपी कराने के लिए है। क्योंकि सुरभि अपने ओरिजिनल नोट्स से पढ़ रही है और सुरभि के नोट्स की कॉपी कराने वालों की तादाद ज़्यादा है इसलिए उसमें अपने नोट्स की ही फ़ोटोकॉपी अपने पास रख ली ताकि हर बार ओरिजिनल ना देना पड़े।

विवेक अपनी सोच पर शर्मिंदा हुआ कि कि सुरभि उसे नोट्स गिफ़्ट दे रही है तभी महिमा बोली कि ये तो सक्सेना सर के नोट्स बाहर आ गए हैं नहीं तो ओरिजिनल छोड़ो फ़ोटोकॉपी भी नहीं मिलती। विवेक ने सुरभि की तरफ़ देखा। सुरभि ने महिमा की तरफ़ देखा और महिमा ने विवेक की तरफ़ देखा। नज़रों का त्रिकोण ऐसा बना कि महिमा समझ गई कि विवेक सुरभि को पसंद करता है, सुरभि समझ गई कि महिमा के मन में कोई ख़ुराफ़ात है जो जल्दी ही बाहर निकलने वाली है और विवेक समझ गया कि उसे सुरभि को ऐसे नहीं देखना चाहिए था।

महिमा ने विवेक से पूछा कि क्या सुनील और उसके लड़के अभी भी उसे परेशान करते हैं? सुरभि समझ गई की महिमा क्या करना चाहती है इसलिए उसने टॉपिक बदलने की कोशिश की। सुरभि ने महिमा को सक्सेना सर के नोट्स से पढ़ाने का ऑफ़र दिया। लेकिन उस बात को महिमा ने कुछ देर के लिए नज़रंदाज़ कर दिया। विवेक ने महिमा के सवाल का जवाब दिया कि उस दिन के बाद से सुनील का गरम दल नरम दल बन गया है और फिर विवेक की महिमा से इतनी बातें हुई भी नहीं कि सुनील को शक हो पाए। विवेक ने थोड़ा हीरो बनते हुए कहा कि अब लाइब्रेरी से जाने के बाद हो सकता है कि सुनील के गिद्ध फिर शिकार पर धावा बोल दें। सुरभि चुपचाप सुन रही थी।

महिमा ने कहा, "ये गिद्ध-विद्ध के डायलॉग तुम अच्छे मार लेते हो लेकिन तुम बाहर जाओगे तो भी तुम्हें कुछ नहीं होगा।"

ये कहते हुए महिमा ने उस दिन की पूरी घटना बता दी कि कैसे महिमा और सुरभि की सूझ-बूझ से विवेक बच गया। विवेक समझ गया कि पूरी समझ सुरभि की रही होगी और सुरभि भी समझ गई कि विवेक ये बात समझ गया है।

इस बार विवेक सुरभि की आँखों में देखने की हिम्मत नहीं कर पाया। उसके

बाहर की हीरोगिरी ख़त्म हो गई लेकिन वह अंदर से बड़ा ख़ुश हुआ कि सुनील के छल्लों का घना साया अब उसके ऊपर नहीं है। सुरभि ने बात सँभालते हुए कुछ कहने की कोशिश की कि महिमा ने कहा कि यदि विवेक सुरभि को पसंद करता है तो पहले उसे महिमा की कसौटी पर खरा उतरना होगा। सुरभि और विवेक ने एक साथ महिमा की ओर देखकर कहा कि वो कुछ भी कह रही है।

महिमा अपनी बात को स्पष्ट करना चाहती थी कि विवेक ने सुरभि की तरफ़ फ़ोटोकॉपी दिखाते हुए कहा कि वह जल्दी ही फ़ोटोकॉपी कराके नोट्स वापस कर देगा। लेकिन सुरभि इतने असहज घटनाक्रम के बाद फिर से विवेक से मिलने के मूड में नहीं थी। उसे पता था कि महिमा फिर कहानी को कहीं और ले जा सकती है। इसलिए उसने विवेक को कहा कि वह फ़ोटोकॉपी रख सकता है, सक्सेना सर के नोट्स मार्केट में आने के बाद अब उसे फ़ोटोकॉपी की ज़रूरत नहीं है। ऐसी स्थिति में विवेक ने भी कुछ बोलना सही नहीं समझा और महिमा कुछ बोल पाती उसके पहले ही वो टेबल से खिसककर बाहर निकल आया।

अंदर सुरभि महिमा पर नाराज हुई, यह जानते हुए भी कि उस पर इसका कोई असर नहीं पड़ेगा। इस बार टॉपिक बदलने की बारी महिमा की थी। महिमा ने कहा कि सक्सेना सर के नोट्स लेकर सुरभि उसे पढ़ाना शुरू करे।

21

विवेक सुरभि के नोट्स लेकर जब तक सुलोचन तक पहुँचा तब तक सक्सेना सर के नोट्स की ख़बर सब जगह इतनी तेज़ फैल चुकी थी कि उससे तेज़ सिर्फ़ एक अफ़वाह ही फैल सकती थी।

सुलोचन के चेहरे पर सक्सेना सर के नोट्स को लेकर जो विजय भाव थे उसके सामने विवेक के चेहरे पर सुरभि के नोट्स को लिए भंगिमा फीकी पड़ गई थी। चैन सिंह ने सुरभि के नोट्स को दुत्कारते हुए कहा कि शायद सुरभि भी अब सक्सेना सर के नोट से पढ़ रही होगी इसलिए विवेक को भी सुरभि के नोट्स को साइड में रख देना चाहिए। विनय भी इसी के समर्थन में था।

विवेक ने उनकी बातें सुनी लेकिन चुप रहा। विवेक ने भले ही साल भर पढ़ाई नहीं की थी लेकिन जब उसने सुरभि के नोट्स पड़े तो उसे लगा कि परीक्षा उतनी भी कठिन नहीं है। इसका मतलब यह नहीं था कि विषय सरल है, बल्कि इसका मतलब यह था कि कॉलेज में सिर्फ़ सतही तौर पर पढ़ाया गया था।

विनय का सोचना था कि कुछ दिनों के लिए शाम को गाँव में जाकर बच्चों को पढ़ाना बंद कर देना चाहिए। थोड़ी पढ़ाई भी हो जाएगी और चैन भी पड़ेगा। चड्ढी की यूनिफ़ॉर्म में बैठे बच्चे वैसे भी कम सुनते थे। कोई बीच क्लास से उठकर ही लाठी लेकर टायर दौड़ाने लगता था। कोई पॉटी करने की यात्रा पर निकल पड़ता था। एक बच्चा ऐसा था जिसे कोई भी प्रश्न दो तो वह टट्टी करने निकल लेता था। उसका सोचना था कि वहाँ अच्छा सोचा जाता है। वह कहता था कि यदि उसे टट्टी करते-करते परीक्षा दिलाई जाए तो वह टॉप कर देगा। इन्हीं सब बातों से विनय कुछ दिन आराम चाहता था और फिर वह घर वालों को पढ़ने का बताकर आया था ना कि पढ़ाने का।

विवेक भी इस बात से तब तक पूरी तरह सहमत था जब तक उसने नोट्स नहीं देखे थे। नोट्स देखकर उसे लगा कि दिनभर परीक्षा की तैयारी करने के

बाद गाँव जाकर बच्चों के साथ थोड़ा वक़्त बिताने में कोई हर्ज नहीं है इसलिए परीक्षा के दिनों में विवेक अकेला ही शाम को गाँव पढ़ाने जाता था। जितनी बार वह आता-जाता था, उतनी बार वह कुछ बड़ा करने के बारे में सोचता था। लेकिन हर बार उसे अपनी पुरानी असफलताएँ और अपने कॉलेज का स्तर याद आता था।

एक दिन जब वह बच्चों को पढ़ाकर वापस लौटने को हुआ, गाँव के सरपंच ने उसको अपने पास बुला लिया। सरपंच काका खाट में फँसे हुए थे और बेहद मुश्किल से उठकर बैठने की कोशिश कर रहे थे। विवेक दौड़कर उनके पास गया और हाथ देकर उनको बैठाया। सरपंच ने विवेक से ख़ुश होकर घर के अंदर बैठी बहू पर तंज़ कस दिया कि इस लड़के से बड़े-बूढ़ों की सेवा करना सीखना चाहिए। बहू ने तुरंत ही पलटवार किया कि उसकी सास भी कभी अपने ससुर की सेवा नहीं करती थी, वो तो बस परंपरा की धरोहर को सँभाले हुए है। सरपंच बहस करते तो हारते ही, इसलिए विवेक के सामने बहू को नज़रअंदाज़ करना ही ठीक समझा।

सरपंच साहब बोले, "चिलोंटाजी मिले थे मुझे। गाँव के बारे में पूछ रहे थे। मैंने बताया कि कॉलेज के लड़के आते हैं पढ़ाने।"

विवेक समझ नहीं पाया कि सरपंच जी क्या कहना चाहते हैं! विवेक ने सिर्फ़ गर्दन हिला दी।

"चिलोंटा ऐसा आश्चर्यचकित हुआ जैसे उसे भरोसा ही ना हो कॉलेज के लड़कों पर।"

विवेक ने मन में सोचा कि भरोसा तो कॉलेज को भी ख़ुद पर नहीं है। 'भगवान भरोसे' का उत्कृष्टतम उदाहरण है वह कॉलेज।

सरपंच जी बोलते गए, "चिलोंटा ने तुम दोनों के नाम लिए हैं मुझसे। बोल रहा था कि डीन साहब को बताऊँगा।"

"अरे! आपको नाम बताने की क्या ज़रूरत थी! हम तो ऐसे ही अपनी मर्ज़ी से पढ़ाने आते हैं।"

हालाँकि पढ़ाना मजबूरी में शुरू किया था लेकिन अपने स्वाभिमान को ठेस ना पहुँचे, इस तरीक़े से विवेक ने जवाब दिया।

"वो तो ठीक है बेटा, लेकिन तुम वो काम कर रहे हो जो शिक्षा विभाग को

करना चाहिए था।"

"उन्होंने अभी तक किया क्यों नहीं?"

"कई बार मैं शिक्षा अधिकारी से मिलकर आया। हर बार वह कह देते हैं कि अभी निरीक्षण करके फिर बनाएँगे। सालों तो वह आए नहीं, जब आए तो कहने लगे कि पास वाले गाँव में बच्चों को भेजा करो। छोटे-छोटे बच्चे दो किलोमीटर चलकर कैसे पढ़ने जाएँगे? यह तुम्हारी क्लास में तो सीधे बैठ नहीं पाते, कुछ समझते नहीं हैं। वहाँ भेजा तो कौन सँभालने की ज़िम्मेदारी लेगा?"

विवेक ने अपनी क्लास की हुई बेइज़्ज़ती को थोड़ी देर किनारे रखकर पूछा, "काका, आप कलेक्टर से जाकर क्यों नहीं मिलते?"

"कोशिश की थी, लेकिन साहब मीटिंग में व्यस्त रहते हैं या फिर क्षेत्र भ्रमण पर निकले रहते हैं। मुझे यह समझ नहीं आता कि इतना क्षेत्र भ्रमण करते हैं तो हमारे क्षेत्र का नंबर आज तक क्यों नहीं आया?"

"तो क्या सभी लोग खराब होते हैं?"

"पता नहीं। जब लड़के नौकरी में भर्ती होते हैं तब अख़बार में उनके बारे में पढ़कर तो ऐसा नहीं लगता। उसमें तो सभी कहते हैं कि वो देश की सेवा करेंगे लेकिन ये तो मैं 50 साल से देख रहा हूँ। देश की सेवा करते तो इक्के-दुक्के ही दिखते हैं। अपने चौकी के हेड साहब को ही ले लो। मंदिर में भंडारा करवाना था तो गाँव-गाँव जाकर चंदा माँगा था।"

"तो चंदा माँगने में क्या बुराई है?"

"पुलिस कभी चंदा करती है क्या? वह बस नाम का चंदा था। नहीं देते तो हेड साहब पूरे गाँव की खाल खींच लेते। चंदा लेकर बहुत भंडारा किया। अगले दिन अख़बार में भी छपा कि पुलिस का मानवीय चेहरा सामने आया है। पुलिस ग़रीबों की मसीहा बन गई है और एसपी साहब ने ज़िले में बुलाकर इनाम दिया, वह अलग। अब कैसा मानवीय चेहरा है, वह तो हम ही समझ रहे हैं।"

"पुलिस वाले तो सब एक ही होते हैं।" विवेक ने भी हेड साहब के साथ अपनी दुखद घटना को याद करते हुए कहा।

"नहीं, ऐसा भी नहीं है। अब चौकी के संतरी को ही देख लो। उसे किसी से कोई मतलब नहीं है। न किसी से लेता है न किसी को कुछ देता है। चौकी में कौन आया, कितना लेकर आया, कब आया, क्या छोड़कर गया, उसे कुछ

समझ नहीं आता।"

"यह तो बेवक़ूफ़ी हुई।"

"कह सकते हो। लेकिन हमें पुलिस इससे ज़्यादा समझदार चाहिए ही कहाँ है। जितनी ज़्यादा समझदार पुलिस, उतनी दुखी जनता।"

"लेकिन आस-पास के गाँव के कई बच्चे सिपाही की तैयारी करते हैं?"

"तो क्या करेंगे? पेट तो पालना है। सिपाही बनेंगे तो गाँव के काम आएँगे। चोरों और गुंडों में थोड़ा डर रहेगा। कहीं कोई गाड़ी नहीं रोकेगा। वर्दी पहने हुए उसकी एक फ़ोटो पूरे गाँव वाले अपने जेब में रखकर घूमेंगे।"

विवेक को लगा कि वह सरपंच से तर्क करे लेकिन रुक गया। बूढ़ों से तर्क नहीं करने में ही भलाई है। जिसने उम्र भर जो माना हो, वह आख़िरी समय में उसे कैसे छोड़ देगा! कहना चाहता था कि जब तक हमारा दूर-दूर तक परिचय ना हो, हम चाहते हैं कि सारे अधिकारी और पुलिस वाले दिन-रात अच्छा काम करें। लेकिन जैसे ही हमारी पहचान का कोई बन जाता है तो हम चाहते हैं कि वह सिर्फ़ हमारे लिए ही काम करे। हर उन बातों में हमें छूट मिले जिससे हमारा दो कौड़ी का घमंड फूलकर चारगुना हो जाए। टोल-नाके पर बिना पैसे के निकलना हो या यातायात के नियम तोड़ने पर भी चालान न कटाना हो, हथियार का लाइसेंस बनवाना हो या शादियों में अपनी गाड़ियों पर बड़े अक्षरों में 'फलाना सरकार, ढिमका शासन' लिखवाकर पहुँचना हो, इसी काम के लिए वो अधिकारी रह जाते हैं।

विवेक ने कहा, "काका, चिंता मत करो। आपके जीते जी यहाँ स्कूल बनेगा।"

"अरे कैसे बनेगा!" काका जोर से बोले।

अब यह विवेक को थोड़ी पता था। उसने बात ख़त्म करने और काका को सांत्वना देने को बोल दिया था। ये तो नहीं कहता कि आप सही कह रहे हो, इस गाँव में मनहूसियत है और वह काका के जाने पर ही मिटेगी और तभी स्कूल बनेगा। विवेक काका के झल्लाने से असमंजस में पड़ गया। उसने थोड़ा रुककर टॉपिक बदलते हुए कहा, "काका हम तो हैं ही, जब तक नहीं बनता है।"

काका ने कुछ नहीं कहा। काका की बहू ने पीछे से खाने के ठंडे होने की आवाज़ लगाई। काका ने यह बात कहते हुए विवेक को इजाज़त दी कि बेटा अपने बाप की पसंद के बिना किसी लड़की से शादी मत करना।

22

विवेक के दिमाग़ में बहुत उथल-पुथल मची हुई थी। यह पहली बार नहीं था। पिछले कुछ महीनों में उसके दिमाग़ में आईएएस का कीड़ा छाया हुआ था।

एक बार ऐसे ही गाँव से लौटते समय विनय ने उससे मज़ाक़ में कहा था- "इस देश में काम इसलिए नहीं होते हैं ताकि परीक्षा की तैयारी करने वालों की प्रेरणा बनी रहे। यदि सभी काम हो जाएँगे तो फिर बच्चों को परीक्षा की तैयारी करने की वजह ही ख़त्म हो जाएगी।" विवेक ने जवाब दिया था- "लेकिन इतने सारे लोग प्रेरणा लेकर सेलेक्ट हो गए हैं, और उन्होंने सेलेक्ट होकर क्या किया?" विनय ने बेहद शालीनता से उत्तर दिया- "शायद उन्हें समझ आ गया होगा कि दूसरों की पढ़ाई की वजह को नहीं छीनना चाहिए इसलिए अपनी रोटी सेंककर एक तरफ़ हट गए होंगे।" इस पर दोनों ज़ोर से हँसे और बात वहीं ख़त्म हो गई।

विवेक को याद आया कि इंटरनेट पर उसने जितने भी सेलेक्ट हुए लोगों के इंटरव्यू देखे हैं, सब ने वही कहा है जो विनय कहना चाह रहा था। विवेक की शुरुआत पढ़ाने और कुछ अच्छा करने के लक्ष्य से हुई थी, अब उसमें ढेर सारे नये आयाम जुड़ते चले गए थे। कभी-कभी विवेक को लगता था कि वह शायद इसलिए आईएएस बनना चाहता है कि उसके बाद लाइफ़ थोड़ी शांत हो जाएगी। फालतू का सिरदर्द ख़त्म हो जाएगा। कभी लगता था कि शायद इसी तरीके से वह अपने कोटा की असफलता का बदला ले पाएगा। रिश्तेदारों को बता पाएगा कि अब उससे थोड़ी तमीज़ से बात करें और अपने-अपने बच्चों को उसका ही उदाहरण दें। कोटा से उसे याद आया कि जिस लड़की ने उसे ठेंगा दिखाया था शायद उसे भी वह पीछे मुड़कर ठेंगे का जवाब ठेंगे से दे पाए। लेकिन उसी के साथ उसे यह भी याद आया कि सफल होकर शायद वह सुरभि को भी बता पाए कि सुनील जैसे लड़कों से उसे बार-बार बचाने की ज़रूरत नहीं पड़ेगी।

गुंडों की याद आते ही उसके मन में आया कि क्यों ना आईपीएस बन जाए। वर्दी पहनकर बचपन में कई बार शीशे के सामने खड़ा हुआ था। वह गब्बर सिंह की वर्दी ज़्यादा और पुलिस की वर्दी कम लग रही थी। और शायद वर्दी पहनकर जब वह नौकरी पर जाएगा तो हेड साहब की रॉबिनहुडगिरी को ठीक करके ही चौकी से बाहर निकलेगा। उसे यह भी याद आया कि उसे गाड़ी चलाना और खाना बनाना नहीं सीखना पड़ेगा। गाड़ी और खाने-रहने की व्यवस्था तो उसकी हो ही जाएगी।

यह सोचकर वह ख़ुश हो रहा था कि उसे याद आया कि वह वाक़ई पढ़ाई क्यों करना चाहता है ? उसकी प्राथमिक प्रेरणा जो कि गाँव में स्कूल न होने से आई थी, वह कितना पीछे छूट चुकी थी। जब पढ़ाई करते-करते ही इतने पीछे रह गई थी तो वह समझ सकता था कि सेलेक्ट होकर कुछ साल नौकरी करने में कितने स्वार्थ सामने आ जाते होंगे।

इस असमंजस के सामने अभी भी उसकी पहली परेशानी खड़ी हुई थी कि क्या वह इसकी तैयारी कर पाएगा! कर पाएगा तो कौन उसकी सहायता करेगा! जब कॉलेज की परीक्षा के लिए उसे दूसरे के नोट्स का सहारा लेना पड़ रहा है तो हिंदुस्तान की कठिनतम परीक्षा की आँधी में वह कैसे टिकेगा! कहीं दो नावों पर पैर तो नहीं रख रहा है! कहीं ऐसा न हो कि रिश्तेदार तमीज़ से बात तो दूर, घर बुलाना ही बंद कर दें! वर्दी पहनना तो दूर, हेड साहब चौकी के बाहर से ही ना दुत्कार दें! सुरभि की आँखों में इमेज अच्छी होना तो दूर, कहीं वह बात करना ही न बंद कर दे! ऐसे बहुत व्यक्तिगत सवाल थे जिनको वह किसी से बाँटना चाहता था। उसने सोचा कि रूम पर विनय, सुलोचन और चैन सिंह से बाँटेगा लेकिन उसे विनय की वह पंक्तियाँ याद आईं जो उसने कुछ दिन पहले गाँव से लौटते हुए सुनाई थी। और संयोग से रास्ते के उसी मोड़ पर सुनाई थी जहाँ से वह भी गुज़र रहा था-

'जितना मर्ज़ी उतना रो,
तू बैठकर अपना रोना रो,
सब बैठे हैं बस हँसने को,
तू इस घर रो या उस घर रो...'

उस दिन विवेक इन लाइनों पर बहुत हँसा था। विनय को चिढ़ाते हुए उसने कहा था कि विनय के जीवन में इतना दर्द नहीं है जितना कविताओं में है। उसे कविता लिखने के लिए काल्पनिक दर्द बनाना पड़ता होगा। अब लेकिन उसे लगता है कि शायद विनय को कल्पना की ज़रूरत नहीं पड़ी होगी क्योंकि वह हमेशा विनय के सामने था।

23

परीक्षाएँ ख़त्म हो गई थीं। जितनी गहरी आह विद्यार्थियों ने भरी, उससे भी ज़्यादा गहरी प्रोफ़ेसरों ने भरी, मानो साल भर का अनुलोम-विलोम एक ही बार में कर लिए हों।

प्रोफ़ेसरों ने पहले ही बता दिया था कि किसी के भी फ़ेल होने के आसार नहीं हैं, इसलिए सुनील और उसकी पार्टी परीक्षा एक घंटे पहले ही ख़त्म करके आ जाते थे। सुनील बेहद सभ्य लड़का था इसलिए उसका कहना था कि वो तो आधे घंटे में ही पेपर करके बाहर आ सकता था लेकिन शिक्षकों का मान-सम्मान भी कोई चीज़ होती है, इसलिए वो दो घंटे बैठकर, सीटी बजाकर, दो-तीन बार बाथरूम जाकर, कॉपी में कुछ कलाकारी कर और बाक़ी बच्चों को चिढ़ाकर अपना समय निकालता था।

जिस दिन सक्सेना सर उसकी क्लास में परीक्षक थे उस दिन उसने भरी क्लास में ससम्मान सर को सुझाव दिया था कि उनके दिए गए नोट्स को और छोटा करना चाहिए। सक्सेना सर ने सफ़ेद चोरी पकड़े जाने की बात टालते हुए कहा कि उन्होंने कोई भी नोट्स किसी को अलग से नहीं दिए हैं। इस पर सुनील ने उनको दिलासा दिया कि ये बात सबको पता है लेकिन उन्हें डरने की ज़रूरत नहीं है, डीन साहब उनका कुछ नहीं बिगाड़ेंगे।

महिमा परीक्षा से ज़्यादा घर जाने को लेकर करने वाली पैकिंग से परेशान थी। सुरभि ने उसे बहुत पढ़ाने की कोशिश की लेकिन महिमा का कहना था कि परीक्षाओं के लिए पढ़ने में वह मज़ा नहीं है जो घर जाने के लिए सामान जमाने में है। सुरभि ने उसे समझाया कि परीक्षा के लिए पढ़ना किसी को अच्छा नहीं लगता लेकिन करना पड़ता है। ये तो रिश्तेदारों की मेहमाननवाज़ी जैसा है। अच्छा नहीं लगता लेकिन करना पड़ता है। महिमा को रिश्तेदारों वाली बात जँच गई। उसके दिमाग़ में वो बुआ आईं जो घर आकर सब का दिमाग़ फाँककर

पानी पी जाती थीं। पिछली बार तो नक़ली नोटों की गड्डी और डलिया में से गिलकी तक उठाकर ले गई थीं। महिमा ने अपनी बुआ की याद में पूरी परीक्षा भर पढ़ाई की थी।

सुलोचन की धार्मिक आस्था परीक्षा के दिनों में प्रगाढ़ हो गई थी। उसके दिन की शुरुआत पढ़ाई करने के जुनून से होती थी लेकिन शाम आते-आते आध्यात्मिकता का रंग चढ़ जाता था। उसे आस-पास की दुनिया असार लगने लगती थी और परीक्षाएँ पूर्व जन्म के कुकर्मों का फल। कितनी ही अगरबत्तियाँ उसने फूँकी तब जाकर उसकी परीक्षा निकल पाई।

विनय के ऊपर एक बड़ी ज़िम्मेदारी थी। हिंदुस्तान के उन सभी विद्यार्थियों का वह प्रतिनिधि था जो बारहवीं तक हिंदी मीडियम से पढ़कर कॉलेज में अचानक से अँग्रेज़ी की गोद में जा बैठे थे। 'मेटाफ़र' की दुनिया में वो 'रूपक अलंकार' था। उसे नोट्स डिक्शनरी लेकर पढ़ने पड़े थे। लेकिन उसका मन क़िस्से-कविताओं में ही लगता था। वो केमिस्ट्री के नोट्स लेकर बैठता और 'केमिस्ट्री' शब्द का अर्थ ही ढूँढने लगता और केमिस्ट्री के 'रसायनों' को मिलाकर एक कविता लिख देता। कुल मिलाकर परीक्षा में उसने वही किया जो एक हिंदी मीडियम का लड़का करता है। उसने भी नोट्स को गिलोय की कड़वी घूँट समझकर पी लिया।

रटने के अपने फ़ायदे हैं। परीक्षा में बैठकर ज़्यादा सोचना नहीं होता है। जैसे ही घंटी बजे, आव देखो ना ताव, सब कुछ उल्टी कर देना होता है जो-जो दिमाग़ में फँसा हो। दिमाग़ के लिए रटा हुआ ज्ञान पेट के लिए अपाच्य भोजन के समान है। रटे हुए ज्ञान की एक ख़ासियत यह भी है कि यह लंबे समय तक नहीं चलता जिससे दिमाग़ हल्का बना रहता है। आमतौर पर रटने वालों को वही चिढ़ाते हैं जो ख़ुद नहीं रट पाते। 'रटंत विद्या फलंत नाहीं' (रटी हुई विद्या फलती नहीं है) को गलत सिद्ध करते हुए अनगिनत उदाहरण हुए हैं। आज़ादी से आज तक रटकर डिग्री/डॉक्टरेट पाने वालों की संख्या बिना रटे पाने वालों पर भारी ही होगी। ये बात अलग है कि रटंत विद्या को उसका पूरा क्रेडिट नहीं मिल पाया है। रटंत विद्या की कम्युनिटी एकजुट नहीं हो रही है। लॉजिक/तर्क/सेंस विद्या की बात करने वाले भले ही कितने ही फ़र्ज़ी हों लेकिन एकजुट हैं इसलिए जीत जाते हैं। बड़ा सरल-सा ईमानदार और भ्रष्टाचारी जैसा फ़र्क़ है रटंत विद्या और तर्क

विद्या में। तर्क विद्या भले ही आपस में गला काट लड़े, लेकिन रटंत विद्या के सामने एकजुट हो जाते हैं। रटंत विद्या गाँव से शहर को आए व्यक्ति जैसी है जो सीधा-सच्चा है लेकिन शहर के हाव-भाव के सामने सहमा-सहमा ही रहता है।

चैन सिंह बातों में भले ही शेरख़ान था लेकिन कमरे पर आकर उसके आलस की गहराई असीम हो जाती थी। सर्दियों में यदि रात में उसे लघुशंका की तलब लगी हो तो भी वह अगले दिन सुबह होने का इंतज़ार करता था। परीक्षा के दौरान कुछ फ़िल्में तो उसने इसीलिए देख डाली क्योंकि वह उसकी आँखों के सामने शुरू हो गई थीं। परीक्षा के दिनों में उसने सिर्फ़ उन दिनों नहाया जिन दिनों परीक्षा देने जाना होता था और वह भी सुलोचन के कारण। सुलोचन का कहना था कि बिना नहाए जाने से विद्या नाराज़ हो जाती है और फेल होने का पाप लगता है। चैन सिंह तो सुलोचन के तर्क से ज़्यादा उससे तर्क-वितर्क करने से भयभीत होता था इसलिए नहा लेता था।

विवेक क्योंकि परीक्षा के दिनों में अकेला गाँव पढ़ाने जाता था इसलिए आईएएस या आईपीएस बनने का ख़याल आते-जाते उसके मन में ठहर ही जाता था। परीक्षा के समय ही चिलोंटाजी के मार्फ़त उसकी और विनय की गाँव में पढ़ाने की ख्याति डीन साहब तक पहुँच गई थी। डीन साहब चाहते ही थे कि कॉलेज की तरफ़ से कुछ सामाजिक गतिविधियाँ होती रहें ताकि उससे किसी का लाभ हो न हो, उनके कॉलेज का नाम ज़रूर हो जाए। इसी क्रम में वह पर्यावरण दिवस पर पौधे गाड़ चुके थे। उसकी फ़ोटो को अपने कॉलेज की वेबसाइट पर अपलोड करने के कुछ दिनों में ही गायें सारे पौधे चर गई थीं। इस पर डीन साहब का कहना था कि यही प्रकृति का संतुलन है, वो कुछ नहीं कर सकते। ऐसे ही एक बार मेस में रसगुल्ले बनवाए और बच्चों के खाते समय की फ़ोटो को वेबसाइट पर अपलोड करके ग़रीबों को भोजन देने की हेडलाइन बना दी।

इन सब सृजनात्मक कार्यों के बीच में जब विवेक और विनय के छोटे से प्रयास के बारे में डीन साहब को पता चला तो डीन साहब ने विवेक और विनय की फ़ोटो के साथ अपनी फ़ोटो लगवाकर उसे वेबसाइट पर अपलोड कर दिया। डीन साहब का कहना था कि उनकी ख़ुद की फ़ोटो होने से बच्चों को बल मिलेगा। उनका स्वयं का कोई स्वार्थ नहीं है।

ख़ैर जो भी हो, इस घटना से विवेक और विनय का क़द कॉलेज में थोड़ा बढ़ गया। सक्सेना सर थोड़ा डर गए क्योंकि उन्हें लगा कि बच्चे यदि इस तरह के फालतू काम करने लगे तो परीक्षा में अपना और उनका, दोनों का बेड़ा ग़र्क़ कर देंगे। हॉस्टल में रहने वाले बच्चों को लगा कि उन्हें भी इस मुहिम से जुड़ना चाहिए और गाँव जाकर बच्चों को पढ़ाना चाहिए। हालाँकि उनका मूल उद्देश्य शिक्षा के स्तर को बढ़ाने से ज़्यादा कॉलेज के बाहर जाने का बहाना था। वो चाहते थे कि गाँव के बच्चों को पढ़ाने बाहर निकलें और आउटिंग पर पानीपुरी दबाकर आएँ। उनका सोचना था कि उनके जैसे अनैतिक लोग बच्चों को पढ़ाएँगे तो वैसे भी उनका कुछ भला नहीं होगा।

सुनील और उसके चेलों के बीच चाय की टपरी पर चर्चा शुरू हो गई थी। कुछ का कहना था कि विवेक और विनय गाँव जाकर सही कर रहे हैं क्योंकि इस बहाने महिमा 'भाभी' से दूरी बनी रहती है। एक ने कहा कि विवेक और विनय भी गाँव जाकर गँवार हो जाएँगे तो महिमा 'भाभी' वैसे भी उसे पसंद नहीं करेगी। तभी उसे ख़याल आया कि उसकी पूरी टोली गाँव से आती है और सुनील भैया के दिमाग़ का दूध उफनना शुरू हो गया है तो उसने बात पलटते हुए कहा कि ठेठ गँवारों की अपनी अलग बात होती है, उन पर तो अप्सराएँ जान निसार कर देती हैं, लेकिन नये-नये गँवारों में वह बात कहाँ मिलेगी? फिर दूसरे ग्रुप का कहना था कि विवेक-विनय का गाँव जाना सही नहीं है क्योंकि वो गाँव जाने के रास्ते सीधे डीन साहब के दिल में सेंध मार रहे हैं और यह चाल देशद्रोह की श्रेणी में आती है।

अब जब सब की छुट्टियाँ शुरू होने को थीं, विवेक के मन में था कि शायद उसे एक बार सुरभि से मिल लेना चाहिए। उसके पास सुरभि का फ़ोन नंबर था लेकिन फिर भी कॉल करने की हिम्मत नहीं हुई। घर जाने के पहले एक बार सुरभि को देखने का भी थोड़ा लालच था। लेकिन जब इस बारे में सोचा तो उसे लगा कि यह लालच थोड़ा नहीं, थोड़े से तो ज़्यादा ही था।

परीक्षा ख़त्म होने पर कॉलेज में जश्न का माहौल था। कैंटीन भरा हुआ था। कैंटीन के ठेकेदार को पता था इसलिए उसने सुबह से ही सभी चीज़ें बनाकर रख ली थी और ऑर्डर आने पर गर्म करके दिए जा रहा था। साल पूरे होते-होते कई सिंगल कपल बन चुके थे जो 'बिछड़ने की दोपहरी' को सँभाल नहीं पा रहे थे।

कुछ गिफ़्टों का आदान-प्रदान हो रहा था। एक साल से भी कम की प्रीति की चटनी से जन्म-जन्म के वादों की कचौरी लगाकर खाया जा रहा था।

इन सबके बीच विवेक को पता था कि सुरभि के मिलने की संभावना सबसे अधिक कहाँ थी। उसके मन में बहुत बड़ी शंका थी कि क्यों कोई परीक्षा के तुरंत बाद भी लाइब्रेरी में मिल सकता है! संभावना बहुत कम थी लेकिन सुरभि के लिए एक बार कोशिश तो की ही जा सकती थी। उसे लगा कि यदि नहीं मिलेगी तो रात को ट्रेन से घर जाते समय वह सुरभि को एक मैसेज कर देगा।

विवेक के लाइब्रेरी में घुसते ही लाइब्रेरियन समझ गया कि ये लड़का सुरभि से ही मिलने आया होगा। कॉलेज के इस काल में, जबकि परीक्षाएँ रफूचक्कर हुई ही हों, सुरभि के अलावा कोई योद्धा ऐसी ज़हमत नहीं कर सकता था। एक दुर्लभ प्रजाति का परिचय देते हुए लाइब्रेरियन ने चुप रहना बेहतर समझा। विवेक चाहता था कि सुरभि उसे लाइब्रेरी में मिले लेकिन जब यह तय हो गया था कि वो लाइब्रेरी में ही है, विवेक के पैरों मे मानो बेड़ियाँ-सी बँध गई थीं।

जैसे-तैसे सुरभि के सामने विवेक जा खड़ा हुआ। सुरभि को लगा कि फिर लाइब्रेरी वाले भैया आए होंगे। सुरभि ख़ुद भी पसोपेश में थी कि परीक्षा के तुरंत बाद लाइब्रेरी जाकर पढ़ने से कोई उसे पागल और मानसिक रोगी क़रार ना कर दे। इसी झुंझलाहट में सुरभि ने सिर उठाया लेकिन विवेक को देखकर वह भी आश्चर्य में रह गई। जिस तरह से आख़िरी बार लाइब्रेरी में उनके बीच महिमा के कारण घटनाक्रम घटा था, दोनों के बीच स्थिति अजीब-सी हो गई थी।

विवेक कुछ बोल पाता, उसके पहले ही सुरभि ने बात छेड़ दी, "क्या बात है विवेक, कॉलेज में बहुत फ़ेमस हो गए हो!"

विवेक समझ गया कि सुरभि उसे गाँव में जाकर पढ़ाने वाली उपलब्धि की बात कर रही है। विवेक हँस दिया।

सुरभि ने कहा, "अच्छी बात है। आमतौर पर आदमी करता बाद में है, दिखाता पहले है। लोगों का बस चले तो मरने के पहले भी फ़ेसबुक पर फ़ोटो अपलोड कर दें। लेकिन तुमने और विनय ने साल भर तो लोगों की जानकारी के बिना ही काम किया।"

विवेक ने कहा, "वो तो चिलोंटाजी को चुल्ल थी तो उन्होंने डीन सर के सामने प्रचार कर दिया।"

"ये तो अच्छी बात है। अच्छे कामों की तो तारीफ़ होनी ही चाहिए।"

"अब तुम कहती हो तो ठीक है। लेकिन सच्चाई ये है कि हमको यह काम मजबूरी में शुरू करना पड़ा था।" विवेक ने सोचा कि सुरभि को अब सच्चाई बता देनी चाहिए। विवेक ने पूरी कहानी सुनाई कि कैसे उन्हें धर-पकड़कर जबरन पढ़ाई कराने के लिए कहा गया था।

सुरभि इस क़िस्से पर ज़ोरदार ठहाका मारकर हँसी। विवेक को लगा कि वैसे ही पहले सुनील से अपनी जान सुरभि और महिमा ने बचाई थी और अब यहाँ भी गाँव वालों से डरकर पढ़ाना शुरू किया है, कहीं उसकी इमेज एक डरपोक लड़के की ना बनती जा रही हो।

उसने कहा, "ठीक है। हँस लो, हँस लो। तुम्हें तो लग रहा होगा कि कितना डरपोक लड़का है ये। यहाँ सुनील से भी बचाना पड़ा और वहाँ भी डरकर पढ़ाने बैठ गए।"

सुरभि ने हँसी रोकते हुए कहा, "ऐसा नहीं है। डरकर एक बार तुम को पढ़ाने के लिए मजबूर किया होगा लेकिन पूरे साल भर ऐसा नहीं किया जा सकता। अपने आपको इतना अंडरएस्टीमेट मत करो।"

विवेक ने सिर्फ़ सहमति में गर्दन हिला दी। कुछ सेकंड को दोनों चुप हो गए। फिर सुरभि ने कहा, "और वो सुनील वाली बात..."

विवेक ने बात काटते हुए कहा, "थैंक्स, सुनील को ठीक करने के लिए। तब से आज तक उसने कुछ नहीं किया।"

सुरभि हँस दी। जितनी बार भी सुरभि हँसती थी, विवेक को लगता था कि वह सुरभि को कह दे कि वह बहुत अच्छी लग रही है। विवेक ने कहा, "तुम्हें पता है, सुनील वाली घटना के बाद में इतनी टेंशन में था कि मैं चौकी भी गया था उसकी शिकायत करने।"

"अच्छा, फिर क्या हुआ ?"

"ये पुलिस वाले अपनी अलग तैश में रहते हैं। मुझे कहते हैं कि ऐसी शिकायतों पर पुलिस भेजने लगे तो हर घर में पुलिस लगानी पड़ेगी।"

सुरभि फिर से हँस दी और विवेक को फिर लगा कि वह अपनी फ़ेल होने की कहानियाँ क्यों लगातार सुनाए जा रहा है ? इसलिए कहानी में ट्विस्ट लाते हुए उसने शेख़ी बघारने की कोशिश की।

"सुरभि, इन सबको देखकर लगता है कि आईएएस-आईपीएस की तैयारी शुरू कर दूँ।"

"अरे वाह! ये तो अच्छी बात है।"

"लेकिन बहुत कठिन पेपर है और उसमें तो तुम्हारे नोट्स भी नहीं मिलेंगे।" विवेक ने मज़ाक़ करते हुए कहा।

सुरभि ने मुस्कुराकर कहा, "तुम इसको ऐसे सोचो। कॉलेज की पढ़ाई की तुमको चिंता नहीं करनी है, वो मैं करवा दूँगी। तुम बस आने वाले सालों में जुट जाओ तो वाक़ई सेलेक्ट हो जाओगे।"

"तुम्हें सही में लगता है कि मैं ऐसा कर सकता हूँ? तुम जानती हो मैं आईआईटी में फ़ेल हुआ था?"

"जब मैं छोटी थी मेरी मम्मी ने मेरे लिए डोसे बनाए थे। उनसे नहीं बने। कुछ चिपक गए, कुछ जल गए। फिर एक बार और बनाएँ। फिर ख़राब बने। ख़मीर ही नहीं उठा। बहुत बार बनाने के बाद आख़िर में वो 'डोसा क़्वीन' हो गई।"

"मैं समझ गया तुम क्या कह रही हो! छुट्टी से आने के बाद पढ़ाई शुरू करता हूँ। और तुम भी घर जाकर डोसा क़्वीन के हाथों से डोसे खाना।" सुरभि कुछ नहीं बोली। थोड़ी मायूस भी हो गई। मनहूस वातावरण तो पहले ही था लाइब्रेरी में उस पर और मनहूसियत छा गई।

विवेक कुछ बोल पाता उतने में ही लाइब्रेरी में हलचल हो गई। महिमा का आगमन हुआ था और उसे आख़िरी बार देखने के लिए हुजूम उमड़ा हुआ था। महिमा ख़ुशी-ख़ुशी सुरभि के पास आई और विवेक को देखकर चिढ़ाते हुए इशारा किया।

महिमा ने कहा, "कैसी लग रही है हमारी सुरभि?"

विवेक ने बात टालते हुए कहा, "बस घर जाने के पहले नोट्स के लिए सुरभि को थैंक्स बोलने आया था।"

सुरभि के हाथ में रूम की चाबी पकड़ाते हुए महिमा ने विवेक से कहा, "यदि वाक़ई थैंक्स बोलना है तो सुरभि के साथ कॉलेज में ही रुक जाओ। वो छुट्टियों में घर नहीं जा रही है।"

सुरभि ने महिमा को चुप कराना चाहा लेकिन विवेक माहौल को ठंडा करने के लिए बोल पड़ा, "सुरभि इतनी पढ़ाई करोगी तो तुम मुझसे पहले आईएएस

बन जाओगे।"

"अरे पढ़ाई करने नहीं रुक रही है यहाँ पर।"

"तो फिर?"

सुरभि ने बीच में ही टोका, "महिमा, मैं बता दूँगी, तुम लेट हो जाओगी। हैव अ सेफ़ जर्नी।"

"हाँ, सही कह रही हो। सुनो! बाहर लड़कों को बोल देती हूँ गिफ़्ट तुम्हें दे देंगे।"

"ठीक है।"

पूरा साल निकल गया था लेकिन महिमा को अपना प्रियतम अभी तक नहीं मिल पाया था। कुछ सुनील ने टरका दिए थे। कुछ सीधे लड़के चूहा सुंदर और राकेश ने ही अपने लेवल पर सेट कर दिए थे। कुछ से सुरभि ने बचा रखा था। महिमा को सुरक्षित रखने के लिए सुरभि का बस इतना कहना ही काफ़ी था कि यह तुम्हारे लेवल का लड़का नहीं है, और इंतज़ार करते हैं। महिमा को अपने लेवल को लेकर बिलकुल भ्रम नहीं था। उसे पता था कि उसके लेवल पर पहुँचना हर किसी लड़के के लिए आसान नहीं है।

महिमा अपने लिए कैसा लड़का चाहती थी इसकी परिभाषा समय-समय पर बदलती रहती थी। ये इस बात पर निर्भर करता था कि उसने अभी कौन-सी फ़िल्म देखी है। कभी उसे जासूस पसंद आता था तो कभी कंप्यूटर वाला। उसे शक्ल से ह्रितिक चाहिए था और अक़्ल से आइंस्टीन और दोनों के हाइब्रिड को इस कॉलेज में ढूँढ रही थी। इसलिए निराशा हाथ लगना तो स्वाभाविक था।

महिमा जैसे ही बाहर गई, सुरभि ने बताया कि उसके माता-पिता नहीं हैं और उसके मामा अपने परिवार के साथ बाहर घूमने जा रहे हैं इसलिए वो यहीं रुक रही है। विवेक कुछ बोलने लायक़ ही नहीं बचा। जिस 'डोसा क़्वीन' की कहानी से सुरभि विवेक को आईएएस-आईपीएस की तैयारी के लिए प्रेरित कर रही थी, वही कहानी सुरभि को कितना गहरा आघात कर रही होगी, विवेक को इसकी ख़बर ही नहीं थी।

विवेक को लगा कि सुरभि से लाइब्रेरी में मिलना हर बार ही शुरू अच्छे से होता है लेकिन ख़त्म होते-होते रायता फैल ही जाता है। विवेक सुरभि के इतने क़रीब भी नहीं था कि दिलासा दे सके और इतना अनजान भी नहीं था कि तुरंत

कुर्सी से उठकर चला जाए। उसे अपने पर पूरा भरोसा था कि वह कुछ ना कुछ ग़लत बोलेगा इसलिए वह चुप ही रहा।

आख़िर सुरभि ने ही मामले को सँभालते हुए विवेक को विदाई दी। विवेक ने जाते-जाते सुरभि की तरफ़ मुड़कर देखा। सुरभि के तेनालीरमन दिमाग़ ने विवेक के मन को भाँप लिया और विवेक को फिर से इशारा करके बुलाया।

विवेक जैसे ही टेबल पर पहुँचा, सुरभि ने विवेक को बैठने भी नहीं दिया और कहा, "तुम वाक़ई आईएएस की तैयारी करना चाहते हो?"

"लगभग हाँ!"

"पक्का सोच लो?"

विवेक समझ नहीं पाया कि सुरभि क्या कहना चाह रही है। इसलिए वो थोड़ी देर रुका। और सोचकर उसने कहा, "हाँ।"

"तो फिर दिमाग़ से काम लेना शुरू कर दो। दिल को कुछ समय को घर के स्टोर रूम में बंद करके आना। ये बात-बात पर पिक्चरों के हीरो जैसे पीछे मुड़ मुड़कर मत देखा करो। किसी लड़की के हँस देने से बहारें नहीं छा जाती हैं। अब तुम्हें किसी से कमिटेड होना है तो वो है यूपीएससी। बाक़ी सबको थोड़ा साइड रहने दो। हम दोस्त हैं, वैसे ही अच्छे हैं। लेकिन दोस्ती के पानी में इतना भी मत नहा लेना कि ख़ुद की ख़ुद्दारी गल जाए।"

विवेक ने कहा, "तुम साथ रहना तो पक्के से यूपीएससी निकालने में जान लगा दूँगा।"

"फिर वही घटिया फ़िल्मी बकवास। पिक्चरें कम देखा करो। 'तुम साथ रहना', 'जान लगा दूँगा', 'मर जाऊँगा'- यह सब नौटंकी मत करो।"

विवेक समझ गया था। आने वाले समय में ये सीन उसके मस्तिष्क पर स्टिकी नोट्स की तरह चिपका रहने वाला था।

विवेक लाइब्रेरी के बाहर निकल गया। सुरभि उसे देखती रही लेकिन विवेक पीछे नहीं मुड़ा। उसमें एक नयी जान आ गई थी। अभी तो उसमें इतनी ऊर्जा थी कि सुनील के चेलों के बीच जाकर वो हुंकार भर सकता था लेकिन उसकी ज़रूरत नहीं थी। विवेक की कहानी अब भीषण घाटी चढ़ने वाली थी।

24

छुट्टी से वापस आते ही विवेक ने अपनी तैयारी शुरू कर दी। आईआईटी की परीक्षा और कॉलेज के एक साल में उसे ये अंदाज़ा हो गया था कि वो कॉलेज की डिग्री के लायक़ नहीं है। सिग्नल्स का चैप्टर पढ़ाते थे तो उसे ट्रैफ़िक सिग्नल याद आता था। वेव्स के चक्कर में वह समुद्र के तट पर पहुँच जाता था। लेफ़्ट हैंड रूल से उसे बायें हाथ से पिछवाड़ा धोने का नियम और राइट हैंड रूल से उसे दायें हाथ से खाना खाने का नियम सिर चढ़ जाता था। विवेक समझ गया कि यदि ऐसा ही चलता रहा तो उसे नौकरी तो मिलने से रही और यदि संवेदनावश मिल भी गई तो उसके हाथों 'गोबर लिखाई' होना ही है।

विवेक ने तैयारी तो शुरू कर दी लेकिन 'तैयारी शुरू कैसे करते हैं?' इसका उसे 'क ख ग घ' भी नहीं पता था। शुरुआती दौर में उसने इंटरनेट पर कुछ वीडियो देखे। सभी अधिकारियों के इंटरव्यू में लगभग एक ही तरह का राग अलापा गया था। सब की कहानियों में दुख था। सबकी कहानियों में प्रेरणा थी। गाँधी जी को ट्रेन से बाहर निकाल देने वाली कहानी में इतना दुख नहीं था जितना इनकी कहानी में था। किसी को बचपन में चप्पल से मार पड़ी थी, किसी ने दारू पीकर गाड़ी चलाई तो पुलिस ने चालान काट लिया था, किसी को अपने बाप की दावत में जाने के कारण मजबूरी में दुकान सँभालनी पड़ी थी, या फिर किसी के घर का गार्ड ख़ुद आईएएस बन गया था। ऐसी दिल दहला देने वाली घटनाएँ इन लोगों के जीवन का टर्निंग प्वॉइंट बनी थी।

विवेक कुछ दिन तो इसी सोच में डूबा रहा कि उसके जीवन का टर्निंग प्वॉइंट क्या माना जाए? उसका जीवन अभी टर्न हुआ भी है या नहीं? किसी एक घटना से भी टर्न आता है या टर्निंग कर्व भी हो सकता है? फिर उन्हीं साक्षात्कारों में एक चीज़ और समान थी। सभी देश की सेवा करना चाहते थे। विवेक को लगा कि ये तो अच्छी बात है लेकिन देश की सेवा होती कैसे है, ये उसे नहीं

पता था। वो नहीं जानता था कि 'देश की सेवा करना है' कहने वाले अधिकारी ये कहने का भी पैसा ले सकते हैं। बहरहाल, उन साक्षात्कारों से विवेक को तीन तरीक़े पता चले। पहला, कुछ किताबें हैं जिन्हें पढ़ना होता है। दूसरा, अँग्रेज़ी वाले अख़बार पढ़ने होते हैं। तीसरा, कुछ मासिक पत्रिकाएँ पढ़नी होती हैं।

कुछ किताबें विवेक ने ख़रीद लीं। जिस दिन किताबें कमरे पर आईं, विवेक के खोलने से पहले ही सुलोचन ने किताबें अपने हाथ में ले ली। सुलोचन ने उनकी पूजा की, उन पर स्वस्तिक बनाया और किताबों को ख़ुद ही खोला। सुलोचन का कहना था कि पहली बार किताबें यदि पवित्र हाथों से खुलें तो उन किताबों का ज्ञान अधिक फलित होता है। चैन सिंह ने सुलोचन से पूछा कि वो ख़ुद ही तैयारी शुरू क्यों नहीं कर देता? यदि पूरा ऊपर से नीचे तक पवित्र है तो उसकी अफ़सरशाही पाकर देश धन्य हो जाएगा। सुलोचन के पास इस बात का जवाब तो नहीं था लेकिन वो इस बात से इत्तेफ़ाक़ नहीं रखता था। उसका कहना था कि तर्क ने हमेशा श्रद्धा-आस्था का मज़ाक़ उड़ाया है। लेकिन अंत में तर्क हमेशा हारता है। वो अंत कब आएगा, यह तो सुलोचन को भी नहीं पता था।

किताबों की व्यवस्था करने के बाद विवेक का ध्यान अँग्रेज़ी अख़बार की व्यवस्था पर गया। इंटरनेट पर बताए गए साक्षात्कारों के हिसाब से अख़बार अँग्रेज़ी का ही होना चाहिए। हिंदी के अख़बार बहुत गहरे में घुसकर पड़ताल करते हैं, अँग्रेज़ी अख़बार थोड़े उथले होते हैं। हिंदी के अख़बार किसी गाँव में लड़के की गुमी बनियान से लेकर खेत में घुसे गीदड़ पर भी ख़बर छाप देंगे और अँग्रेज़ी अख़बार ज़मीन से इतने ना जुड़े होने से सिर्फ़ राजधानियों की ख़बर तक सीमित रह जाते हैं। और आईएएस की परीक्षा में बस इसी की ज़रूरत थी।

क्योंकि गाँव में अँग्रेज़ी अख़बार मँगा पाने की व्यवस्था नहीं हो पा रही थी, इसलिए विवेक ने लाइब्रेरियन से संपर्क किया। लाइब्रेरी में अँग्रेज़ी अख़बार आता था जिसे महीने के अंत में लाइब्रेरी वाले भैया रद्दी में बेचा करते थे। कुछ अख़बार घर भी ले जाते थे। उनका कहना था कि हिंदी अख़बारों का काग़ज़ अँग्रेज़ी जैसा नहीं होता है। अलमारी में बिछाने पर अँग्रेज़ी अख़बार ज़्यादा दिन चलता है।

लाइब्रेरियन ने विवेक के नाम से एक और अख़बार ऑर्डर करने के लिए मना कर दिया। लाइब्रेरियन अमूमन लड़कों से बात करना पसंद नहीं करता था

इसलिए अख़बार ऑर्डर कराने के लिए विवेक को सुरभि का सहारा लेना पड़ा। लाइब्रेरियन सुरभि को मना नहीं कर पाया लेकिन उसकी नजर में विवेक के लिए नफ़रत बढ़ गई। लाइब्रेरियन के हिसाब से जिस लड़के को लड़की की मदद की ज़रूरत पड़ जाए वो उस बेल की तरह है जो बिना किसी सहारे के चढ़ ही नहीं पाती है। ऐसी बेलें जैसे छायादार नहीं होतीं, वैसे ही ऐसे लड़के भी ख़ुद कभी किसी के काम नहीं आते।

हर दिन अख़बार के आने के साथ विवेक को लाइब्रेरियन का सामना करना पड़ता था और ये दोनों को ही पसंद नहीं था। ये बॉस और कर्मचारी के संबंध जैसा था, दोनों एक-दूसरे को पसंद नहीं करते लेकिन एक-दूसरे के बिना रह भी नहीं सकते।

कुछ दिन बाद जब विवेक अख़बार माँगने आया तो लाइब्रेरियन ने विवेक से पूछा कि इस अँग्रेज़ी अख़बार में ऐसा ख़ास क्या है? विवेक ने बताया कि वो अधिकारी बनने की तैयारी कर रहा है इसलिए पढ़ता है। विवेक को लगा कि शायद लाइब्रेरियन धीरे-धीरे प्रभावित हो रहा है लेकिन बात कुछ और थी।

हुआ यूँ कि एक दिन पहले जब डीन साहब को पता चला कि उनके कॉलेज का एक लड़का अँग्रेज़ी का अख़बार पढ़ रहा है तो उन्हें अंदर से बेइज़्ज़ती लगी। उनको एहसास हुआ कि भले ही पढ़ें या न पढ़ें लेकिन एक डीन को कम-से-कम उसके कॉलेज के बच्चों से तो कमज़ोर नहीं होना चाहिए। लाइब्रेरियन को कहकर उन्होंने एक अख़बार अपने ऑफ़िस के लिए भी मँगा लिया। अब पूरे कॉलेज में सिर्फ़ तीन अँग्रेज़ी के अख़बार आते थे- एक लाइब्रेरी के लिए जिसे कोई नहीं पढ़ता था, एक डीन साहब के लिए जिसे वो नहीं पढ़ते थे और एक विवेक के लिए जिसे वो पढ़ने की कोशिश करता था।

लाइब्रेरियन को शक था कि विवेक ने शायद अँग्रेज़ी फ़िल्मों की फ़ोटो देखने के लिए अँग्रेज़ी अख़बार मँगाना शुरू किया है। लेकिन जब डीन साहब ने भी मँगाना शुरू किया तो लाइब्रेरियन की साँसें कुछ देर के लिए रुक गईं। उसे लगा कि कहीं डीन साहब भी बुढ़ापे में ग़लत रास्ते पर तो नहीं निकल गए। लेकिन जब विवेक ने ख़ुलासा किया कि ये तो अधिकारी बनने की तैयारी के लिए है तो लाइब्रेरियन के दिल को ठंडक मिली। उसे समझ आया कि हो न हो डीन साहब भी अधिकारी बनने की तैयारी कर रहे हैं।

किताबों और अँग्रेज़ी अख़बार की व्यवस्था होने के बाद विवेक को पत्रिकाओं की व्यवस्था करनी थी। उसने इंटरव्यू में बहुत पत्रिकाओं के नाम सुने थे। आश्चर्य की बात ये थी कि जिस पत्रिका का इंटरव्यू होता था सेलेक्ट हुआ बंदा उसी को सबसे अच्छी बताता था। एक बार तो एक ही नया सिलेक्ट अधिकारी एक इंटरव्यू में दूसरी और दूसरे इंटरव्यू में दूसरी पत्रिका को पढ़कर सिलेक्ट होना बता गया। विवेक भी कंफ़्यूज़ हो गया कि वाक़ई किस पत्रिका ने इसका उद्धार किया है! इस पसोपेश में उसे यह समझ आया कि वो ख़ुद तो हर महीने इतनी पत्रिकाएँ न ही ख़रीद पाएगा और न ही पढ़ पाएगा।

उसे लगा कि शायद फिर से सुरभि का सहारा लेना चाहिए और इसी बहाने सुरभि को देखना भी हो जाएगा। ये बात तो उसके दिमाग़ में अटकी हुई थी ही।

सुरभि को याद करना अपने आप में असमंजस की स्थिति थी। जितनी बार भी वह सुरभि का लाइब्रेरी में बैठा मुस्कुराता हुआ चेहरा याद करता उतनी ही बार उसे याद आता कि सुरभि ने उसे घर जाने के पहले क्या कहा था! और जितनी बार वह बात याद आती उतनी बार वह सुरभि को भूलकर पढ़ने बैठ जाता। एक तरह से सुरभि को याद करना सुरभि को भूलने जैसा था। जिससे वो बात करना चाहता था उसी ने उसे बात करने से रोक रखा था। यह तो ऐसी हालत थी मानो जलेबियों को लाल मिर्च के पाउडर में रखा हो। जितनी बार भी जलेबियाँ दिखेंगी उतनी ही बार उसे खाने का मन नहीं करेगा। और यह ट्रिक बेहद काम की निकली। धीरे-धीरे विवेक अपनी तैयारी में इतना मशग़ूल होने लगा कि पढ़ाई ही उसकी प्रेमिका बन गई थी।

तो पत्रिकाओं के लिए विवेक ने सुरभि की सलाह माँगी। सुरभि ने विवेक से पत्रिकाओं की लिस्ट माँगी और लाइब्रेरियन को पकड़ा दी। लाइब्रेरियन सुरभि के कारण मना नहीं कर पाया लेकिन सुरभि के पीछे बच्चे की शक्ल लिए विवेक की हैसियत उसकी नज़र में पाताल तक धँस गई। उसके हिसाब से लड़कियों की आड़ लेकर तीर चलाना हिंदुस्तानियों की संस्कृति का प्रतीक ही नहीं है। लड़कियाँ घर के कमरों में रहने के लिए बनी हैं और लड़कों को दूसरे लड़के की आड़ लेकर तीर चलाना चाहिए।

ख़ैर, लाइब्रेरियन ने वो सभी पत्रिकाएँ ऑर्डर कर दीं। लेकिन विवेक का एक प्रश्न अब भी बहती हवा में तैर रहा था। विवेक ने हवा से खींचकर वो

प्रश्न सीधा सुरभि की टेबल पर रख दिया कि वह उन पत्रिकाओं को पढ़ेगा कब? दिनभर क्लास रहती है और शाम को उसे गाँव पढ़ाने जाना होता है। ऐसे में लाइब्रेरी आने का टाइम कैसे मिलेगा? और लाइब्रेरियन की शक्ल देखकर लगता भी नहीं है कि वह पत्रिकाओं को कमरे पर ले जाने देगा।

सुरभि को मानो महाबोधि-कैवल्य प्रगट हो गया था। उसने इस समस्या का भी चुटकी में समाधान कर दिया। सुरभि का कहना था कि यदि दिन के एक घंटे के अंतराल में, जब सब खाना खाने जाते हैं, विवेक पंद्रह मिनट में खाना खा ले तो उसके पास पैंतालीस मिनट लाइब्रेरी आकर पढ़ने के लिए होंगे। विवेक का कहना था कि इतना मिनट टू मिनट कौन चलता है! ऐसा सतयुग का टापू इस कलयुग के समुंदर में कहाँ उभरा हुआ है! सुरभि ने अपनी ओर इशारा किया। इशारा पाकर विवेक तुरंत ही लंच ब्रेक के समय में लाइब्रेरी आने को तैयार हो गया।

विवेक वैसे भी लंच ब्रेक में बैठकर विनय, सुलोचन और चैन सिंह के साथ गप्पे ही मारता था। पहले के आधे घंटे रो-रोकर अपना-अपना टिफ़िन ख़त्म करते थे। कभी-कभी पराठे टिफ़िन के ढक्कन से भी कड़क आ जाते थे। और चाहे कोई भी सब्ज़ी हो, सब लौकी की ही लगती थी। इतनी विशेषताओं से सुसज्जित टिफ़िन व्यवस्था सिर्फ़ चिलोंटाजी ही करा सकते थे। कॉलेज खुलने के बाद से डिस्टेंपर की दुकान उनका मुख्य व्यापार नहीं रहा था। अब मुख्य व्यापार था बच्चों को ठगना। चिलोंटाजी अपने गाँव का अंबानी हो गए थे। उन्हें हेड साहब का परम संरक्षण प्राप्त था और हेड साहब को उनका। दोनों एक-दूसरे के परम संरक्षणत्व में परम सुखी थे। हेड साहब सुविधाएँ जुटाने वाले को सुरक्षा देते थे और चिलोंटाजी सुरक्षा देने वालों को सुविधाएँ। इस प्रकार परस्पर दोनों एक-दूसरे पर उपकार पर उपकार किए जा रहे थे।

ख़ैर, इस तरह से विवेक अपनी प्रारंभिक पढ़ाई शुरू कर चुका था। लंच ब्रेक में जब वो लाइब्रेरी जाता तो सुरभि से दूर ही बैठता। सिर्फ़ ब्रेक ख़त्म होने पर दोनों साथ में क्लास में जाते। इस तरह दोनों में एक अलग तरह का रिश्ता पनप रहा था। वो दोनों दोस्त भी ऐसे तो नहीं थे कि दिन भर साथ रहें, बातें करें, लेकिन दोस्त थे भी क्योंकि हर दिन कुछ देर तो बात होती ही थी। विवेक पर सुरभि के इतने कर्ज़े थे कि विवेक की सूद चुकाने की भी हैसियत नहीं बची थी।

सुरभि के मन में विवेक के प्रति आदर था क्योंकि वो गाँव में पढ़ाने जाता था और ऐसी परीक्षा की तैयारी कर रहा था जिसके बारे में लोग सोचकर ही पीछे हट जाते थे। सुरभि को विवेक पसंद तो था लेकिन इतना भी नहीं कि दिल ही लगा बैठे।

ये ब्रह्मचर्य आश्रम की उम्र की अलग ही कहानी है। इतनी आसानी से फ़िट नहीं बैठती। कॉलेज को लगता था कि शायद विवेक और सुरभि एक-दूसरे के लिए ही बने हैं और विवेक को लगता था कि यही कोटा में दूसरी लड़की के साथ लोगों को लगता था और इसी लगने में वह ख़ुद भी दूर तक बह गया था। जब लौटा तो आईआईटी के कपड़े समय के बंदर लेकर भाग गए थे। अभी यहाँ भी वो बहा तो बड़ी मुश्किल से बुने जा रहे यूपीएससी के कपड़े भी समय के बंदरों को फाड़ने में देर नहीं लगेगी।

25

छुट्टियों के बाद विनय और विवेक को देखकर बच्चों की ख़ुशी पर ताला लग गया। उन्हें अपने नंग-धड़ंग मदमस्त जीवन में पढ़ाई बेड़ियों की तरह लगती थी और विवेक और विनय जेलर की तरह। बारिश के मौसम में जितनी मेहनत गाँव तक पहुँचने में लगती थी उससे भी ज़्यादा बच्चों को घंटे भर बिठाए रखने में। एक बार खुजली से रोने के कारण एक बच्चे की पीठ को विनय ने खुजला दी तब से विनय की क्लास के बच्चे नंगी पीठ और आँखों में आँसू लिए ही विनय का स्वागत करते थे। रास्ते में जिस तरह से गोबर कीचड़ में मिलकर एक ग्रेवी बनाते थे, ये रेसिपी सिर्फ़ बारिश के मौसम में ही देखी जा सकती थी। गाँव की क्लास में विवेक का आधा समय तो कुर्सी पर बैठकर एक लकड़ी से अपने जूतों के नीचे लगा गोबर में कीचड़ निकालने में ही चला जाता था।

इन्हीं दिनों डीन साहब ने विनय और विवेक को गाँव की शिक्षा के उत्थान पर परिचर्चा करने हेतु न्यौता भेजा। डीन साहब का सोचना था कि ये लड़के अकेले गाँव का उद्धार नहीं कर पाएँगे और डीन साहब की मदद ही सर्वोपकारी हो सकती है। विनय और विवेक के मन में डीन साहब के लिए वही क़द्र थी जो एक आम आदमी के मन में बड़े आदमी के लिए होती है। वह भगवान जैसा होता है। आम आदमी से बड़े आदमी तक का सफ़र 'एक अनार सौ बीमार' से लेकर 'सौ अनार एक बीमार' की तरह होता है। उन्हें लगा कि शायद डीन साहब दया करके एक चुटकी बजाएँगे और गाँव में प्राथमिक विद्यालय बन जाएगा। आख़िर फ़ीस से इतना पैसा तो आ रहा होगा कि कुछ-एक लाख दान दे दें।

इसी भावना से ग्रसित होकर वो दोनों डीन साहब के ऑफ़िस पहुँच गए जहाँ उन्हें कॉन्फ्रेंस रूम में बैठा दिया गया। कभी-कभी विवेक को लगता था कि विकासशील और विकसित देशों के अंतर को वह सुबह और शाम में ही देख लेता था। सुबह कॉलेज के एसी वाले कमरे, उन्नत बिल्डिंगें और फिर

ऊपर से कॉन्फ्रेंस रूम जहाँ बेबुनियादी पेंटिंग्स दीवारों पर टँगी हुई थीं। पेंटिंग में कलर कहीं से भी निकलकर कहीं को भी बह रहा था मानो किसी ने टेबल पर आमरस फैलाकर छोड़ दिया हो और उसमें धनिया की चटनी मिला दी हो। वहीं दूसरी ओर शाम को गाँव में भूसा, गोबर और डाबर आँवला तेल की मिली-जुली ख़ुशबू थी।

कॉन्फ्रेंस रूम में एक महाशय पहले से ही विराजमान थे। विवेक और विनय ने उन्हें पहले देखा तो था लेकिन पहचान नहीं थी। डीन साहब के इंतज़ार में उनसे हुई बातों में यह समझ आया कि वो समाजशास्त्र के प्रोफ़ेसर सिंह हैं जिनके मुख्य शोध का विषय 'ग्रामीण परिप्रेक्ष्य में शिक्षा का महत्त्व' था। प्रोफ़ेसर साहब बड़े शहर के रहने वाले थे और बड़े शहर की बड़ी यूनिवर्सिटी से ही उन्होंने ग्रामीण विषय पर बड़ी डॉक्टरेट हासिल की थी। उन्होंने कभी ग्रामीण क्षेत्र का भ्रमण नहीं किया था और उनका सोचना था कि किसी भी क्षेत्र पर शोध करने के लिए वहाँ का भ्रमण करना आवश्यक नहीं है, नहीं तो लोग सूर्य पर रिसर्च ही नहीं कर पाते। उनके हिसाब से ग्रामीण जनों को इस बात का अंदेशा नहीं रहता कि उनको कितना आगे बढ़ाया जा सकता है इसलिए उनके विचारों को संज्ञान में रखने की आवश्यकता नहीं होती है। क्योंकि आधी बातें प्रोफ़ेसर साहब ने अँग्रेज़ी में की थी, विनय उनसे प्रभावित हो गया। भारत में ये सबसे आसान तरीक़ा है। अँग्रेज़ी में 'ट्विंकल ट्विंकल लिटिल स्टार' पढ़ने वाले को भी जनता साहित्यकार मान लेती है। हेड साहब भी अँग्रेज़ी बोलने वाले का चालान नहीं करते, उन्हें लगता है कि भले ही गाड़ी फ़र्ज़ी हो लेकिन आदमी तो अच्छा दिख रहा है। विनय को भी लगा कि शायद प्रोफ़ेसर साहब से सलाह-मशवरा कर लेना चाहिए। हालाँकि उनके पास कोई और विकल्प भी नहीं था।

डीन साहब ने रूम में अपना पदार्पण किया। इतने वेग और आवेश में वो कमरे में आए मानो अपने बेहद व्यस्ततम समय में से विनय और विवेक की मन्नतों पर ये समय निकाला गया हो। विवेक और विनय डीन साहब के हाव-भाव को देखते हुए ख़ुद को क़सूरवार समझने लगे। उन्हें लगा कि शायद उन्होंने गाँव जाकर बच्चों को पढ़ाना शुरू ना किया होता तो आज डीन साहब को इस पीड़ादायक स्थिति में ना देखना पड़ता।

इस बात में कोई दो राय नहीं थी कि डीन साहब वाक़ई बेहद व्यस्त व्यक्ति थे। कार्यालय में बैठकर कभी-कभी डब्बे में रखे पिस्ते गिनने में उनका दिन निकल जाता था। अभी भी कॉन्फ्रेंस रूम में आने से पहले वो अपने डेस्कटॉप पर ताश का खेल खेल रहे थे। कभी-कभी अपनी डायरी में अपनी जीवनी भी लिखते थे। उनका सोचना था कि वो गाँधी नहीं हैं जिन्होंने अपने जीते जी अपनी जीवनी प्रकाशित करवा दी। वो चाहते थे कि मरने के बाद उनकी जीवनी की डायरी उनकी पत्नी को मिले और वो दुनिया के लिए उनका आख़िरी तोहफ़ा हो। वो कभी-कभी अपने विचारों में इतना खो जाते थे कि अपने आप को तिरंगे में लिपटा हुआ देखते थे। फिर अगले ही पल में अपनी मूर्ति को कॉलेज के गेट पर लगा हुआ देखते थे। और उसके भी अगले पल में अपनी बेस्ट सेलिंग जीवनी के लिए अपने आप को साहित्य का नोबेल मिलता देखते थे। बाद में जब डीन साहब को पता चला कि मरने के बाद नोबेल नहीं मिलता तब से वो पसोपेश में थे। बड़ी विकट समस्या उनके सामने यह थी कि अब क्या नोबेल के लिए जीते जी जीवनी निकाली जाए जिसका पब्लिकेशन भी आसानी से कॉलेज के प्रेस से कराया जा सकता है या फिर मरकर ही छपने दिया जाए और नोबेल की जगह पद्मश्री-पद्मभूषण जैसे देसी इनामों में ही संतुष्टि पाई जाए।

डीन साहब ने प्रोफ़ेसर सिंह साहब का परिचय विनय और विवेक से कराते हुए कहा कि अब से गाँव की पढ़ाई का ज़िम्मा वह सँभालेंगे और इसे एक मॉडल के रूप में विकसित करके शिक्षा विभाग में प्रस्तुत करेंगे। प्रोफ़ेसर साहब से डीन सर ने राय जाननी चाही। प्रोफ़ेसर साहब ने सारी औपचारिकताएँ निभाते हुए अपनी बात रखी। उन्होंने डीन साहब को बेतहाशा धन्यवाद ज्ञापित किया है। फिर लड़कों की पिछले साल भर की मेहनत को तुच्छ बताते हुए अपनी बात प्रारंभ की।

प्रोफ़ेसर साहब का कहना था कि गाँव वालों की शिक्षा के नाम पर विद्यार्थियों का एक क्लब गठित किया जाना चाहिए। उस क्लब के बच्चों की मेम्बरशिप फ़ीस रखकर उस पैसे से क्लब का प्रचार-प्रसार किया जाना चाहिए। क्लब के कार्यक्रम आयोजित किए जाने चाहिए। ऑनलाइन सेमिनार रखकर शिक्षा की पद्धति को विकसित करने के लिए बाहर के प्रोफ़ेसरों के शोध व्याख्यानों का प्रबंध करना चाहिए। मीडिया में प्राय: शिक्षा के क्षेत्र में कॉलेज के प्रयासों के

संबंध में ख़बर छपती रहनी चाहिए और इन सब से समय मिले तो यदा-कदा कॉलेज के बच्चों को गाँव की एक ट्रिप करवाना चाहिए जहाँ बच्चे कुछ देर गाँव वालों को जागरूक करें और हम उसकी फ़ोटोग्राफी करें।

प्रोफ़ेसर साहब अब सिर्फ़ गाँव के बच्चों तक सीमित नहीं थे, उनके हिसाब से पूरे गाँव के लोगों को ही जागरूक करने की आवश्यकता थी। जब तक गाँव का हर बूढ़ा जीन्स न पहन ले, हर महिला नौकरी पर न निकल जाए, हर घर में सैंडविच न बनने लगे और हर बच्चा लात पड़ने पर अँग्रेज़ी में न कराहने लगे, प्रोफ़ेसर साहब के हिसाब से तब तक गाँव वालों को जागरूक करना चाहिए।

ये सुनकर डीन साहब का दिमाग़ कौंधा। उनके दिमाग़ की उपज ने कहा कि कॉलेज को उस गाँव को ही गोद ले लेना चाहिए। इस तरह से जब कॉलेज गाँव को बाक़ी गाँव से अलग बनाएगा तो शायद पूरे हिंदुस्तान के कॉलेज एक-एक गाँव को गोद लेकर उन्हें आगे बढ़ाएँगे। डीन साहब का पूर्ण विश्वास था कि गाँव आगे बढ़े या ना बढ़े, लेकिन इस पब्लिसिटी से कॉलेज का प्रॉफ़िट ज़रूर आगे बढ़ जाएगा।

विवेक और विनय से कुछ पूछा ही नहीं गया और उन्हें समझ में आया कि यदि कुछ पूछते भी तो उसे सुना नहीं जाता। चाहते तो वो भी थे कि गाँव आगे बढ़े लेकिन प्रोफ़ेसर साहब बढ़ा पाएँगे इस बात में उन्हें ज़रा संदेह था।

ख़ैर, जैसे डीन साहब आए थे उसी रफ़्तार से वो अपनी कुर्सी से उठे और प्रोफ़ेसर साहब के मिशन को हरी झंडी देकर चले गए। प्रोफ़ेसर साहब भी अपनी रणनीति बनाने लगे और विवेक तथा विनय गाँव के लिए निकल पड़े।

26

कहते हैं कि आदमी चुनता बहुत सोच-समझकर है लेकिन चुनेगा उन्हीं में से जो कुछ उसके सामने हो। यही हालत कॉलेज में महिमा के साथ हो रही थी। उसने चुनने में बहुत समय लगाया लेकिन जब सारा गुणा-भाग कर लिया तो उसे लगा कि इन सब में शायद सुनील ही उसके लिए ठीक रहेगा। सुनील सब कुछ न्योछावर करने को भी तैयार था। कॉलेज में उसकी दादागिरी भी चलती थी। सुनील के चेलों का बस चले तो वो महिमा को बिना क्लास अटेंड करवाए ही डिग्री दिलवा दें। और क्या चाहिए था महिमा को!

महिम इस सोच में ही थी कि सुनील को जाकर हाँ बोल दे कि उसे लगा कि एक बार सुरभि को भी बता देना चाहिए। शायद बिना सोचे-समझे लिया हुआ यह निर्णय महिमा का सबसे सोचा-समझा निर्णय रहा होगा। सुरभि को जैसे ही कुकर के इस प्रेशर के बारे में पता चला, उसने पहले तो कुकर की तीन-चार सीटियाँ निकाली और फिर गैस बंद करके कुकर को नीचे उतार दिया। सुरभि की इस फटकार से महिमा पर असर तो पड़ा लेकिन उसका प्रश्न कि 'सुनील नहीं तो फिर कौन' बेहद पेचीदगी लिए हुए निकला।

सुरभि भी इसका सीधा जवाब नहीं दे पाई। कई बार व्यक्ति इसलिए सफल हो जाता है क्योंकि कोई और उसकी जगह नहीं होता। अंधों की परीक्षा में अंधा ही फ़र्स्ट आएगा। 'ये ठीक नहीं है'-ये बात तो सुरभि समझा सकती थी लेकिन 'इसकी जगह कौन' का जवाब सुरभि के पास भी नहीं था। समस्या का मध्यममार्गी समाधान करने के लिए सुरभि ने महिमा को गियर बदलने को कहा। उसने समझाया कि वो एक बार सुनील से सिर्फ़ बात शुरू करे, कुछ महीनों बाद बात ठीक लगती है तो अच्छा नहीं तो नये बैच के लड़कों में भी अन्वेषण किया जाएगा। महिमा इस बात से राज़ी हो गई।

उधर दूसरी ओर जिस दिन महिमा ने सुनील को मैसेज भेजा सुनील के खेमे में जश्न का माहौल हफ़्ते भर चला। सुनील ने सभी के लिए पूरे दिनभर के लिए कैंटीन फ्री रखकर कैंटीन के बाहर सुनील संग महिमा की ओर से स्वरुचि भोज का बोर्ड लगा दिया। वो तो सुरभि को चूहे के रास्ते सुनील को मैसेज भेजना पड़ा कि सुनील को धीरे चलने की ज़रूरत है नहीं तो सुनील अगले दिन कॉलेज में बैंड-बाजा लाकर घोड़े पर बैठकर घूमने का प्लान जमा चुका था।

सुनील का खेमा थोड़ा शांत हुआ लेकिन महिमा को रिप्लाई देने के पहले पूरी कमेटी चाय की टपरी पर बैठती थी। हर एक मैसेज के आगे-पीछे की पूरी चीर-फाड़ की जाती थी और सर्वसम्मति से ही सेंड बटन पर क्लिक किया जाता था। कितनी बार सुनील ने सोचा कि 'आई लव यू' लिखकर भेज दे लेकिन ये प्रस्ताव कभी भी पूर्ण मतों से पास नहीं हुआ। हमेशा कोई-न-कोई पीछे हट जाता। कभी मुहूर्त आड़े आ जाता तो कभी लड़कों का ओछापन। कभी वाद-विवाद का विषय होता कि लिखकर जताया जाए या कहकर, लिखने पर भी यदि बात आ जाती तो प्रश्न होता कि हिंदी में लिखा जाए या अँग्रेज़ी में। अँग्रेज़ी में भी लिखने पर बात आ जाती तो प्रश्न होता कि लिखने के बाद कौन से रंग का दिल का साइन बनाना है। लाल रंग के दिल पर भी बात आ जाती तो कितने दिल बनाने हैं। एक बनाने पर ऐसा ना लगे कि कम प्यार है, दो बनाने पर ऐसा न लगे कि दो लोगों से प्यार है, तीन बनाने पर 'तीन तिगाड़ा, काम बिगाड़ा' होने का ख़तरा था। ऐसे करते-करते सुनील और उसके ख़ेमे में महिमा को लेकर ही पूरा समय निकल जाता।

चैन सिंह दूसरे वर्ष में आते-आते प्रमाद की पराकाष्ठा पर पहुँच चुका था। रात में लगी लघुशंका की तलब को वह सुबह तक रोक सकने में उस्ताद हो गया था। कॉलेज जाना उसने लगभग छोड़ दिया था, सुलोचन उसकी उपस्थिति लगा देता था। चैन सिंह का सोचना था कि जब क्लास में बैठे बिना भी पास हुआ जा सकता है तो फिर क्लास में जाना नाइंसाफ़ी और बेवक़ूफ़ी है।

उसके अनुसार समय का बेहतर उपयोग किया जा सकता था इसलिए वो दिन भर फ़िल्में देखता था। अँग्रेज़ी फ़िल्मों से उसका विशेष लगाव था। चैन सिंह ने बहुत सारी फ़िल्में देखीं और इस निष्कर्ष पर पहुँचा कि अँग्रेज़ी फ़िल्मों को देखकर ही विज्ञान काम करता है। हवाई जहाज़ पहले फ़िल्मों में उड़ा और

फिर असलियत में। मोबाइल भी किसी फ़िल्म की ही देन है। हम फ़िल्मों में दूसरे ग्रह पर पहुँच गए हैं लेकिन अभी असलियत में बाक़ी है। कोई इस तर्क का खंडन करना चाहता तो वह उदाहरण देकर समझाता कि दुनिया फ़िल्मों में ख़त्म हो चुकी है लेकिन असलियत में नहीं हुई है। यदि फ़िल्मों ने असलियत से कहानियाँ चोरी की होतीं तो पहले वाक़ई में दुनिया ख़त्म होती और फिर उस पर फ़िल्म बनती। वो फ़िल्मों में इतना समा गया था कि उसके हिसाब से फ़िल्में ओरिजिनल थी और वास्तविकता कॉपी पेस्ट। एक बार विवेक ने तर्क लगाने की कोशिश की कि यदि दुनिया वाक़ई में ख़त्म हो जाती तो फिर उस पर फ़िल्म कौन बनाता! इस पर चैन सिंह का जवाब था कि अभी यह झगड़े का विषय नहीं है। विषय है फ़िल्म पहले आई या वास्तविकता, इसलिए वह उस प्रश्न पर टिप्पणी करने से मना कर देता।

चैन सिंह सिर्फ़ शाम को क्रिकेट खेलने बाहर निकलता था। ऊर्जा उसमें अभी भी पिछले साल जैसी ही थी लेकिन उसने उस ऊर्जा को आलसी होने में लगा दिया था। उसके हिसाब से दुनिया जिसे आलसी समझती है, वह वस्तुतः अपनी ऊर्जा सहेज रहा होता है। आलसी आदमी का ज्वालामुखी जिस दिन फटता है उसका लावा सबसे ऊँचा जाता है।

आलसी होना भी एक कला है, हर किसी के बस की बात नहीं है। आलस्य का मूल सिद्धांत है जो हो रहा है होने दो। उसमें कोई फेरबदल की इच्छा मत करो। चैन सिंह जब इस तरह से समझाता था तो सुलोचन को लगता था कि ये तो बड़ा ही आध्यात्मिक दार्शनिक हो गया है। सुलोचन कितना भी चाहे वो कॉलेज जाए बिना नहीं रहता था और चैन सिंह के सामने कितने भी प्रलोभन रख लो, कॉलेज जाने के लिए उसकी लार कभी नहीं टपकती थी।

सुलोचन के कॉलेज जाने के पीछे मुख्य उद्देश्य पढ़ाई का नहीं था बल्कि जूनियर बैच में एक लड़की से बात करना था। सुलोचन ने उस लड़की की कुंडली अपनी कुंडली से मिलवा ली थी। दोनों के गुण इस हद तक मिल रहे थे कि जुड़वा होने की संभावना थी। वो भी पूजा पाठ में विश्वास रखती थी। उसका कहना था कि बचपन से ही उसके घर परिवार में धार्मिक माहौल था इसलिए पूजा पाठ में विश्वास करने के अलावा उसके पास कोई और चारा ही नहीं था। सुलोचन और वो लड़की, अपराजिता, लंच ब्रेक में मिला करते और खाना एक

साथ खाते थे। हालाँकि एक-दूसरे के टिफ़िन से नहीं खाते थे। झूठा खाने से पाप लगने का भय था। लेकिन अपराजिता दिल की बड़ी साफ़ थी। उसने पहले ही सुलोचन को बता दिया था कि यदि शादी हुई तो सुलोचन को अपना नाम बदलना होगा। वो 'सुलोचन'-सा नाम लेकर उसके पिताजी के सामने नहीं जा सकता। लेकिन सुलोचन का सोचना था कि नाम तो ग्रंथों से ही ढूँढकर रखा है और भले ही आँखें कैसी भी हो नाम तो नाम रहता है।

अपराजिता उसकी बात काटते हुए कहती कि आज का ज़माना मॉडर्न धार्मिक नामों का है। नाम धार्मिक भी होना चाहिए और मॉडर्न भी। अपराजिता ने सुलोचन को कुछ विकल्प भी दिए। पार्थ, आर्यन, अथर्व-उसकी प्रमुख पसंद थी। सुलोचन के हिसाब से 'अपराजिता' भी मॉडर्न धार्मिक नामों में फ़िट नहीं बैठता था लेकिन उसने बहस न करने को ही तवज्जो दी। उसे चैन सिंह की याद आ गई जो कहता था कि दुनिया के कामों में यदि मूर्ख बन जाओ तो लोग परेशान करना बंद कर देते हैं।

विनय भी धीरे-धीरे सभी के साथ खुलने लगा था। कॉलेज के बच्चों का स्टैंडर्ड देखकर उसे समझ आने लगा था कि यहाँ ब्रांडेड कपड़ों, महँगी घड़ियों और सरफिरी अँग्रेज़ी के अंदर भी आदमी खोखला ही है। उसे इतना विश्वास हो गया कि भले ही वह हिंदी बोले और कुछ लोग अँग्रेज़ी में शेखी बघारी, बात उसी ने काम की कही होगी, बाक़ियों ने बस फटे कपड़े को ही धोया होगा।

विनय की महिमा से भी बात हो जाती थी। एक प्रैक्टिकल में विनय और महिमा को साथ में रखा था। पहले तो विनय पिछले साल की विवेक की घटना को याद करके कुछ बोला नहीं लेकिन फिर महिमा ने जो अलग-अलग एसिड का रायता बनाना शुरू किया तो विनय को बीच में दख़ल देना ही पड़ा। विनय ने वहाँ से जो मोर्चा सँभाला तो महिमा तो विनय की प्रशंसक ही हो गई। फिर पूरे प्रैक्टिकल एक बड़े अँग्रेज़ी मीडियम के स्कूल से पढ़ी लड़की ने एक छोटे से छात्राविहीन हिंदी मीडियम के स्कूल से पढ़े लड़के की फ़ाइल से कॉपी-पेस्ट किया।

गाँव में पढ़ाने जाने वाली बात के कारण जूनियर बैच में भी विवेक और विनय काफ़ी प्रसिद्ध हो गए थे। विनय भले ही लड़कियों से आसानी से पेश आने लगा था लेकिन उसका पहला प्यार अभी भी उसकी लेखनी ही था। वो जेब में

एक डायरी रखता था और कुछ भी उसके दिमाग़ में पकते ही उसे डायरी के फ्रिज में ठंडा होने के लिए रख देता था।

विवेक की पढ़ाई अपनी गति (स्पीड) तो पकड़ चुकी थी लेकिन उसमें वेग (वेलोसिटी) आना बाक़ी था। वो पढ़ता तो था लेकिन कोई प्लान नहीं था। जब मन आया, इतिहास पढ़ लिया, जब मन आया विज्ञान और जब मन आया भूगोल।

उसकी तैयारी भी चाबी वाले खिलौने की तरह थी। समय-समय पर जोश की चाबी न भरी जाए तो वह ठंडा हो जाता था। पिछली बार जब पत्रिका में पिछले वर्ष का प्रश्नपत्र देखा और उत्तर तो दूर प्रश्नों की भाषा भी दो गज़ दूर से निकल गई, तब उसकी चाबी भरी गई। वो वापस आया और रात में भी पढ़ना शुरू कर दिया। कहते हैं कि 'लगी बिना रैन ना जागे कोय' यानी जब तक प्रेम ना हो तब तक कोई अनावश्यक रातों को नहीं जागता है। इसे पास के पलंग पर ख़र्राटे मारते हुए चैन सिंह से अच्छा कौन समझा सकता था! अब विवेक को भी प्रेम हो रहा था-उसकी किताबों से।

उसका साथ देने विनय भी कभी-कभी रात भर उसके साथ जागता था। विनय अपनी अँग्रेज़ी सुधारता और विवेक अपनी तैयारी का तरीक़ा। जब तक वो चाबी भरी रहती थी, विवेक उन्हीं किताबों के साथ लिव इन रिलेशनशिप में रहता था। उन्हीं के साथ जागता, उन्हीं के साथ सोता, उन्हीं से बातें करता और उन्हीं के बारे में सोचता। फिर जब चाबी ख़त्म हो जाती तो कोई-न-कोई, लेकिन ख़ासतौर से सुरभि उसकी चाबी को भर देती और विवेक फिर तैयार हो जाता अगली दौड़ के लिए। अब सभी कॉलेज के उस मोड़ पर आ गए थे कि जहाँ से इन सभी का भविष्य निर्धारित होने वाला था।

27

विवेक और विनय की गाँव की पाठशाला लगातार चल रही थी। विवेक और विनय को लगा था कि जिस स्तर से वो पढ़ा रहे हैं शायद गाँव वाले उन्हें कुछ ही दिनों में भगा देंगे लेकिन अब उस बात को महीनों बीत गए थे। गाँव में उनका आगमन सामान्य घटना थी। अब कोई हैंडपंप से पानी भरते समय नज़र उठाकर उनको नहीं देखता था। बूढ़ों के हुक्के भी नहीं थमते थे और मोटरसाइकिलें भी कट मारकर निकल जाती थीं।

उनकी पाठशाला में बच्चों का कम होना तो दूर बल्कि आस-पास के गाँव के बच्चे भी आने लगे थे। उन्हें लगा कि शायद उनकी पढ़ाने की ख्याति दूर-दूर तक फैल रही है। ख्याति तो फैल रही थी लेकिन पढ़ाने के तरीक़े से उसका ज़्यादा संबंध नहीं था। हुआ यूँ था कि जब आस-पास के प्राथमिक विद्यालयों के शिक्षकों को पता चला कि गाँव में बिना स्कूल के पढ़ाई हो रही है तो वो सभी दुखी होने के बजाय बहुत ख़ुश हुए। उन्होंने अपने-अपने छात्रों को प्रेरणा दी कि वो भी वहीं जाकर पढ़ा करें। अब हालत ये थी कि प्राथमिक विद्यालयों में शिक्षक नीम के नीचे बैठकर चने-मूँगफली खाते हुए राजनीति करते थे और बच्चे विवेक विनय की क्लास में पढ़ने पहुँच जाते थे।

सरकारी कार्यालयों में कभी प्रतियोगिता नहीं होती। उन्हें ये नहीं लगता कि दूसरा अच्छा काम कर रहा है तो उसे भी अच्छा करना चाहिए। बल्कि वो ख़ुश हो जाता है कि दूसरा अच्छा कर रहा है तो उसकी ज़िम्मेदारी कम हो गई, इसलिए कोई भी अच्छा नहीं करता है। क्योंकि सब का मानना है कि यदि वह अच्छा करेंगे तो बाक़ियों के अच्छा करने की प्रेरणा समाप्त हो जाएगी। सभी को यदि काम में बनाए रखना है तो कम काम करना चाहिए। इसीलिए एक काम के लिए कई सरकारी विभाग भी बन जाए तो वो 'वसुधैव कुटुंबकम' की तर्ज पर

एक-दूसरे से बिना लड़े मिल-जुलकर रह लेंगे। दूसरे की उन्नति से ईर्ष्या नहीं करने का इससे उत्तम उदाहरण क्या हो सकता है।

वही यहाँ था। प्राथमिक विद्यालय विवेक विनय की पाठशाला के मुखर पक्षधर थे। क्योंकि महीने के अंत में वेतन तो वेतन शाखा वाला बाबू कुछ जी हुज़ूरी के बाद निकाल ही देगा इसलिए उन्हें इस 'बाल माइग्रेशन' से कोई परेशानी नहीं थी।

कॉलेज में प्रोफ़ेसर साहब कुछ बच्चों को जोड़कर एक क्लब 'साक्षर' का निर्माण कर चुके थे। सिंह सर का सोचना था कि काम प्रारंभ होने से पहले नाम का होना ज़रूरी है। और नाम ऐसा हो कि भले ही काम हो ना हो लोग खिंचे चले आएँ। क्लब का मुख्य कार्य था गाँव को शिक्षित करना और गोद लेकर गाँव के विकास में सहयोग करना। लेकिन ये मुख्य कार्य शुरू हो उसके पहले क्लब की नींव मज़बूत होनी चाहिए, ऐसा सर का सोचना था।

मज़बूती से नींव रखने के लिए सिंह सर ने साहिल के ग्रुप को चुना। साहिल चैन सिंह की क्लास का लड़का था। वो और उसका ग्रुप, जिसमें समानता बनाते हुए तीन लड़के और तीन लड़कियाँ थीं, सब कॉलेज के हॉस्टल में ही रहते थे। घर से अमीर और शरीर से सभी सुकुमार थे। इन्हें जनवरी से ही गर्मी लगने लग जाती थी और बिना चप्पल के ज़मीन पर पैर रखने पर उनके पैर छिल जाते थे। ये सोने भी तैयार होकर जाते थे मानो सपने में भी पार्टी करनी हो। कोई अगर बिना चम्मच के, हाथ से खाना खा ले तो इन्हें घिन आती थी। हिंदी में बात करने को ये अपनी मजबूरी मानते थे। इन्हें लगता था मानो मज़दूरों से बात करनी पड़ रही हो। कॉलेज की 'भेड़-बकरियों' के बीच में यह अपने आप को 'शेर' समझते थे। बाक़ी लोगों से ज़्यादा घुलते-मिलते नहीं थे क्योंकि उन्हें लगता था कि बाक़ी लोग इनके लायक़ नहीं हैं, हालाँकि बाक़ियों का सोचना था कि ये लोग किसी के लायक़ नहीं हैं।

कॉलेज के लोग इन्हें 'यो-यो' गैंग के नाम से जानते थे। इस नाम के उद्गम का समय और स्थान तो इतिहासकारों को ठीक-ठाक ज्ञात नहीं है लेकिन कहा जाता है कि कभी किसी ने इनको आपस में बात करते हुए सुना था और उसे पूरे वार्तालाप में बस 'यो-यो' समझ आया था। पूरे कॉलेज में उसने घूमकर 'यो'

का मतलब पूछा। मतलब तो नहीं मिला लेकिन साहिल के ग्रुप का नामकरण ज़रूर हो गया।

शायद यही सब ख़ूबियाँ देखते हुए सिंह सर को लगा कि ऐसे लोग, जिन्हें मिट्टी के पास जाने से एलर्जी हो जाती है, सुबह के नौ बजे जो सनस्क्रीन लगाकर बाहर निकलते हैं, गाँव का उद्धार कर पाएँगे।

'साक्षर' क्लब की गहन मीटिंग होती थीं। प्रारंभिक कई हफ़्ते तो क्लब का लोगो निर्धारण जैसे महत्त्वपूर्ण विषय पर निकल गए। उनका सोचना था कि जब तक एक लोगो नहीं होगा तब तक प्रचार नहीं हो सकता और जब तक प्रचार नहीं होगा तब तक गाँव वालों को पढ़ाकर क्या फ़ायदा! उन्होंने इस बात को स्वीकार किया कि उनको जंगल में मोर नहीं नचाना है बल्कि उस मोर को चौराहे पर लेकर आना है।

गहन चिंतन के असीम मंथन के बाद एक लोगो निर्धारित हुआ जिसमें बीच में किताब थी और उसके ऊपर दो हाथ थे और नीचे दो हाथ थे। ऊपर बने हाथ उज्ज्वल और स्वच्छ थे। नीचे बने हाथ मैले थे। इसके माध्यम से वह बताना चाहते थे कि कैसे वो समग्र विश्व के ज्ञान को उदार होकर गाँव वालों को बाँटकर उन्हें अपने जैसा बनाना चाह रहे थे।

अगले कुछ हफ़्ते क्लब के संविधान को बनाने को लेकर सभाएँ हुईं। कौन अध्यक्ष होगा, कौन सचिव होगा और कौन कार्यकर्ता, सदस्य बनने के लिए कितनी फ़ीस होगी, क्लब की पत्रिका ऑनलाइन होगी या कॉलेज के प्रेस में छप पाएगी, महीने में कितने कार्यक्रम होंगे, किसी सदस्य को निष्कासित कैसे किया जा सकेगा, आदि तय होना था।

इन सबके बीच जिस पद के लिए सबसे ज़्यादा होड़ थी, वह कोषाध्यक्ष का पद था जिसे वो ट्रेज़रर कहना पसंद करते थे। 'ट्रेज़रर' (कोषाध्यक्ष) सब्ज़ी में डले नमक की तरह होता है; वो दिखता नहीं है लेकिन स्वाद की चाबी उसी के पास होती है। शुरुआत में ट्रेज़रर कोई नहीं बनना चाहता था क्योंकि सबको यह वहम था कि ये सामाजिक निस्वार्थ कार्य है लेकिन जब यह निर्धारित हुआ कि नये सदस्यों से गाँव की शिक्षा के नाम पर 500 रुपये लिए जाएँगे, तब से ट्रेज़रर बनने में कई लोगों को रस आने लगा। आख़िर कोष है ही ऐसी चीज़। प्राचीन काल से कोष महापुरुषों तक की नीयत ख़राब करता आया है। महाभारत

इस बात का प्रमाण है कि कोष भाइयों को भी लड़ा सकता है और आईन-ए-अकबरी इस बात का प्रमाण है कि कोष के लिए बेटा बाप को भी निपटा सकता है।

इन सब जटिल आपाधापी में समय निकला जा रहा था और गाँव जाकर बच्चों को पढ़ाने का तुच्छ काम अभी भी विवेक और विनय के मत्थे ही था।

क्लब की मौलिक कमेटी के गठन के बाद कॉलेज में जगह-जगह ग्रामीण शिक्षा के प्रति अलख जगाने के कैंप लगाए गए। कैंटीन, हॉस्टल, क्रिकेट ग्राउंड, सब जगह बच्चों को सदस्य बनाया गया। बच्चे भी मासूम होने से सपने देखने लगे कि शायद उनके दिए पैसे से गाँव का लड़का आईआईटी निकालकर सीधे अमेरिका में रॉकेट बनाएगा। और फिर कॉलेज में फ़र्स्ट ईयर के विद्यार्थी को चूना लगाना सरलतम कार्य है। वो तो मानो अपने गहने की तिजोरी खोलकर चौराहे पर खड़ा होता है। जो चाहे उसे लूट सकता है और वह ख़ुशी-ख़ुशी उस लूट में शामिल हो जाएगा। प्रथम वर्ष के छात्र इसी लूट का बदला आगे चलकर दूसरों को लूटकर लेंगे। यह सबसे व्यवस्थित न्याय कहलाता है। जो आपके साथ हुआ, आप दूसरों के साथ कर दो। वो भी तीसरे के साथ कर देगा। कोई अन्य न्यायिक प्रणाली की आवश्यकता ही ख़त्म।

ख़ैर जब पैसा इकट्ठा हुआ, तब कहीं जाकर सिंह सर ने कहा कि अब शायद गाँव का भ्रमण भी कर लेना चाहिए ताकि जिन से पैसे लिए हैं उन्हें बता सके कि वह पैसे ख़त्म हो गए और नयी खेप की आवश्यकता है।

तारीख़ निश्चित की गई। विवेक विनय से संदेश भिजवाया गया कि सभी गाँव वाले तैयार रहें, उनकी दिशा परिवर्तन होने जा रही है। गाँव वालों के लिए यह ख़बर वैसी ही थी जैसे कि गाँव में जादूगर आने की। उन्हें कोई फ़ायदा नहीं होना था लेकिन जब तक जादूगर करतब दिखाता तब तक कौतूहल तो बना ही रहता।

क्योंकि साहिल का कहना था कि इतना दूर पैदल नहीं जाया जा सकता है इसलिए किराए पर गाड़ियाँ की गईं। सभी पर साक्षर क्लब के लोगो के बैनर लगाए गए। बच्चों को उपहार स्वरूप कुछ अँग्रेज़ी किताबें और टिफ़िन रख लिए गए। साहिल की टीम सहित लगभग हॉस्टल के पचास बच्चे अपनी बेड़ियों को तोड़ कॉलेज से बाहर जाने के लिए तैयार हुए। तैयार भी ऐसे मानो किसी

की शादी में जा रहे हों। साहिल ने जिस तरह से सूट और टाई लगाई थी उसे देखकर लग रहा था मानो संयुक्त राष्ट्र में भारत के प्रतिनिधि के तौर पर भाषण देने जा रहा हो।

ख़ैर उन्हें असली राष्ट्र के शीघ्र ही दर्शन होने वाले थे। कुछ लड़के-लड़कियाँ गाँव वालों के लिए नहीं अपितु एक-दूसरे को प्रभावित करने के लिए सजे थे। उन्हें लगा कि गाँव में जाकर आत्मीयता का सस्ता ढोंग करेंगे तो शायद सामने वाले की खोखली बुद्धि में इनके महंतपने की फ़ोटो छप जाएगी और ये उनकी नींद उड़ा देंगे।

सबसे पहला फ़ोटो सेशन गाड़ियों के सामने हुआ। गाड़ी में बैठकर गाँव पहुँचने के पहले ही इंटरनेट के माध्यम से ढिंढोरा हो चुका था कि ये चमकते हुए बच्चे गाँव का छिछोरापन दूर करने जा रहे हैं।

दूसरी तरफ़, विनय बच्चों को सँभालकर जैसे-तैसे कच्छा-बनियान पहनाकर बैठाए हुए था। विवेक गाँव के बड़ों से बातें कर रहा था। आख़िर कॉलेज की इज़्ज़त का सवाल था। पहली बार टोली भरकर लोग आए थे। गाँव के बड़े रहेंगे तो माहौल में शायद शर्म और अनुशासन बना रहेगा।

साक्षर क्लब की धमाकेदार एंट्री के साथ विनय ने जबरन बच्चों से तालियाँ बजवाई। सिंह साहब अपने स्वागत को देखकर अभिभूत हो गए। गाँव की सृष्टि के ब्रह्मा-विष्णु-महेश वाली अनुभूति उनमें आ गई। उन्होंने अपना भाषण प्रारंभ किया जो कि बच्चों के हिसाब से बड़ों के लिए और बड़ों के हिसाब से बच्चों के लिए था। इसलिए दोनों की प्रजातियों का रस उसमें नहीं था। भारत की शिक्षा नीति, गाँव के विकास और आधुनिक विज्ञान के संबंध में कुछ उलजलूल बातें उन्होंने की।

उनके भाषण का स्तर ऐसा था कि साक्षर क्लब के सदस्य भी तितर-बितर हो गए। जो भी गाँव की चीजें उन्हें आकर्षक लगीं वहाँ जाकर फ़ोटो खिंचवाने लगे। कुछ लड़कियाँ आँगन के झूलों पर जाकर बैठ गईं। पाश्चात्य परिधानों और श्रृंगार से सजी हुई लड़कियाँ चूल्हे पर कंडे की आग में रोटियाँ सेंक रही थीं। सूट-बूट में कुछ लड़के ठेले से लेकर गटागट खाने लगे। कुछ खाटों में धँसकर, हुक्का हाथ में लिए अजब-सी भंगिमा बनाने लगे।

कुछ ने काकाओं से पगड़ियाँ उधार ली तो कुछ ने महिलाओं से कंगन। कुछ ट्रैक्टर पर चढ़ गए तो कुछ खेतों में घुस गए। लस्सी की मथनी और घास काटने की हँसिया देखकर आश्चर्य में पड़ गए। जो देखते, उसे छूते और फ़ोटो खींच लेते। गाँव अजायबघर बन गया था। ये नहीं समझ आ रहा था कि यहाँ सभ्य किसे कहा जाए और असभ्य किसे! गाँव का शहरीकरण और शहर का ग्रामीकरण एक साथ हो रहा था। किसे पढ़ने और शिक्षा की ज़्यादा ज़रूरत थी, अब यह बहस का विषय बन चुका था।

जैसे ही सिंह सर का भाषण और साक्षर क्लब के सदस्यों का चित्र व्यापार समाप्त हुआ साहिल की टीम द्वारा बच्चों को अँग्रेज़ी की किताबें और टिफ़िन बाँटे गए। एक बच्चे ने साहिल से प्रश्न भी किया कि टिफ़िन बहुत छोटा है तो साहिल ने उत्तम समाधान करते हुए बताया कि इसमें सैंडविच और सॉस रखा जा सकता है। बच्चा न सैंडविच जानता था और न सॉस। उसने कह दिया कि इसमें तो दो रोटी और लौकी की सब्ज़ी आ ही नहीं पाएगी। साहिल अँग्रेज़ी में नाराज़ हो गया। उसने कहा, "लुक ऐट दिस बॉय... ही हैज़ नो मैनर्स।"

अँग्रेज़ी बोलने वालों की इस हीनभावना की ग्रंथि से विनय भलीभाँति परिचित था लेकिन इस सर्कस को जल्दी से समेटने के मूड में होने से उसने लड़के को एक तरफ़ करते हुए कहा कि उसे बाद में समझाया जाएगा। लेकिन वो लड़का गया तो दूसरा अपना ख़ुद का प्रश्न लेकर साहिल के सामने हाजिर हो गया। उसने कहा कि उसे स्कूल के लिए कहीं जाना ही नहीं होता तो टिफ़िन का करेंगे क्या? साहिल भी सोचने लगा कि इस बारे में तो उनकी गहन बैठकों में कभी चर्चा हुई ही नहीं। विनय को फिर से बीच में आकर संधि स्थापित करनी पड़ी।

अँग्रेज़ी पुस्तक को लेकर भी एक लड़की सिंह साहब के पास आई और पूछने लगी कि क्या विनय और विवेक भैया इसे पढ़ाएँगे? साहब ने चारों ओर अपने क्लब के सदस्यों की ओर नज़र दौड़ाई और सबकी हैसियत देखते हुए विवेक और विनय के लिए ही हामी भर दी।

साहिल और उसकी टीम के लिए ये बेहद कठिन दिन गुज़रा। बक़ौल साहिल कई दिनों की मेहनत थी इस कार्यक्रम को सफल बनाने में। और अभी

वापस पहुँचकर हज़ारों फ़ोटो के ग़ुबार में से कुछ गिनी-चुनी छाँटकर मीडिया के लिए प्रेस नोट तैयार करना था।

साहिल की टीम ने क्लब के कोषाध्यक्ष की सहायता से कैंटीन में सक्सेस पार्टी आयोजित की जिसमें सभी ने पारस्परिक तारीफ़ें जड़ीं। संस्कृत के श्लोक को सार्थक किया जिसमें कहा गया है कि ऊँट की शादी में गधे ने जाकर जमकर गीत गाया और एक-दूसरे की प्रशंसा करते हुए गधे ने ऊँट से कहा कि वाह! क्या रूप है! और ऊँट ने गधे से कहा कि वाह! क्या स्वर है!

दूसरी तरफ़ विनय ने कार्यक्रम समाप्ति के बाद बच्चों को समझाया कि टिफ़िन में सौंफ-सुपारी-लौंग-इलायची रखी जा सकती है। बच्चों के खेमे में इस बात को सुनकर निराशा थी लेकिन महिलाओं को ज़रूर एक सत्पात्र मिल गया था। अँग्रेज़ी किताबों पर भी तले हुए भजिए रखकर खाने की तैयारी थी लेकिन विनय ने उसे कुछ दिन के लिए ये कहकर टलवा दिया कि इसके पन्ने हवाई जहाज़ बनाने के काम में आएँगे। विनय जानता था कि अँग्रेज़ी का कितना भी तिरस्कार कर ले लेकिन मूलभूत अँग्रेज़ी के बिना आजकल आम समस्याएँ सुलझाना भी कठिन है।

विवेक कुछ वृद्ध लोगों के साथ बैठकर कार्यक्रम की चर्चा कर रहा था। विवेक ने थोड़ा ढाँढस बँधाते हुए कहा कि यदि इसी तरह कॉलेज के बच्चे गाँव आते रहे तो वो भी गाँव के रीति-रिवाज समझ जाएँगे और गाँव को जो फ़ायदा होगा उसका तो कहना ही क्या!

ये सुनकर काका ने एक कहानी सुनाई। उन्होंने बताया कि एक बार ऐसे ही पास के गाँव में अस्पताल बनाने की माँग को मंज़ूरी मिल गई। राजधानी में निश्चित हुआ कि अस्पताल का शिलान्यास और भूमि पूजन करने चलना है। बड़े धूमधाम से भूमि पूजन का कार्यक्रम और जमकर खाना हुआ। हमने भी देखा कि एक दीवार-सी खड़ी की गई थी जिस पर कई पचासों के नाम थे जिनकी शुभ उपस्थिति में शिलान्यास हुआ था। फिर वो लोग चले गए। जब साल भर तक काम शुरू नहीं हुआ तो पूछा गया। पता चला कि अस्पताल के लिए जारी किया गया पैसा उस भूमि पूजन के कार्यक्रम में ही पूरा उड़ा दिया गया। तब हमको साल भर तक आ रही घी की पुड़ी की डकारों का राज़ पता चला। आज भी वो दीवार, जिसे समझदार लोग शिलालेख बोलते हैं, खड़ी है और अस्पताल

की ज़मीन पर श्मशान घाट वालों का अतिक्रमण होता जा रहा है। जिन लोगों की उपस्थिति में वो कार्यक्रम हुआ था वो अब अनुपस्थित ही रहते हैं।

एक चाचा ने भी इसी में अपनी बात जोड़ते हुए कहा कि पास की नदी को उद्धार कर जीवंत करने के लिए जिस पैसे की मंजूरी हुई थी उससे उस नदी के उद्धार करने के लिए एक महलनुमा ऑफ़िस बना दिया गया है। अब ऑफ़िस में उस नदी को जीवंत करने की चर्चा की जाती है जिस नदी को जीवंत करने का पैसा ही मर गया है। पहले तो पैसे को जीवंत करने की आवश्यकता है।

विवेक सुन रहा था। आज के कार्यक्रम और इसी प्रकार की निराशामयी सरकारी व्यवस्था की कहानियाँ सुनकर थोड़ा उदास भी हो गया था। लेकिन उसने सभी प्रबुद्धजनों से वादा किया कि क्लब के बच्चे आएँ या नहीं, वह और विनय तो आएँगे ही।

28

अगले दिन साक्षर क्लब की ख़बर धूमधाम से अख़बारों में छपी। साहिल और उसकी टीम ने अपनी हैसियत से भी ज़्यादा लोगों तक ये बात प्रचारित करने का प्रयास किया। जिन रिश्तेदारों से सालों से बात नहीं हुई थी उन्हें भी फ़ोटो भेजकर जताया कि समाज सेवा ही समग्र सेवा है। अख़बार में ख़बर छपने के उपलक्ष्य में, जो थोड़े बहुत पैसे बचे हुए थे, उससे भी पार्टी करने का ऐलान हो गया।

डीन साहब भी अख़बार की ख़बर पढ़कर अपनी कुर्सी से एक फर्लांग उछल गए। उन्हें गाँव के बच्चों की पढ़ाई से ज़्यादा इस बात की ख़ुशी थी कि इसके दम पर कॉलेज का अच्छा प्रचार होगा और नये बच्चों के एडमिशन में सहूलियत रहेगी। उन्होंने तुरंत सिंह साहब की वेतन वृद्धि कर दी।

चैन सिंह ने अख़बार तो नहीं पढ़ा परंतु जब सुलोचन ने उसे बताया कि ख़बर तो छपी है लेकिन विवेक और विनय के नाम के बिना तो उसे पहले तो ग़ुस्सा आया। लेकिन अपने कोप पर उसने अपने आलस्य से क़ब्ज़ा पाते हुए टीप दी कि इसीलिए दुनियादारी में नहीं पड़ना चाहिए और तकिए को गले लगाकर चैन से सोना चाहिए।

विवेक ने ये ख़बर लाइब्रेरी में पढ़ी जब वह लंच ब्रेक में मासिक पत्रिकाएँ पढ़ने गया था। उसने गाँव में घटी पूरी कहानी सुरभि को बताई। सुरभि ने विवेक को समझाया कि सस्ते जूतों की चमक अच्छी होती है लेकिन वो लंबी रेस के लिए नहीं होते। भले ही आज सूट-बूट में नाम करने वाले चमक रहे हों लेकिन कभी-न-कभी काम करने वाले भी चमकेंगे। विवेक को अपना नाम अख़बार में ना आने का दुख तो था लेकिन इतना नहीं जितना उसे सरकारी सिस्टम की कार्यशैली का था जिसके लिए वह इतना पढ़ रहा था।

सुरभि ने कहा कि जैसे क्लब ने एक सतत प्रक्रिया को मात्र एक कार्यक्रम बना दिया वैसा मत करना। कार्यक्रम में जोश होता है, तामझाम होता है,

हवाबाज़ी भी होती है लेकिन वह समाप्त हो जाता है और 'खाया-पिया-पचाया' की हालत हो जाती है। वहीं प्रक्रिया में धीरे-धीरे विकास होते हैं, तामझाम भी कम होता है लेकिन जब वह समाप्त होती है तो बिना प्रचार के धमाका करती है। उसकी समाप्ति ही उसकी पूर्ति हो जाती है।

विवेक को अपनी परीक्षा की तैयारी और यदि सेलेक्ट होकर अफ़सर बनता है तो व्यवसायिक दक्षता, दोनों के गुर इसमें मिल गए थे। उसके खिलौने की चाबी फिर भर चुकी थी। उसने सुरभि को धन्यवाद भरी निगाहों से देखा और अख़बार एक तरफ़ कर फिर अपनी पढ़ाई में जुट गया।

29

कॉलेज के आने वाले दो सालों में कई बादलों ने बारिश की और कई नालियों से होता हुआ पानी बहा। अब डीन साहब के पास इतने एडमिशन हो चुके थे कि वो दिल्ली में अपने लिए बंगला बनवाने की तैयारी कर चुके थे। उनके हिसाब से 'शिक्षा से कमाया जा सकता है' इसमें तृतीया विभक्ति का प्रयोग प्रयोग है माने शिक्षा प्राप्त करके कमाया जा सकता है, जिसकी प्रेरणा वह सभी बच्चों को देते थे और 'शिक्षा से कमाया जा सकता है' इसमें पंचमी विभक्ति का प्रयोग है, माने शिक्षा के क्षेत्र से भी ख़ज़ाना जोड़ा जा सकता है जिसकी प्रेरणा वह स्वयं को देते थे।

चिलोंटाजी का व्यापार फल-फूलकर उस बरगद की तरह हो गया था जिसके तने भी जड़ें बन चुके थे। अब उनकी डिस्टेंपर की दुकान से किराने के अलावा और भी बहुत कुछ बिकने लगा था। उनके रिश्तेदारों ने भी परोपजीवी बनकर किसी ने टेंट हाउस, किसी ने ट्रेवल्स तो किसी ने खाद की दुकान डाली थी। चिलोंटाजी अपने आप में संस्था बन चुके थे। कॉलेज के बच्चों से ज़्यादा तो गाँव वालों को कॉलेज से फ़ायदा हुआ था।

आख़िरी साल आते-आते राकेश ने कॉलेज आना बंद कर दिया था। उसकी शादी और बच्चा दोनों पिछले एक साल में हो गए थे। ग़ज़ब की उन्नति हुई थी। हालाँकि कॉलेज को ऐसी उन्नति की उम्मीद नहीं थी। राकेश का सोचना था कि बचपन के दिन अब चले गए हैं और उसके ऊपर बहुत ज़िम्मेदारियाँ आ गई हैं इसलिए कॉलेज-वालेज की बचकानी हरकतें अब उस पर सूट नहीं करती हैं। माँ और पत्नी में शांति वार्ताएँ और सामंजस्य स्थापित करते-करते उसमें राजनीति आ गई थी और उसके पिता अब उसे नालायक़ से थोड़ा कमतर समझने लगे थे। राकेश ऐसी प्रजाति से था कि कॉलेज में उसके न आने से किसी को कोई कमी नहीं खली। लेकिन एक शख़्स की कमी चारदीवारी को भी हुई और वह

थी- महिमा। महिमा कॉलेज की पोस्टर गर्ल बन चुकी थी। हर पोस्टर पर उसकी फ़ोटो रहती थी। हालाँकि महिमा का सोचना था कि फ़ोटोग्राफ़र ने फ़ोटो में ब्राइटनेस और कंट्रास्ट अच्छा किया होता तो उसका असली रूप निखरता, अभी तो उन्नीस ही लग रही है।

सुनील का ऐसा सोचना नहीं था। उसे वो पोस्टर इतने अच्छे लगे कि उसने चाय की पूरी टपरी महिमा के पोस्टरों से सजा दी। दुकानदार ने भी मना नहीं किया। उसका मूल्यांकन था कि जब से पोस्टर लगे हैं तब से चाय की बिक्री बढ़ गई है।

सुनील ने अपने प्यार की हद का इज़हार करने के लिए ख़ुद टपरी पर लगे पोस्टरों से गले लगाते हुए एक फ़ोटो खिंचवाई और महिमा को भेज दी। महिमा प्रेशर में आ गई। उसका सोचना था कि जब सामने वाला इतना कुछ कर सकता है तो थोड़ा बहुत उसे भी करना पड़ेगा।

सुरभि ने जब दो साल पहले महिमा को सुनील से बात की हामी भरी थी, उसे लगा था कि शायद ये बात जल्दी ही ख़त्म हो जाएगी लेकिन सुनील और महिमा जैसे दो समझदार ध्रुवों ने बात को लगातार जारी रखा। सुरभि की कोशिशों के कारण ये बात बातचीत के स्तर तक ही रही नहीं तो सुनील तो अपनी शादी की शेरवानी में एम अक्षर भी जड़वा चुका था।

ऐसे में जब आख़िरी साल की शुरुआत में महिमा के पास विज्ञान के क्षेत्र में रिसर्च करने वाली कंपनी में ट्रेनिंग करने का ऑफ़र बहुत आश्चर्य लेकर आया। महिमा की ख़ुशी का तो ओर-छोर ही नहीं था। उसने ट्रेनिंग शब्द को गौण करके सभी को बताया कि उसे रिसर्च कंपनी से ऑफ़र आया है। इस बात से समूचे कॉलेज में उदासी छा गई। सभी को डर था कि महिमा चली जाएगी तो कॉलेज के दिल की धड़कन रुक जाएगी।

सुनील को जिस दिन ये पता चला, उसने टपरी पर अपने चेलों के बीच मातम मनाया। वो बीच में बैठकर रोता रहा और उसके चेले हमेशा की तरह एक गहन मंथन में डूब गए। कुछ का कहना था कि इस प्रकार की लड़कियाँ जो नौकरी करना चाहती हैं, जिनका सपना घर सँभालना या गरम रोटियाँ बनाना नहीं है, ऐसी महत्त्वाकांक्षाविहीन लड़कियों से तो बचना ही अच्छा है और सुनील भैया के भाग खुल गए हैं कि लड़की ख़ुद ही जा रही है। बाक़ी लोग भी इस

बात से तो सहमत थे लेकिन उनका सोचना था कि सुनील भैया को यह 'रोटी बनाना', 'कपड़ा धोना' और 'मकान सँभालना' वाली बात पहले ही कर लेनी थी। ख़ामख़ा फ्रिज में पानी रखकर बर्फ़ बनाई, अब जब वह बर्फ़ बन गई तो पता चला कि मौसम ही सर्दियों का है। ये बर्फ़ वाला उदाहरण सुनील भैया को समझ नहीं आया लेकिन बात का मर्म समझ आ रहा था।

सुरभि भी शुरुआत में महिमा के जाने के पक्ष में नहीं थी। महिमा ने जब कहा कि वो ट्रेनिंग कर लेगी तो साइंटिस्ट बन जाएगी तो सुरभि ने समझाया कि रिसर्च की कंपनी में रिसेप्शनिस्ट बनने की ट्रेनिंग से कोई वैज्ञानिक नहीं बन जाता। महिमा ने सुरभि को समझाया कि ये रिसेप्शनिस्ट वाली बात किसी को पता नहीं चलनी चाहिए।

फिर सुरभि को लगा कि शायद सुनील से बचने के लिए यह क़ुर्बानी देना जायज़ है। इसलिए आख़िरी साल की शुरुआत में ही महिमा दिल्ली चली गई। जिस दिन वो गई उस दिन सभी की आँखें नम थीं। जूनियर्स तो प्रार्थना कर रहे थे कि महिमा मैडम फ़ेल होती रहें और हमारे साथ पढ़ती रहें लेकिन ऐसा नहीं हो पाया। महिमा के जाने के साथ ही सुनील की प्रेम कहानी भी ख़त्म हो गई। दोनों भावनात्मक रूप से बेहद सशक्त थे। महिमा भी वहाँ नये-नये उपहार लेने लगी और सुनील भी यहाँ नयी-नयी लड़कियों को उपहार देने लगा।

चूहे के घरवालों ने कॉलेज से लगी हुई एक ऑटो मोबाइल रिपेयर की दुकान खुलवा दी थी। वही सुनील का कार्यालय भी था। सुनील का कहना था कि भले ही अभी नहीं लेकिन आगे चलकर तो उसे उसके पिताजी की प्रधानी करनी ही है। ऐसे में उसे कार्यालय की ज़रूरत थी और फिर यह फ़्री में भी था।

जब डीन साहब को दुकान के बारे में पता चला तो उन्होंने चूहे को समझाया कि वहाँ बैठने से कॉलेज का नाम ख़राब होता है। किसी को पता नहीं चलना चाहिए कि कॉलेज के पढ़े बच्चे ऑटो मोबाइल रिपेयर की दुकान चलाते हैं। चूहे को ये बात समझ नहीं आई लेकिन क्योंकि डीन साहब ने कहा था इसलिए वो मान गया। सुंदर की गालियों में निखार आ गया था। इन चार सालों में उसने पढ़ाई भले ही ना सीखी हो लेकिन वो गालियों के मामले में कलाकार हो गया था। कई पंगतें तो टपरी पर सिर्फ़ सुंदर की गालियाँ सुनने के लिए ही होती थीं। जिस लड़की को उसने गाली देते हुए प्रपोज़ किया था उसने सुंदर की ओर

मुड़कर भी नहीं देखा और सुंदर उस दुखद घटना को ही अपनी सफलता का राज़ मानता रहा। गालियों की इतनी क़िस्में उसके पास थीं कि सुनील ने एक बार ऑडिटोरियम में सुंदर की गालियों का कार्यक्रम रखने की तैयारी कर ली थी। वो तो सुनील के हिसाब से कुछ लीचड़ प्रोफ़ेसरों ने 'सभ्यता' का शगूफ़ा छेड़ते हुए कार्यक्रम रोक दिया। इस प्रतिभा के अलावा सुंदर सुनील का चेला था और उसने अपना भविष्य भी सुनील भैया के साथ ही देख रखा था। उसकी सोच थी कि जब सुनील भैया प्रधान बनेंगे तो उनके काम कौन करेगा और पैसा कौन सँभालेगा! उस जगह वो स्वयं को खड़ा देखता था।

साहिल का 'साक्षर' क्लब दिन दूनी रात चौगुनी तरक़्क़ी कर रहा था। पिछले दो सालों में गाँव तो सिर्फ़ दो ही बार जा पाए थे लेकिन उसके अलावा क्लब ने कॉलेज में बहुत गतिविधियाँ संचालित कर ली थी। कभी 'ग्रामीण परिवेश में शिक्षा की महत्ता' विषय पर भाषण प्रतियोगिता, तो कभी 'ग्रामीण परिधान' नाम से फ़ैशन शो। कभी 'साक्षर' त्रैमासिक पत्रिका में गाँवों की फ़ोटोग्राफ़ी छापी तो कभी गाँव से कॉलेज में पढ़ने आए बच्चों का सम्मान किया। इस प्रकार क्लब अपनी विषयवस्तु के इर्द-गिर्द ही घूमा।

'साक्षर' क्लब के सभी आख़िरी वर्ष के विद्यार्थियों ने प्लेसमेंट में ले जाने वाली फ़ाइल में गाँव का उद्धार करने वाले सभी सर्टिफ़िकेट भी लगा लिए। साहिल ने तो अपने बायोडाटा में ये भी लिखा कि वो नेतृत्व के सभी पदों के लिए तैयार है क्योंकि उसने दो वर्षों तक साक्षर क्लब को गड्ढे में से निकालकर ऊँचाइयों तक पहुँचाने में महती भूमिका निभाई है।

चैन सिंह का जीवन अभी भी स्लो मोशन में ही चल रहा था। एक बार विवेक को पढ़ाई करते देख सुलोचन ने चैन सिंह से कहा कि उसे भी पढ़ाई कर लेनी चाहिए, उसमें भी बहुत कुछ करने की क़ुव्वत है। चैन सिंह ने सुलोचन को बहुत शांत भाव से उत्तर दिया कि यदि सभी जनता की सेवा करने वाले पदों पर पहुँच जाएँगे तो फिर वो सेवा करेंगे किसकी! किसी-न-किसी को तो वो जनता भी बनना पड़ेगा जिसकी सेवा की जा सके। चैन सिंह ने कहा कि उसका सपना है आम जनता बनना।

सुलोचन को भी चैन सिंह के तर्क में दम लगा। चैन सिंह आख़िरी साल आते-आते निर्धारित कर चुका था कि उसने जितना पढ़ा है उतने रेट में एक छोटी-मोटी नौकरी तो मिल ही जाएगी और जीवन कट ही जाएगा।

कोई सोच भी नहीं सकता था कि फ़र्स्ट ईयर का चैन सिंह जो खूँख़ार बैल की तरह हर जगह अपना सींग घुसाने वाला, ग़ुस्से को ऑक्सीजन के साथ नथुनों में लपेटे हुए घूमता था, वह इतना बदल जाएगा कि भले ही मच्छर काटे तो काटे लेकिन उठकर ऑल आउट का बटन चालू नहीं करेगा। लेकिन यह सब फ़िल्मों का असर था। चैन सिंह का कहना था कि वह जो कुछ भी है फ़िल्मों के कारण है। दुनिया की वास्तविकता में उसका ज़्यादा भरोसा नहीं था। उसे लगता था कि दुनिया के दुख दर्द दूर करने कोई-न-कोई स्पाइडरमैन ज़रूर आएगा। सुलोचन उससे पूछता कि अभी तक तो आया नहीं तो चैन सिंह कहता कि शायद वो विदेशियों के द्वंद-फंद सुलझाने में व्यस्त होगा।

फ़िल्मों को देखकर उसे ये भी समझ आया कि चाहे कितनी भी परेशानियाँ हों, कहानी का अंत ख़ुशनुमा ही होता है। उसे अपनी और अपने साथ वालों की कहानियों पर भी पूरा भरोसा था। वो विवेक से कहता था कि एक दिन वो ज़रूर ही सरकारी अफ़सर बनेगा और फिर चैन सिंह उसके बंगले पर आकर बड़ी टीवी पर फ़िल्में देखेगा।

सुलोचन आख़िरी साल के आते-आते पूर्णतया अपराजितामय हो चुका था। सुलोचन को सुबह की पूजा की अगरबत्ती से भी अपराजिता की ख़ुशबू आती थी। सुलोचन अपराजिता से हमेशा कहता था कि यदि वो एक साल फ़ेल हो जाएगा तो कॉलेज से अपराजिता के साथ ही बाहर निकलेगा। आख़िरी साल उसने फ़ेल होने की लगभग तैयारी भी कर ली थी। पूजा-पाठ और मनोकामना भी फ़ेल होने की ही की थी। सुलोचन के अनुसार, ऐन वक़्त पर विनय और विवेक ने अपराजिता पर प्रेशर बनाकर सुलोचन को फ़ोन करवाया कि यदि सुलोचन ने ढंग से परीक्षा नहीं दी तो वो उसके नाम के व्रत रखना छोड़ देगी। सुलोचन ने भारी दबाव में आकर परीक्षा दी।

सुलोचन के हिसाब से वैसे भी भाग्य से ज़्यादा और समय से पहले किसी को कुछ भी नहीं मिलता। हालाँकि जब यही बात अपराजिता पर लागू की जाती तो वह सुभाषितों को प्रैक्टिकल जीवन से जोड़ बिठाने का पक्षधर नहीं रहता।

प्रैक्टिकल लाइफ़ सुभाषितों के आधार पर नहीं चलती। सुभाषित सिर्फ़ बच्चों को सुनाने और भाषण देने के लिए हैं। आप अपने व्यक्तिगत जीवन में अपनाएँगे तो जी नहीं पाएँगे।

कॉलेज की तरक़्क़ी से जिस व्यक्ति को सबसे ज़्यादा नुकसान हुआ, वो थे हेड साहब। कॉलेज आने से चौकी का भी प्रमोशन हो गया था और चौकी प्रभारी एक सब इंस्पेक्टर को बना दिया। जिस कुर्सी पर हेड साहब बैठते थे उसी कुर्सी को दिनभर खड़े रहकर सलाम करना पड़ता था। अब वो उतनी डुबकियाँ नहीं लगा पाते थे जितनी पहले लगा लेते थे। उनका सोचना था कि इस कॉलेज के साथ असभ्यता, अनैतिकता और दुराचार आया है और डुबकियाँ नहीं लगाई गईं तो ये बढ़ता ही रहेगा। अभी तक तो उन्होंने अपनी डुबकियों से उस पर पकड़ बना रखी थी।

सब इंस्पेक्टर साहब ने हेड साहब के सारे संबंध भी ख़राब करा दिए थे। जो लेन-देन, प्रेम और एक-दूसरे के दुख-दर्द का रिश्ता हेड साहब का गाँव के प्रधानों के साथ था, वो जगह सब इंस्पेक्टर साहब ने ले ली थी।

विनय ने कविताओं का अपना एक संकलन तैयार कर लिया था। विनय कभी-कभी उन्हें फ़ेसबुक पर पोस्ट करता था लेकिन लोगों की उसमें ख़ास रुचि नहीं थी। लोग सुलभ पोस्ट के आदी हैं। अच्छी फ़ोटो लगी हो, किसी की शादी हो गई हो, तीसरे की बुराई करनी हो, राजनीति की बातें हों तो लोग उस पर रीस जाते हैं। इन लोगों की उपेक्षा देखकर विनय कभी-कभी सोच में पड़ जाता कि क्या वो अच्छा लिखता भी है!

विनय ने हिंदी मीडियम की लाज रखने के लिए काफ़ी मेहनत की थी। हर परीक्षा में किसी को यह महसूस नहीं होने दिया कि वह हिंदी माध्यम का है। हालाँकि परीक्षा में माध्यम से ज़्यादा रटने की कला का योगदान था क्योंकि प्रश्न सभी को पता थे, उन्हें बस रटकर परीक्षा में उड़ेलना भर था।

विनय बड़े शहर की किसी विदेशी कंपनी में नौकरी करने के बड़े सपने को लेकर कॉलेज में आया था। लेकिन लगभग चार सालों तक गाँव में पढ़ाते-पढ़ाते उसने यह निश्चय किया कि वह अपने ज़िले में एक स्कूल खोलेगा। एक साल वह उसी की तैयारी में जुटा रहा।

सुरभि और विवेक दोनों दिल्ली जाने की तैयारी में थे। दोनों का यह निर्णय एक-दूसरे को देखकर नहीं बल्कि अपने करियर के कारण था। सुरभि दिल्ली की बड़ी से बड़ी कंपनी में अपना कार्य सबके सामने रखना चाहती थी और विवेक यूपीएससी की तैयारी करने जाना चाहता था।

आख़िरी वर्ष शुरू होने के पहले वाली छुट्टियों में भी सुरभि घर नहीं गई थी। मामा जी फिर कहीं घूमने निकल गए थे। विवेक भी घर नहीं गया। वह और सुरभि दिनभर लाइब्रेरी में बैठे रहते और पढ़ते रहते थे। लाइब्रेरियन की साँसें इसी बात पर चढ़ी रहतीं कि छुट्टियों के दिनों में भी उसे दिनभर ऑफ़िस आना पड़ता है। विवेक आख़िरी साल आते-आते यूपीएससी की तरफ़ इतना झुक चुका था कि कभी-कभी दिन भर दोनों एक-दूसरे से बात भी नहीं कर पाते थे। और कभी-कभी हताश होते तो दोनों ही कॉलेज में शाम को एक छोर से दूसरे छोर तक घूमते थे। दोनों कब एक-दूसरे के आधार स्तंभ बन गए थे वो भी नहीं समझ पाए थे। विवेक और सुरभि दोनों ही सुरभि की उस बात को अभी तक नहीं भूले थे कि एक-दूसरे से नज़रें मिलने पर हवा चलना और दिल का दिल से निकलकर मुँह में आ जाना फ़िल्मों में होता है। वो समझ गए थे कि एक-दूसरे से दिल लगाए बिना भी दिल लगाया जा सकता है।

30

महिमा के बैच का कॉलेज ख़त्म होने वाला था। प्लेसमेंट की सारी तैयारियाँ हो चुकी थीं। सारी कंपनियों को कॉलेज से प्लेसमेंट के लिए आने का भीख माँगता हुआ पत्र पहुँच गया था और लगभग सभी ने मना कर दिया था। कुछ कंपनियाँ थी जिन्होंने कॉलेज की हैसियत का अंदाज़ा लगाने में भूलकर दी और प्लेसमेंट के लिए हामी भर दी। चिलोंटाजी ने अपनी कंपनी भी मैदान में उतारी थी। अब वो छोटे-मोटे फुटकर माल के विक्रेता नहीं रहे थे। उन्हें भी लड़कों की ज़रूरत थी जो कि उनके कामों को आगे बढ़ा सके। कॉलेज के लिए एडमिशन करवाने के लिए उन्होंने कुछ बच्चे चाहिए थे जिन्हें उन्होंने 'एजुकेशन डेवलपर' पद की संज्ञा दी थी। किराने और डिस्टेंपर की दुकान चलाने को भी उन्हें लड़कों की ज़रूरत थी जिसे उन्होंने 'सेल्स मैनेजर' की पदवी से नवाज़ा।

कभी-कभी सक्सेना सर का भी मन कर जाता था कि वह भी प्लेसमेंट मैं बैठकर एक अच्छी कंपनी उठा लें। उन्हें लगता था कि इस कॉलेज में उनकी क़ाबिलियत का ज़रूरत से ज़्यादा उपयोग हो रहा है और वह अपनी हैसियत वाली नौकरी चाहते थे।

जब प्लेसमेंट होने थे उस समय डीन साहब ने सभी को यह समझाया कि 'चरित्र निर्माण के लिए शिक्षा' की बातें पुरानी हो चली हैं। चरित्र निर्माण करके तो घर में अचार भी नहीं डलता है। मरणोपरांत भले ही नैतिक कहानियों की किताबों में आने की संभावना रहती है लेकिन आजकल तो किताबें भी कोई नहीं पढ़ता। आज के समय में पढ़ाई का मूल उद्देश्य है पैसा कमाना। यदि आपके पास पैकेज है तो आपके शराब पीने को भी लोग सामाजिक मिलनसार मान लेंगे लेकिन अगर आपके पास चाल-चलन है और पैकेज नहीं है तो आपकी विनम्रता को भी लोग फट्टू कहने में देर नहीं करेंगे।

डीन साहब ने सभा में एक और पते की बात उछाली कि यदि लड़कों के बाल झड़ गए हैं तो उनकी शादी सिर्फ़ और सिर्फ़ एक अच्छा पैकेज ही करा सकता है।

सुरभि जानती थी कि उसके लायक़ कंपनी कॉलेज में आने वाली नहीं है इसलिए उसने दिल्ली की कुछ कंपनियों में इंटरव्यू देने की तैयारी कर रखी थी। विवेक को नौकरी नहीं चाहिए थी लेकिन जैसे-जैसे प्लेसमेंट नज़दीक आते और वह अपने आप आस-पास लोगों को तैयारी करते हुए देखता, उसका दिमाग़ घूमने लगता।

सुरभि ने विवेक को समझाया कि दो नावों पर एक-एक पैर रखकर सवार होने पर गिरना तय है लेकिन विवेक उस बात को निगल तो लेता, उसे पचा नहीं पाता। एक डर हमेशा रहता है कि कहीं यूपीएससी भी नहीं हुआ और नौकरी भी छोड़ दी तो धोबी का कुत्ता बनकर न रह जाए।

इस मामले में सुलोचन के विचार सुरभि से अलग थे। सुलोचन का सोचना था कि दोनों नावों को आख़िरी तक पकड़कर रखने में भलाई है और जब नाव चलने लग जाए तो जिस नाव में दिल करे उस में बैठ जाना चाहिए। विवेक की भीरुता को ये बात जम गई और उसने भी प्लेसमेंट के लिए फ़ॉर्म भर दिया।

जिस दिन प्लेसमेंट था उस दिन कई विद्यार्थियों ने साल की पहली शेविंग की थी। कुछ ने तो नहाया भी महीनों बाद था। इतने सभ्य और सुशील लग रहे थे मानो कलयुग में सतयुग उतर आया हो।

कॉलेज की औक़ात से मेल खाती एक कॉल सेंटर की कंपनी उस दिन आई थी। उसका काम था लोगों को फ़ोन करके अपने आइटम की खरी-खरी जानकारी देना। यह चूरन की गोलियाँ बेचने जैसा ही था, बस फ़ोन पर और अँग्रेज़ी में बेचना था।

जब विवेक प्लेसमेंट ऑफ़िस के बाहर पहुँचा, बहुत सारे विद्यार्थी वहाँ हड़बड़ा रहे थे। कोई अपनी फ़ाइल खोलकर सोच रहा था कि काश उसका भूतकाल वाक़ई इतना अच्छा होता जितना उसने फ़ाइल में उतार दिया है। कोई इस बात को नहीं पचा पा रहा था कि जिससे कॉलेज भर दोस्ती रही, उसी से कंपनी की सीट के लिए झगड़ना पड़ेगा। विवेक की वहाँ पहुँचकर स्थिति उस मोर की तरह हो गई थी जो बारिश में नाचने के लिए तैयार था लेकिन पास में

किसी मोरनी के न होने से नाचने का प्रयोजन नहीं समझ पा रहा था। उसे यदि नौकरी मिल भी गई तो वह उस नौकरी का क्या करेगा! किसी एक ज़रूरतमंद की सीट हथियाना कहाँ तक ठीक है! लोग क्या कहेंगे इससे कब तक डरेगा! यूपीएससी नहीं निकला और यह नौकरी भी नहीं लगी तो बीच स्टेशन पर उतरकर पानी भरते हुए व्यक्ति की ट्रेन निकल जाने जैसी स्थिति न हो जाए कि न इधर के रहे न उधर के!

इंटरव्यू का अगला नंबर उसी का था और तभी सुलोचन उसके पास आकर बैठ गया। सुलोचन की बातों की विवेक को ज़रूरत थी। क्या पता अंत समय में थोड़ा धर्म-कर्म सुनने से कुछ पुण्य कमा ले और उसकी दुविधाओं का हल हो जाए। लेकिन सुलोचन ने अपनी पुरानी बात, जिसमें उसने दोनों नावों को अंत तक पकड़कर रखने की बात कही थी, दोहराई और उसके आगे कहा कि अब दोनों नावों के समुंदर में उतरने का समय आ गया है, किसी एक नाव पर विवेक को दोनों पैर रख लेना चाहिए।

सुलोचन की बात सुनकर विवेक का दिमाग़ 360 डिग्री घूम गया। उसे पहले तो सुलोचन पर ग़ुस्सा आया कि उसकी इस नाव के उद्धरण के ज़रिए बात करने से ही यह पूरा रायता फैला है। सुलोचन के इस दर्शनशास्त्र का सीधा अर्थ जो विवेक को समझ आया, वो यह था कि जब जान हलक़ में हो उस समय तुम एक को चुनो और तुम जिसे चुनोगे, वही तुम्हारे लिए सही होगा। विवेक का सोचना था कि जान के हलक़ में आने तक का इंतज़ार ही क्यों करना है! लेकिन अभी सुलोचन से बहस करना पानी में मूड मारने जैसा था। पानी तो बह जाएगा मूड ज़रूर गीला हो जाएगा।

ये सब द्वंद विवेक के दिमाग़ में चल ही रहे थे कि ऑफ़िस से उसका नाम पुकारा गया। विवेक अपनी सीट से उठा और सुलोचन ने उसे अच्छे भाग्य की शुभकामनाएँ दी। हालाँकि सुलोचन का सोचना था कि अच्छे भाग्य की शुभकामना उनके लिए काम नहीं करती जिनका मन भक्ति पूजा में न रंगा हो। लेकिन अभी इतने विस्तृतीकरण को विराम देना ही उसने उचित समझा।

ऑफ़िस से विवेक का नाम एक बार फिर पुकारा गया तो विवेक ने चलना शुरू किया। लेकिन विवेक ऑफ़िस की उल्टी ओर चल रहा था। चलते-चलते

भागने लगा। सुलोचन या कोई और विवेक से कुछ बोल पाता, तब तक वह ओझल हो चुका था।

विवेक सीधा लाइब्रेरी में गया और सुरभि के सामने जाकर रुका। सुरभि को कल दिल्ली निकलना था, उसका भी इंटरव्यू था। वो उसी की पढ़ाई कर रही थी। विवेक ने सुरभि के प्रश्न का इंतज़ार किए बिना ही सब कुछ सुरभि को बता दिया।

विवेक ने सुरभि को बताया कि अब देशसेवा, समाज सेवा से भी बड़े कारण हैं उसके पास यूपीएससी निकालने के। और वो हैं- घर वालों के सामने ख़ुद को सिद्ध करना, आईआईटी की असफलताओं का बदला लेना और सबसे ज़रूरी था कि कुछ तो करना ही है। यहाँ तक आते-आते वह समझ चुका था कि देश सेवा सिर्फ़ यूपीएससी निकालकर ही नहीं होती है। सुरभि भी किसी कंपनी में काम करके देश सेवा कर सकती है या फिर विनय भी ज़िले में स्कूल डालकर देश सेवा कर सकता है। यूपीएससी भी बाक़ी नौकरियों की तरह ही है, बस उस नौकरी का प्रकार थोड़ा विस्तृत है। नौकरी करने में मज़ा भी है और अनुभव भी। यह ऐसी नौकरी है जिसमें किए गए काम बाक़ी नौकरियों की अपेक्षा में ज़्यादा दिखते हैं और सराहे जाते हैं।

सुरभि भी विवेक से यही कहना चाहती थी लेकिन विवेक निराश या हताश न हो, इसलिए नहीं कह पाती थी। आज विवेक ख़ुद समझ गया था कि उसकी यूपीएससी की लड़ाई सेवा के साथ-साथ उसकी पद, प्रतिष्ठा और स्वाभिमान की लड़ाई है। अब उसने एक नाव पर दोनों पैर रख दिए थे और नाव समुंदर में उतर चुकी थी। पीछे मुड़कर देखने का कोई चारा नहीं था। अब या तो समुंदर की गहराइयाँ थीं या फिर दूसरा किनारा।

सुरभि ने विवेक को 'अच्छे भाग्य' के बजाय 'अच्छे कार्य' की शुभकामनाएँ दी। सुलोचन से विपरीत सुरभि का मानना था कि जब मथेंगे ही नहीं तो फिर भाग्य क्या ख़ाक लस्सी बनाकर देगा! सुलोचन के अनुसार यह चर्चा का विषय था जो चर्चा वह करना ही नहीं चाहता था।

प्लेसमेंट में सुलोचन और चैन सिंह का चयन हो गया था। सुलोचन चयन से दुखी था क्योंकि अपराजिता से दूर जाने वाले ट्रक का यह आख़िरी सामान भी चढ़ गया था। चैन सिंह ने सलेक्शन पर प्रतिक्रिया देकर मेहनत करना उचित नहीं

समझा। वो सीधे लिफ़्ट लेकर हॉस्टल गया और फ़िल्म देखने लगा।

महिमा का इंटरव्यू ही नहीं हुआ। वह ऑफ़िस में गई तो उसे सीधे ख़ुशख़बरी मिली कि उसे नौकरी पर रख लिया गया है। साहिल की अँग्रेज़ी ने उसे तार दिया। कंपनी सौ का चयन करने आई थी लेकिन दो दिन के घमासान के बाद कॉलेज से सिर्फ़ बीस बच्चे कॉल सेंटर की नौकरी के लायक़ निकले। कंपनी ने कॉलेज को ब्लैक लिस्ट कर दिया मतलब कि आने वाले दस साल तक उस कॉलेज में आने लायक़ नहीं है क्योंकि कॉलेज के छात्रों के प्रदर्शन में वह दम नहीं है।

डीन साहब ने कंपनी के अधिकारियों को महँगे वाले बिस्किट-चाय खिलाए-पिलाए तब जाकर कहीं कॉलेज ब्लैक लिस्ट से ब्लू लिस्ट हुआ। ब्लू लिस्ट मतलब दस साल की बजाय कॉलेज पर तीन साल का बैन लगाया गया। डीन साहब अपनी मेहनत पर ख़ुश हुए और फलस्वरूप उन्होंने भी कंपनी पर तीन साल का बैन लगा दिया। अपनी वेबसाइट पर 20 चयनित विद्यार्थियों की फ़ोटो पर बधाई के साथ उसी कंपनी की बुराई भी कर दी।

जो सेलेक्ट नहीं हुए, उन्हें डीन साहब ने बुलाकर कहा कि कंपनी बेहद घटिया है और कॉल सेंटर का काम अपने जैसे उत्तम छवि वाले कॉलेज के विद्यार्थियों का नहीं है। अब कॉलेज ने उन्हें इस लायक़ बना दिया है कि वह ख़ुद नौकरी ढूँढ सकते हैं और कॉलेज की उँगली पकड़कर प्लेसमेंट में नौकरी पाने जैसी बचकाना हरकत उन्हें छोड़ देनी चाहिए। कंपनी के मामले में उन्होंने कहा कि भले ही उन्होंने नहीं चखे हैं लेकिन अंगूर वाक़ई में खट्टे हैं और बुद्धिमानी यही है कि अंगूरों को आगे भी तब तक ना चखा जाए जब तक कि तीन साल में वह मीठे नहीं हो जाते हैं।

31

सुरभि दिल्ली से ख़ुशख़बरी लेकर लौटी थी। चार साल तक किताबों की जी हुज़ूरी ने उसको अपनी पसंद की कंपनी में अच्छे पद पर लगा दिया था। सुरभि के मामा ने उनकी सोसाइटी में और डीन साहब ने पूरे कॉलेज में उसकी सफलता का ढिंढोरा पीट दिया। उनके हिसाब से यह सुरभि की नहीं बल्कि उनकी सफलता है। डीन साहब ने कॉलेज के उद्घाटन के व्याख्यान को फिर से याद किया कि हम बच्चों को नौकरी ढूँढने लायक़ बना देंगे।

महिमा बेहद ख़ुश थी। उसके कॉलेज की रूममेट ही दिल्ली में भी उसकी रूममेट बनने वाली थी। विवेक भी ख़ुश था कि वह भी दिल्ली ही जा रहा है और सुरभि भी। लेकिन सुरभि ने मज़ाक़-मज़ाक़ में विवेक से कहा कि अब जब तक वह अधिकारी बन नहीं जाता, दिल्ली में वह विवेक से नहीं मिलेगी।

फ़र्स्ट बैच का कॉलेज ख़त्म होने को था। परंपरा बन जाए और उनके बैच को भी 'फ़ेयरवेल' (विदाई) मिल जाए इसलिए उनके जूनियर्स ने उन्हें फ़ेयरवेल पार्टी दी। उनके जूनियर्स को उनके जाने से कोई ख़ास दुख नहीं था। आधे लोगों को तो वे जानते भी नहीं थे। कुछ लोग साहिल के जाने से दुखी थे क्योंकि उन्हें लगता था कि एक निस्वार्थ समाजसेवी जा रहा है। कुछ लोग सुरभि के जाने से दुखी थे क्योंकि उसके नोट्स सभी ने पढ़े थे। सुरभि को कुछ पढ़ाकू जूनियर्स पसंद भी करते थे। कुछ लोग सुनील भैया के जाने के कारण दुखी थे। उनके हिसाब से एक सच्चा जनप्रतिनिधि और सच हो या झूठ, उनके साथ हमेशा खड़ा रहने वाला व्यक्ति जा रहा है।

महिमा के जाने से कॉलेज वाक़ई बड़ा दुखी था। हर विद्यार्थी उसके साथ अपनी याद जोड़कर रखना चाहता था। महिमा को भी अपने सेलिब्रिटी स्टेटस से कोई परहेज़ नहीं था। उसका सबको बस यही कहना था कि सोशल मीडिया पर फ़ोटो में उसे टैग ज़रूर कर दे।

विदाई समारोह में सब को दुखी होना पड़ता है। हर वो चीज़ अच्छी लगती है जो पहले कष्ट देती थी। लोग तो परीक्षाओं को याद करके भी आँसू टपका रहे थे। लाइब्रेरी के दिनों को भी याद कर रहे थे जहाँ उन्होंने एक दिन भी नहीं गुज़ारा था। ऐसे माहौल में तो जो सामने आ जाए व्यक्ति उसके लिए रो दे। लड़की की विदाई जैसी स्थिति थी। भले ही उसकी अपने रिश्तेदारों से खटपट हो, फूटी आँख देखना पसंद न करे लेकिन विदाई में ऐसे गले मिलते हैं जैसे लड़की के जाने से एक फेफड़ा ही अलग हो जाएगा।

महिमा के आख़िरी साल में ट्रेनिंग पर जाने से सुनील ने एक जूनियर लड़की से बातचीत शुरू कर दी थी। और जब आखिर में महिमा फिर से आई तो उसका हृदय कई दिनों तक डाँवाडोल रहा। टपरी पर उसकी टीम में कई वाद-विवाद हुए। कुछ तर्कों का कहना था कि कुछ भी हो पहला प्यार पहला ही होता है। इसलिए पहले पर लौट जाना चाहिए। लेकिन कुछ का कहना था कि दूसरी वाली को बेसन की बर्फ़ी न बनाया जाए जिसे रसगुल्ला देखने पर प्लेट में किनारे खिसका दिया जाता है। अंत में सुनील ने सारे गुणा-भाग को समझते हुए निर्णय किया कि क्योंकि महिमा दिल्ली जा रही है और उसका दिल तो देसी खाद में बसता है, वह गाँव छोड़कर पलायन नहीं कर पाएगा। और क्योंकि जूनियर लड़की तो कॉलेज में ही है इसलिए बाहर टपरी पर उसका इंतज़ार करने में उसे कोई गुरेज़ नहीं है। इसलिए रसगुल्लों की बंदर लड़ाई में न पड़कर हाथ लगी बेसन की बर्फ़ी चट करना ही श्रेयस्कर है।

चैन सिंह के कॉलेज का अंत उन्हीं कपड़ों में हुआ जिन कपड़ों में उसने कॉलेज की शुरुआत की थी। वो एक संदेश देना चाहता था कि जगत के प्रपंच से बचना कितना सरल है। जब तक सुलोचन ने अपने सगे मुँह से चीख-चीखकर सबको नहीं बताया तब तक किसी को भनक तक नहीं लगी थी कि ये वही कपड़े हैं।

विवेक जितना अपने कॉलेज के पिछले चार सालों के बारे में सोचता, उतनी उसकी यूपीएससी निकालने की तलब बढ़ती जाती। कॉलेज के दिनों को मानो उसने यूपीएससी के लिए ही जिया था।

विदाई समारोह 'दिखने वाले आँसुओं' और अनाप-शनाप पोज़ में की गई फ़ोटो सेशन के साथ समाप्त हुआ।

विनय, सुलोचन और चैन सिंह रात में ही अपने-अपने घर निकलने वाले थे।

सुलोचन और चैन सिंह का कुछ दिन बाद दिल्ली में डेरा बसाने का प्लान था। विनय को घर जाकर अपने स्कूल के लिए मेहनत करनी थी। विवेक बिलकुल भी समय ज़ाया नहीं करना चाहता था। उसकी असली परीक्षा तो अब शुरू होनी थी। अभी तक तो वीडियो गेम में गाड़ी चला रहे थे जिसमें मर गए तो फिर से जीवित हो सकते थे लेकिन अब सड़क पर चलाने का समय था। एक बार निपटे तो फिर अगले जन्म में ही मौक़ा मिल सकता था। सुरभि की भी यही स्थिति थी। इस बार उसे मामा घर पर बुला रहे थे लेकिन सुरभि अपने मामा के जश्न में शामिल नहीं होना चाहती थी। क्योंकि जैसे भी हो उन्होंने पाला-पोसा तो था ही इसलिए उनको फ़ोन पर सलीक़े से मना किया और कुछ महीनों बाद छुट्टी निकालकर आने की बात कही।

विवेक और सुरभि अगले दिन सुबह निकलने वाले थे। विदाई समारोह के बाद दोनों लाइब्रेरी तक गए। एक आख़िरी बाहर वहीं बैठना चाहते थे जहाँ से उन दोनों की पढ़ाई की शुरुआत हुई थी। कुछ घंटे दोनों वहीं बैठकर बतियाते रहे। पहली बार ऐसा हुआ था कि सुरभि बिना किताब लिए लाइब्रेरी में बैठी थी।

विवेक सुरभि के लिए बेहद ख़ुश था लेकिन अपने भविष्य को लेकर बेहद आशंकित। विवेक और सुरभि ने अपने दिनों को याद किया कि कैसे उनकी प्रेमकथा ना होते हुए भी कॉलेज में उनकी प्रेमकथा अमर हो गई है। सुरभि का कहना था कि अफ़वाहों का कोई ओर छोर नहीं होता। अफ़वाह आकाश में उगे फूल और गधे के सींग के समान सिर्फ़ कल्पना में ही पाई जा सकती हैं। विवेक का कहना था कि लोगों की भी ग़लती नहीं है। यदि वो छुट्टियों में घर न जाकर कॉलेज में रुकेंगे, लंच ब्रेक के बाद साथ में क्लास में जाएँगे तो अफ़वाहों को हवा तो मिलनी ही थी। और अब दिल्ली भी साथ में जा रहे हैं तो सुरभि के फ़ैन क्लब को चिनूना तो काटना ही था। सुरभि हँस दी। विवेक को लगा कि शायद लाइब्रेरी की सुरभि की आख़िरी हँसी हो सकती है। उसका दिल थोड़ा भारी हो गया। लेकिन वह कुछ नहीं बोला।

सुरभि ने यूपीएससी की तैयारी को लेकर कुछ बातें कहीं। फिर विवेक को याद आया कि उसे विनय के साथ गाँव जाकर वहाँ भी आख़िरी बार विदाई लेनी थी इसलिए सुरभि से अगले दिन सुबह बस स्टैंड पर मिलने का वादा कर भारी मन से वहाँ से निकल गया।

32

विवेक और विनय के लिए गाँव जाने की पगडंडी बेहद ख़ास थी। कई विचारों का जन्म इन रास्तों पर आते-जाते हुआ था। पिछले चार सालों में कुछ ईंट के डब्बे सरीखे मकान, कुछ दुकानें और कुछ आधे बने शासकीय कार्य वहाँ संपन्न हुए थे। सड़क का चौड़ीकरण भी हुआ था। लेकिन वह प्रस्ताव पास होने में दो साल लगे थे और तब तक सड़क ही बारिश की मार से ख़त्म हो गई थी। अब स्थिति यह थी कि सड़क को दोनों तरफ़ से तो चौड़ा कर दिया था लेकिन बीच की सड़क पर गड्ढों का मेला था। ये सरकारी कार्यों की विशेषता है। पानी में खींची लकीर की तरह आगे-आगे बनते रहते हैं और पीछे-पीछे मिटते रहते हैं।

गाँव में कुछ कार्यक्रम तय थे। पहले वो सभी बच्चों से मिले जिनमें से अधिकतर को उनके जाने या ना जाने से ज़्यादा कुछ फ़र्क़ नहीं पड़ता था लेकिन जो थोड़े समझदार थे वे उनके जाने से ख़ुश थे क्योंकि अब कोई क्लास नहीं लगनी थी। पास के प्राथमिक स्कूल से जुड़े बच्चे ज़रूर दुखी हुए लेकिन उनके दुख का मूल कारण विद्यालय वापसी ज़्यादा था और विवेक-विनय का अभाव कम।

विवेक ने गाँव वालों से वादा लिया कि वे सभी अपने बच्चों को आगे पढ़ाएँगे भले ही हॉस्टल भेजना पड़े या पास के गाँव में। और इतना क़ाबिल बनाएँगे कि उन्हें इस कॉलेज में एडमिशन न लेना पड़े।

उसके बाद वो बच्चों के परिवारजन से मिले जो विवेक और विनय के जाने से थोड़े दुखी थे क्योंकि तीन-चार साल में तो गाँव में रद्दी और कबाड़ लेने आने वालों से भी संबंध बन जाता है, फिर तो विवेक-विनय ने उनके बच्चों को पढ़ाया था। लेकिन वो ज़्यादा दुखी इस बात से थे कि अब उनके बच्चों को घंटा-डेढ़ घंटा थामने वाला कोई नहीं होगा। घर में जो चैन था, वह फिर से 'बर्तन पटक, चद्दर बिगाड़' स्थिति में पहुँचने वाला था।

आख़िर में वे सरपंच काका से मिले। कहीं-न-कहीं विवेक को प्रोत्साहित करने में काका का हाथ रहता था। काका ने सरकारी सिस्टम के सामने जूते घिसने की कई कहानियाँ पिछले सालों में विवेक को सुनाई थीं।

काका ने अपनी खाट से उठकर विवेक और विनय को टीका लगाया। पास खड़े आदमी ने विवेक के कान में बताया कि काका अपने दामाद के आने पर भी खाट से खड़े नहीं होते हैं।

हिंदुस्तान में व्यक्ति के 'खड़े होने' का बहुत महत्त्व है। आदमी की नाक उसके पुट्ठों से जुड़ी होती है। जितनी ऊँची नाक होगी, उसके पुट्ठे उतना ही कुर्सी से चिपके रहेंगे और जहाँ नाक रगड़ने की बारी आएगी, तुरंत कुर्सी छोड़कर उछल जाएँगे। खड़ा होना भयभीत होने के साथ सम्मान का भी सूचक है। काका विवेक और विनय के सामने सम्मान में खड़े हुए थे। जब चौकी के सब इंस्पेक्टर पहली बार गाँव आए थे, तब काका भय में खड़े हुए थे। हालाँकि सब इंस्पेक्टर को यही लगा था कि उनके सम्मान में खड़े हुए हैं।

सब इंस्पेक्टर को हमेशा यही लगता था कि चाहे वह जुए की फड़ पर हो, दारू के अहाते पर हो या दूल्हे की शादी में हो, जब-जब लोग उठे हैं एसआई (सब इंस्पेक्टर) साहब के सम्मान में ही उठे हैं। कम-से-कम एसआई साहब का तो यही मानना था।

काका ने गाँव वालों की तरफ़ से 500 रुपये का एक-एक लिफ़ाफ़ा भी विवेक और विनय को दिया जिसे सामाजिक परिपाटी निभाते हुए दोनों ने लेने से मना कर दिया। फिर काका और उन दोनों के हाथ में दो-तीन बार घूमने के बाद अंत में उस लिफ़ाफ़े ने विवेक-विनय की जेबों में स्थान ग्रहण किया।

काका कुछ जल्दी में अपने घर के अंदर चले गए और विवेक-विनय भी सब से अपने जाने-अनजाने की भूल-चूक के लिए माफ़ी माँगते हुए वापस जाने को तैयार हुए। तभी काका ने बाहर आकर विवेक को रोका और विवेक के हाथ में एक रुपया का सिक्का थमाया और बोले कि आख़िरी बार जब वह शिक्षा विभाग को रिश्वत का लिफ़ाफ़ा देने गए थे तब शगुन के तौर पर एक रुपया का सिक्का भी उसमें रख लिए थे। अधिकारी ने वह सिक्का निकालकर वापस काका के ऊपर फेंक दिया था। उसका कहना था कि सिक्के खनकते ज़्यादा हैं और काम कम आते हैं। पर्स में सिक्के रखने पर पर्स भी थोड़ी मोटी दिखती है

जो कि सरकारी अधिकारियों की नहीं दिखनी चाहिए।

काका का कहना था कि तभी से यह सिक्का उन्होंने बचाकर रखा था। इस सिक्के का भाग्य था कि यह रिश्वत के तौर पर नहीं स्थानांतरित हुआ। काका की इच्छा थी कि विवेक इस सिक्के को अपने पास रखे और हमेशा याद रखे कि जब वह अधिकारी बन जाए तो उसे क्या करना है। विवेक कुछ नहीं बोल पाया और सिक्का जेब में रखकर दोनों गाँव से रवाना हो गए। विवेक आख़िरी बार उन रास्तों को देखता रहा जिन्हें देखते-देखते उसका सपना बड़ा हुआ था। विनय ने बिना दाद की अपेक्षा रखते हुए कविता सुनाई-

'अब जो है सो यही है,
हर रात ये सपना आता है,
जो गुज़र गया वह दिखता है।
जैसे कोई टीवी लगी हुई,
और उसकी वॉल्यूम बढ़ी हुई,
फिर सपने में भी सोने को,
तकिए कानों पर रखता हूँ।
और टीवी चलती रहती है,
मैं सपने में सो जाता हूँ।
तू ख़ुद ही अपना सनेही है,
अब जो है सो यही है...'

33

सुबह-सुबह सुरभि और विवेक बस स्टैंड पर मिले। वो बस स्टैंड तो क्या, सड़क का किनारा था। कुछ फल के ठेले लगे थे। लीची वाला लीची पर पानी डालकर उसका वज़न और रंगत दोनों निखार रहा था। केले वाला बीड़ी पीने में लगा था, बंदर उसके केले पीछे से ग़ायब कर रहे थे। केले वाले को हर दिन लगता था कि बिक्री पूरी हो गई लेकिन उस अनुपात की क़माई नहीं हुई लेकिन वो इसके रहस्य को नहीं समझ पाता था।

चैन सिंह पिछली रात को विवेक से बिछड़ते समय ये कहकर गया था कि कहीं विवेक का दिल दिल्ली पहुँचते-पहुँचते सुरभि से न लग जाए। विवेक ने तब तो उस बात को टाल दिया था। लेकिन बस स्टैंड की हालत देखते हुए उसे समझ आया कि बस का इंतज़ार करते-करते यहाँ तो इश्क़ हो ही नहीं सकता है।

आदमी कुल्ला करके वहीं थूक रहे थे। कुछ ज़मीन से जुड़े लोग दातुन भी कर रहे थे। गाँव से खेत जा रहे लड़के एक नज़र सुरभि को देखकर ही आगे बढ़ रहे थे।

बस अपने समय से लेट थी। सुरभि और विवेक को छोड़कर सब इस बात को जानते थे। यदि बस समय पर आ जाती तो आश्चर्य हो जाता। बस वाला भी जानता था कि यदि सही टाइम पर पहुँच गए तो सवारी नहीं मिलेगी। पकौड़े वाला तले हुए पकौड़े को ही फिर से गर्म करके लोगों को बेच रहा था। विवेक का सोचना था कि जब बड़े-बड़े होटलों में ऐसा होता है तो यहाँ भी कोई दिक़्क़त नहीं होनी चाहिए। फ़र्क़ इतना है कि होटलों में ये सारे काम बंद कमरे में होते हैं, यहाँ सब के सामने हो रहे हैं।

सुरभि और विवेक दोनों का मन कॉलेज को छोड़ने को लेकर थोड़ा भारी हो रहा था। भले ही कॉलेज कैसा भी हो, कितने ही गिले-शिकवे हों लेकिन जहाँ चार साल गुज़ारे हों, याद वहीं की आएगी। बुढ़ापे में भी जब पीछे मुड़कर

देखेंगे तो आईआईटी नहीं बल्कि ये कॉलेज ही दिखेगा। नेल्सन मंडेला भी सालों जेल में रहने के बाद जब राष्ट्रपति बनकर फिर से वही जेल देखने पहुँचे तो भावविह्वल हो गए थे।

जैसे ही लोग झुंड बनाकर इकट्ठे होने लगे, विवेक और सुरभि समझ गए कि बस आने वाली है। बस आगे से ही ठसाठस भरी हुई आ रही थी। कुछ समझदार लोगों ने बस के ऊपर स्थान ग्रहण कर रखा था। अंदर लोगों के दिल से दिल मिले हुए थे। ऐसे चिपककर लोग खड़े थे मानो जन्म-जन्म का रिश्ता हो।

लेकिन कंडक्टर शून्य में भी जगह बनाने का माद्दा रखता था। वह टिकट लेने पीछे और बस के ऊपर भी पहुँच सकता था और बस रुकने पर सवारी भरने आगे भी, मानो उसे कोई ऋद्धि सिद्ध हो गई हो। कंडक्टर के हिसाब से यदि दिल में जगह हो तो बस में भी जगह बन ही जाती है और कंडक्टर के हिसाब से ही वह बड़ा दिलेर आदमी था। बस में तब तक ही जगह की मारामारी है जब तक बस रुकी हुई है। जैसे ही बस चलने लगती है सब अपने आप व्यवस्थित होते चले जाते हैं। जगह का न होना महज़ एक मानसिक वहम है।

जैसे-तैसे विवेक और सुरभि बस में घुसे। सुरभि को एक महाशय ने जगह दे दी और विवेक सुरभि के पास ही खड़ा हो गया। जैसे ही बस चली, अपने आप में एक दुनिया ही चल दी। एक माँ अपने बच्चे को बिस्किट खिला रही थी, एक बाप अपने बच्चे को घर पर ही छोड़कर आने से मायूस था- यहाँ सुख-दुख दोनों थे। एक महिला अगली सीट की खिड़की के बाहर उल्टी कर रही थी और पीछे बैठे लोगों पर हवा से छींटे आकर पड़ रहे थे- यहाँ पीड़ा और ग्लानि दोनों थे। एक आदमी दो लोगों के बीच में जाकर धँस गया था और पास वाले को आँखें दिखाकर थोड़ा किनारे कर दिया था- यहाँ नेतृत्व क्षमता और विनम्रता दोनों थे। चिल्लर होते हुए भी कंडक्टर खुल्ले नहीं दे रहा था और कुछ लोग धौंस दिखाकर बिना टिकट यात्रा कर रहे थे- यहाँ व्यावसायिक प्रतिभा और फ़क़ीरी दोनों थी।

बस जीवन की तरह ही है। बस के अंदर कितना कुछ होता रहता है। जब सुरभि सो रही थी तो किसी का बस्ता खिसककर उसके ऊपर गिर गया। एक बूढ़ी अम्मा ने रास्ते में उतरते वक़्त अपना नक़ली प्लास्टिक का पैर विवेक के पैर पर रख दिया। कंडक्टर के बस्ते से कुछ चिल्लर ग़लती से नीचे गिर गए।

जहाँ कमर लचकाने तक की जगह नहीं थी वहाँ अचानक से आकाश तत्व पैदा हो गया और लोग झुकने लगे। कुछ जूते के नीचे सिक्के दबाकर खड़े रहे। कुछ बैठे हुए लोग अपने आगे वाली सीट पर नाक साफ़ करके छुपाते जा रहे थे और फिर उन्हीं हाथों से मूँगफली छीलकर छिलके गिराते जा रहे थे, फलियाँ खाते जा रहे थे। लेकिन बस चलती जा रही थी। न वह किसी के अट्टाहास से रुकी, न किसी के ख़र्राटों से। न उसे किसी झगड़े का कोई फ़र्क़ पड़ा और न किसी की चिल्लाहट का। ऐसे ही जीवन भी चलता रहता है। उसमें घटनाएँ घटती रहती हैं और जीवन एक सेकंड को भी रुककर उस घटना से सहानुभूति व्यक्त नहीं करता।

चैन सिंह ने जो सुरभि और विवेक की दिल्ली तक की यात्रा का संसार पिछली रात सजाया था, इस सफ़र में वैसा कुछ नहीं था। मन की बात तो दूर, कोई काम की बात करने का भी बस में अवकाश नहीं था।

दिल्ली के बस स्टैंड पर दोनों कुछ देर खड़े रहे। सुरभि ने अपने ऑफ़िस के पास ही एक कमरा देख लिया था जहाँ महिमा भी उसके साथ रहने वाली थी और विवेक को चेतक भैया के साथ कमरा मिल गया था।

यहाँ भी विवेक का सुरभि को छोड़कर जाने का मन नहीं था लेकिन ऑटो वाले आकर कान में अपनी धुन अलापे जा रहे थे। फिर विवेक को लगा कि सुरभि दिल्ली में ही है, मिलना-जुलना होता रहेगा। लेकिन उसे यह भी याद था कि एक बार सुरभि ने मज़ाक़ में कहा था कि अब जब विवेक सेलेक्ट हो जाएगा तभी मिलना होगा। उधर सुरभि का भी यही सोचना था कि दिल्ली में हैं तो मिलना जुलना होता रहेगा लेकिन वह ये भी जानती थी कि यदि विवेक को अधिकारी बनना है तो मिलने-जुलने पर ज़्यादा ध्यान नहीं देना चाहिए।

सुरभि ऑटो में बैठकर जाने को तैयार थी। वह विवेक से कुछ कहना चाहती थी लेकिन कह नहीं पा रही थी। जैसे ही उसका ऑटो बस स्टैंड से सौ मीटर आगे पहुँचा, विवेक का फ़ोन बजा। सुरभि का फ़ोन था। विवेक ने अपने आस-पास देखा कि कहीं कुछ छूटा तो नहीं है फिर उसने फ़ोन उठाया।

“हाँ सुरभि।”

“विवेक, अच्छे से पढ़ना। ध्यान रखना, चिलोंटाजी के बढ़ाए हुए किराए का बदला लेना है।”

“हाँ, बिलकुल। सेलेक्ट होकर पहली रेड चिलोंटाजी के यहाँ ही मारूँगा।” विवेक ने हँसते हुए।

“ऑल द बेस्ट!”

“थैंक यू!”

और सुरभि ने फ़ोन काट दिया। विवेक कुछ देर और वहाँ खड़ा होकर सुरभि के बारे में सोचना चाहता था लेकिन उसे तुरंत अपनी पढ़ाई भी याद आ जाती थी। उसने तुरंत ही ऑटो किया जिसने मीटर से चलने को मना कर दिया। विवेक ने सर पीटना मुनासिब न समझा और चेतक भैया के कमरे की ओर रुख़ किया।

34

चेतक भैया कई सालों से दिल्ली के राजेंद्र नगर में यूपीएससी की तैयारी के लिए डटे हुए थे। सीनियर इतने हो गए थे कि कोचिंग क्लास के टीचर्स भी उनको भैया बुलाते थे। वह राजेंद्र नगर के 'जगत भैया' थे। लोगों को इस बात का भय और पूरी संभावना थी कि उनकी पत्नी भी उनको चेतक भैया ही पुकारेगी।

चेतक भैया का नाम महाराणा प्रताप के घोड़े चेतक के नाम पर पड़ा। चेतक भैया के जन्म के समय उनके पिताजी ने महाराणा प्रताप के घोड़े की कहानी सुनी थी कि कैसे शूरवीरता से चेतक ने एक पैर कटने के बावजूद नदी-नाला पार कर अपने स्वामी की रक्षा की थी। चेतक भैया के पिताजी चाहते थे कि उनका बेटा भी ऐसा बने और चेतक भैया बिलकुल भी वैसे नहीं थे। उनका सोचना था कि आज के ज़माने में शूरवीर होने की ज़रूरत ही नहीं है। शूरवीर तो मध्यकालीन युग में होना पड़ता था जहाँ सोते-सोते में खाट खिंच जाती थी, बैठे-बैठे में कुर्सी और खड़े-खड़े में खड़ाऊ। आज के ज़माने में तो जो ज्ञान बाँट सके, वही महान है।

चेतक भैया का यह भी कहना था कि माँ-बाप को इस तरह के नाम रखकर अप्रत्यक्ष रूप से प्रेशर नहीं बनाना चाहिए। बच्चा बचपन से ही सदमे में आ जाता है। भैया के हिसाब से उनके मित्र गौतम और महावीर दुनियादारी का कोई काम ही नहीं कर पाते। महावीर शॉपिंग करने जाता है तो उसे भगवान महावीर के अपरिग्रह का सिद्धांत याद दिला देते हैं और गौतम की रात में नींद खुलती है तो उसका रूममेट चौंकते हुए कहता है कि कहीं वह संन्यास लेने तो रवाना नहीं हो रहा है।

चेतक भैया से विवेक का परिचय चैन सिंह के मार्फ़त हुआ। हुआ यूँ कि चैन सिंह फ़िल्म देखते-देखते जब थक जाता था, वह फ़ेसबुक पर आराम करता था। फ़ेसबुक पर चल रहे ट्रेंड के मुताबिक़ चैन सिंह ने एक लड़की 'प्यारी

मुस्कान' के नाम से फ़र्ज़ी आईडी तैयार की। चैन सिंह की सोच थी कि कोई उसकी ओरिजिनल आईडी पर तो मैसेज करता नहीं है शायद 'प्यारी मुस्कान' को लोग अपना प्यार दें। हुआ भी यही। देशभर के लड़के अपना निस्वार्थ प्रेम लेकर उमड़ पड़े।

उन्हीं में से एक थे चेतक भैया। चेतक भैया की सोच थी कि यूपीएससी की पढ़ाई इतनी लंबी-चौड़ी और गहरी है कि समय-समय पर ब्रेक लेना पड़ता है और दिमाग़ हल्का करना पड़ता है। इसलिए उन्होंने 'प्यारी मुस्कान' से बात करना शुरू किया था।

चैन सिंह ने 'प्यारी मुस्कान' बनकर चेतक भैया से दो साल बात की। चेतक भैया के दो अटेम्प्ट 'प्यारी मुस्कान' के चक्कर में बर्बाद हो गए। हर बार चेतक भैया सोचते कि अब 'प्यारी मुस्कान' से सेलेक्ट होकर सीधे शादी के रिश्ते की ही बात करेंगे और हर बार यह प्रतिज्ञा दो घंटे से ज़्यादा नहीं चल पाती।

चैन सिंह ने चेतक भैया से गिफ़्ट भी पार्सल करवाए थे। चेतक भैया को एक बार शक भी हुआ कि यह लड़कों का पर्स, बेल्ट और घड़ी क्यों मँगवा रही है लेकिन जैसे ही 'प्यारी मुस्कान' ने दो प्यार भरी बातें की, चेतक भैया का शक रफ़ूचक्कर हो गया।

इन्हीं बातचीत के दौरान चैन सिंह को पता चला कि विवेक दिल्ली में कमरा ढूँढ रहा है। चैन सिंह ने विवेक को बताया कि वह सहायता कर सकता है। तब विनय ने जवाब दिया था कि जो आदमी दिन में सिर्फ़ दो बार खाना खाता है ताकि पलंग से बार-बार न उठना पड़े, वह कैसे दिल्ली में कमरा दिलवाएगा! चैन सिंह ने शर्त क़बूलते हुए कहा था कि वह पलंग पर बैठे-बैठे ही कमरा दिलवा देगा।

चैन सिंह ने 'प्यारी मुस्कान' बनकर चेतक भैया से कहा कि उसका चचेरा भाई कमरा ढूँढ रहा है लेकिन शर्त रखी कि उससे मुस्कान का ज़िक्र नहीं होना चाहिए नहीं तो वह घर वालों को चेतक भैया के साथ की इश्क़ की बातें बता देगा। वो मुस्कान के बड़े भाई ज्ञानखिलावन के वास्ते से बात करेगा। चेतक भैया को फिर थोड़ा शक हुआ कि जो माता-पिता अपनी बेटी का नाम मुस्कान रख सकते हैं वह अपने बेटे के नाम के साथ इतना अन्याय कैसे कर सकते हैं! लेकिन वह चुप रहे।

ज़िक्र न करने की क़सम होने पर चैन सिंह ने विवेक को चेतक भैया का नंबर दिया और विवेक को बताया कि ज्ञानखिलावन के वास्ते से बात करना। चेतक भैया चैन सिंह को पसंद नहीं करते हैं इसलिए कभी चैन सिंह का ज़िक्र नहीं होना चाहिए और ज्ञानखिलावन चैन सिंह का पुराना दोस्त है, ये बात चैन सिंह ने विवेक को बताई। विवेक को कमरा चाहिए, इसलिए उसने ज़्यादा प्रश्न नहीं किया।

विवेक ने ज्ञानखिलावन के वास्ते से चेतक भैया से बात की। चेतक भैया ने पहली बार में ही विवेक को इतनी आत्मीयता दिखाई कि विवेक आश्चर्यचकित और संशय में पड़ गया। विवेक ने चैन सिंह की इस दिलफेंक अदाओं की बात की तो चैन सिंह ने बताया कि चेतक भैया बचपन से ही दिलेर और दिलख़ुश है, बस उसकी चेतक भैया से नहीं बनती।

ऑटो से जैसे ही विवेक चेतक भैया के कमरे पर पहुँचा, चेतक भैया ने उस दिन का अँग्रेज़ी अख़बार भेंटकर विवेक का स्वागत किया। चेतक भैया ने निश्चय कर लिया था कि वह विवेक को अपने कमरे पर ही रोकेंगे। विवेक के लिए भी जितना पैसे बचे उतना ही अच्छा था, इसलिए वह भी मान गया।

दोनों ने ज्ञानखिलावन के बारे में बातचीत की। ज्ञानखिलावन के हाल-चाल लिए और उसके सामाजिक, सौहार्दपूर्ण पहलू की जमकर तारीफ़ की। उसके बाद, विवेक ने सीधे महत्त्वपूर्ण प्रश्न भैया की तरफ़ दागा, "भैया, परीक्षा की तैयारी कैसे करनी है?"

भैया ने पूछा, "कितने अटेम्प्ट का सोचकर आए हो?"

"भैया, पहले में ही निकालने का सोचा है।"

चेतक भैया थोड़ा हँसे फिर हँसी रोककर विवेक से बोले, "आज आराम कर लो, कल से मैं तुम्हें सब समझा दूँगा।"

"ठीक है।"

रात में लेटे-लेटे विवेक ने चैन सिंह को धन्यवाद भेजा और थोड़ी देर बाद ही 'प्यारी मुस्कान' ने चेतक भैया को। विवेक इतनी आसानी से कमरा पाकर और चेतक भैया 'प्यारी मुस्कान' का मैसेज पाकर ख़ुश थे। इसलिए जल्दी ही सो गए।

35

चेतक भैया की राजेंद्र नगर में धाक थी। चाय वाले से लेकर स्टेशनरी वाले, लाइब्रेरी वाले से लेकर पैसा देकर टॉपर्स के नाम छापने वाले- सब उनको जानते थे।

विवेक इस बात से बहुत प्रभावित हुआ। लेकिन फिर उसे अपने कोटा के दिन याद आए। वहाँ भी जो ज़्यादा तड़कता-भड़कता था, वो आख़िरी परीक्षा में टूटा हुआ तारा बन जाता था और जो साल भर किसी को नहीं मिला, ऐसा अजनबी बाज़ी मार लेता था।

कुछ ही दिनों में विवेक को समझ आ गया कि जैसा-जैसा चेतक भैया ने किया है या कर रहे हैं, बस वैसा नहीं करना है। चेतक भैया भी ख़ुद इस बात के पक्षधर से। वो ख़ुद भले ही गर्दन तक मलबे में दबे हों, लेकिन विवेक को हमेशा उन्होंने ईमानदारी वाला रास्ता बताया। चेतक भैया मुस्कान से बातें करते-करते विवेक को बताते थे कि लड़की का चक्कर बहुत बुरा होता है, राजेंद्र नगर में आकर यूपीएससी के अलावा किसी और से प्रेम करना जयचंद का पृथ्वीराज चौहान को दिए गए धोखे की श्रेणी में आता है। भैया अमूल्य सीख के साथ-साथ उदाहरण देकर अपना यूपीएससी का ज्ञान भी पुष्ट करते रहते थे। भैया का कहना था कि वो अब इस चक्कर में पड़ गए हैं तो उबर नहीं पा रहे हैं लेकिन विवेक को अपनी प्रेम ग्रंथियाँ सिलेक्शन के बाद के लिए सहेजकर रखनी चाहिए। रातभर जागकर फ़िल्में देखते हुए उन्होंने विवेक को बताया कि ना ज़्यादा देर रात तक जागना चाहिए और ना ही फ़िल्में देखनी चाहिए।

जैसा प्रचलित है कि लोग आपके वचनों से ज़्यादा आपके चरित्र से सीखते हैं। चेतक भैया उस पर एकदम फ़िट बैठते थे। उन्होंने वह सब करके दिखाया जो विवेक को नहीं करना था। शाम को चाय की टपरी पर दोस्तों के साथ पंगत लगती थी, हर दोस्त का जन्मदिन ऐसे मनाते थे जैसे आख़िरी हो। कभी शराब

के नशे में लौटते थे और शराब से दूर रहने को कहते थे। दिल्ली भर घूमते थे और आकर विवेक को घर वालों के पैसे बचाने को कहते थे। उन्होंने ही अपने कई कोचिंग और टेस्ट सीरीज के अनुभव के आधार पर विवेक को बताया कि ये सब कितने बड़े ठग हैं और यदि विवेक थोड़ा भी समझदार है तो उसे इनकी ज़रूरत नहीं पड़ेगी। विवेक ने कॉलेज में इतनी नींव भर ली थी कि अब वह बिना कोचिंग के भी अपनी पढ़ाई को सही दिशा दे सकता था।

जैसा-जैसा चेतक भैया करते रहे, विवेक उन्हें देखकर सीखता रहा। चेतक भैया अख़बार पढ़ने के नाम पर राजनीतिक बहस में उतर जाते, विवेक को नेतागिरी से कोई मतलब नहीं था। चेतक भैया कमरे भर में आईएएस/आईपीएस की अकादमी की फ़ोटो चिपकाकर 'जीतेंगे', 'हम में है दम', 'आईएएस नहीं तो कुछ नहीं' लिख रहे थे, विवेक अपने नोट्स तैयार कर रहा था। परीक्षा निकाल चुका कोई अधिकारी अपनी यादें ताज़ा करने राजेंद्र नगर आता तो चेतक भैया उसके पीछे लग जाते, विवेक कमरे से बाहर भी नहीं निकलता था। चेतक भैया ने सभी आईएएस/आईपीएस को फ़ेसबुक, ट्विटर, इंस्टाग्राम पर फ़ॉलो कर रखा था, उनकी हर उटपटांग पोस्ट को लाइक मारते थे, विवेक ने सोशल मीडिया से ही दूरी बना ली थी।

कभी-कभी विवेक हताश भी हो जाता था। ऐसा लगता था सब कुछ छोड़कर भाग जाए लेकिन फिर चेतक भैया उसे समझाते थे। भैया का कहना था कि जब उनके जैसा आदमी दो-तीन नंबर से रह सकता है तो विवेक जैसा अनुशासित लड़का तो निकलेगा ही निकलेगा। चेतक भैया भले ही कैसे भी हों, अपना आकलन सही करते थे। आज के ज़माने में तो ऐसे लोग विरले हैं। चवन्नी देकर एक रुपया बताने वाले लोग ज़्यादा हैं। और फिर विवेक को सरपंच काका का वह सिक्का और सुरभि की बातें भी याद आ जाती थीं।

फिर कभी-कभी वह शाम को मार्केट में चला जाता जहाँ अलग-अलग प्रकार के अभ्यर्थी विचरण कर रहे होते। कुछ लोग घंटों तक किताबों की दुकान पर किसके नोट्स, कौन-सी किताब और किस कंपनी का पेन ख़रीदना है, इस पर विमर्श कर रहे होते। कोई इसलिए दही खा रहा था ताकि घर जाकर पढ़ाई के शुभ कार्य का श्रीगणेश कर सके। कोई मोमोज़ के उत्पत्ति-स्थान पर बहस कर रहा था। पकौड़ी के ठेले पर कुछ बच्चे एक-दूसरे की कोचिंग की बुराई कर रहे

थे। उन्हें कोर्स से ज़्यादा कोर्स पढ़ाने वाले की चिंता थी। ऐसे बच्चों को देखकर विवेक का आत्मविश्वास और बढ़ जाता। उसे लगता था कि कम-से-कम ऐसे लोगों से तो पार पाया ही जा सकता है।

जैसे-जैसे परीक्षा के दिन नज़दीक आते जाते, विवेक की तैयारी और निखरती जाती- ऐसा चेतक भैया का सोचना था। पिछले कुछ दिनों में 'प्यारी मुस्कान' के मैसेज आने बंद हो गए थे। विवेक से उसके बारे में कुछ पूछें, इसके पहले चेतक भैया ने गहन मंथन किया। मुस्कान ने उन्हें क़सम दी थी कि उसके बारे में विवेक से बात नहीं करेंगे। पढ़ाई करने बैठते तो घंटों तक एक ही पेज पर अटके रहते। विवेक ने पूछा भी कि चेतक भैया ठीक तो हैं, लेकिन वह क्या कहते, कैसे बताते कि विवेक की बहन ही उनके दिल के बाग़ के आम चोरी किए हुए है!

36

विवेक ने यूपीएससी की प्राथमिक परीक्षा पास कर ली थी। अनुभव के आधार पर चेतक भैया भी इस बार प्राथमिक परीक्षा पास कर मुख्य परीक्षा में बैठने लायक़ हो गए थे। उन्होंने विवेक को समझाया कि प्राथमिक परीक्षा निकलने का जश्न नहीं मनाना चाहिए क्योंकि जब तक तीनों परीक्षा पास करके अफ़सर नहीं बन जाओ, प्राथमिक परीक्षा निकालने का कोई मतलब नहीं है। चेतक भैया ने अपना ही उदाहरण देते हुए बताया कि दो साल पहले उन्होंने जब प्राथमिक परीक्षा निकाली थी तो वह इतने ख़ुश हुए कि उन्होंने पूरे रिश्तेदारों में मिठाई बँटवा दी थी। उनके पिताजी ने लोकल अख़बार में ख़बर छपवा दी थी। चेतक भैया को सइयाँ बनाने के रिश्ते आने लगे थे। वायुमंडल की आख़िरी परत तक वह ऊपर उठ गए थे। मुख्य परीक्षा के पहले के दो महीने उन्होंने इसी जश्न में निकाल दिया। उन्होंने बताया कि वह दो-तीन लड़कियाँ भी देख आए थे। लड़कियों की बात करते-करते कुछ मायूस भी हो गए क्योंकि उन्हें मुस्कान की याद आ गई जिसने कुछ महीनों से एक मैसेज का भी जवाब नहीं भेजा था।

विवेक को इस ज्ञान की ज़रूरत नहीं थी। उसे पता था कि प्राथमिक परीक्षा मात्र पहला पड़ाव है लेकिन उसने फिर भी चेतक भैया को सुन लिया। विवेक ने प्राथमिक परीक्षा का रिज़ल्ट अपने घर पर बताया ही नहीं। कॉलेज आते समय अपनी माँ के सौ परसेंट से ज़्यादा के प्लेसमेंट के ढिंढोरे को वो झेल चुका था। कॉलेज से दिल्ली जाने के दौरान उसकी माँ ने कितनी बार फ़ोन लगाकर पूछा कि प्लेसमेंट हुआ नहीं या लिया नहीं। विवेक ने कुछ जवाब नहीं दिया था। उसकी माँ का कहना था कि लड़के की नौकरी न लगने से पड़ोसियों में उठना-बैठना बहुत कठिन हो गया है। औरतों की पड़ोस की पंगत संयुक्त राष्ट्र के स्थायी सदस्यों की मीटिंग से भी अधिक आवश्यक और गहरी होती है। आपको दिन-ब-दिन अपना स्टेटस बनाए रखना होता है।

महिलाओं में घुमा-फिराकर ज़लील करने की और उस घूमी-फिरी ज़िल्लत को समझने की अद्भुत कला होती है। विवेक की मम्मी ने विवेक को बताया कि पड़ोस वाली आंटी बता रही थीं कि उनके बेटे का विदेश की परीक्षा में चयन हो गया है। विवेक ने पूछा कि इसमें शर्माने की या दुखी होने की क्या बात है। विवेक की मम्मी और दुखी हो गईं। उन्हें लगा कि उनका लड़का अभी तक तौर-तरीक़े भी नहीं सीख पाया है। उन्होंने बताया कि आंटी की टोन ऐसी थी जिससे समझ आ रहा था कि विवेक के कुछ न कर पाने का वह मज़ाक़ उड़ा रही हैं। विवेक को समझ आ गया कि यह टोन नापने की अद्भुत सिद्धि उनकी मम्मी जैसी महिलाओं में ही हो सकती है।

मुख्य परीक्षा के दौरान चेतक भैया ने विवेक की बहुत सहायता की। विवेक प्रश्नों के उत्तर लिखने का अभ्यास करता था और चेतक भैया उसको जाँचते थे, नंबर भी देते थे और ग़लत लिखने पर विवेक को डाँट भी देते थे। लेकिन ख़ुद उत्तर लिखने का अभ्यास नहीं करते थे। उनका सोचना था कि जब पूरा पढ़ लेंगे, तब लिखना शुरू करेंगे। यूपीएससी में यह ज़बरदस्त जाल है कि कुछ अभ्यर्थी शुरू में ही लिखना शुरू कर देते हैं जबकि वे कुछ नहीं जानते और कुछ अंत तक नहीं लिखते क्योंकि उन्हें लगता है कि वे पूरा नहीं जानते। लेकिन अभ्यास की तैयारी इन दोनों के बीच में कहीं होती है जिसकी लगभग खोज विवेक ने कर ली थी।

37

मुख्य परीक्षा का परीक्षा केंद्र रणभूमि बना हुआ था। प्राथमिक परीक्षा ऐरे-गैरों को छाँट देती है, अब नत्थू-खैरों की तकरार थी। अभ्यर्थी कैसे भी करके पास होना चाहता था।

चेतक भैया मुख्य परीक्षा के पिछली रात पूरा जागे और पढ़ते रहे मानो परीक्षा देवी एक रात पहले की मनोकामनाएँ ही पूरी करती हों। फिर पौ फटते ही कुत्ते को दो किलोमीटर तक ढूँढते रहे क्योंकि किसी ने उन्हें बताया था कि सुबह का पहला निवाला कुत्ते को खिलाने से सफलता मिलती है।

परीक्षा केंद्र पर ग़ज़ब नुमाइश थी। विवेक एक तरफ़ खड़ा होकर सबको देख रहा था। एक माँ अपने लड़के को तिलक लगा रही थी मानो रणभेरी बजने वाली हो और यह लड़का दुश्मनों को 'तीतर-बटेर' कर देगा। एक लड़का ज़ोर-ज़ोर से अपने नोट्स याद कर रहा था जैसे तीसरी कक्षा का बच्चा ज़ोर-ज़ोर से पहाड़ा सुनाता है। एक लड़की बार-बार अपना एडमिट कार्ड देख रही थी। उसे भय था कि कहीं ग़लत रोल नंबर या परीक्षा केंद्र तो नहीं देख लिया। उसने कम-से-कम 50 बार मिलान किया, मानो एडमिट कार्ड की बनावट हर 15 सेकंड में लॉटरी की तरह बदल रही हो। एक लड़का गेट से सटकर खड़ा हो गया। वो सबसे पहले अंदर जाना चाहता था मानो गेट से पहले अंदर घुसने वाले का पहले सलेक्शन हो रहा हो। एक लड़की उसी दिन का अख़बार पढ़ रही थी। शायद उसे पता नहीं था कि उसी दिन के अख़बार में से परीक्षा में प्रश्न नहीं आ सकता है।

हिंदुस्तान की समझदार मानी जाने वाली उपज परीक्षा केंद्र के बाहर इकट्ठी थी। सभी के परिवार वाले घर पर आस लगाए बैठे थे और सभी के रिश्तेदारों की साँसें अटकी हुई थीं। सभी के अपने-अपने सपने थे। कोई देश की सेवा करना चाहता था और देश के माल से अपनी सेवा कराना चाहता था। आख़िर बंगला,

गाड़ी, अर्दली, सलाम नमस्ते किसे पसंद नहीं आता। किसी ने अपने बाप से शराब के नशे में लात खाई थी। किसी की गाड़ी 'नो पार्किंग' में से उठाकर थाने रख दी गई थी। किसी के अधपके प्रेम के न पकने की कहानी थी। किसी को अपने घर की सुविधाएँ ग़रीबी जैसी लगती थीं। किसी के पास कोई और विकल्प नहीं था। किसी को बस ऐसे ही मज़े के लिए देना था। ऐसे कई कारण थे।

विवेक के दिमाग़ में उसके अपने कारण घूम रहे थे। आईआईटी की असफलता, विनय के साथ गाँव जाना, चौकी की पुलिस द्वारा सहायता ना करना, सुरभि के सामने अपनी इज़्ज़त को बरक़रार रखना, घरवालों की उम्मीदों पर खरा उतरना और एक अच्छी नौकरी का होना। जैसे ही घंटी बजी, विवेक ने इन सबसे दिमाग़ हटाकर अपने विषय पर ध्यान केंद्रित किया और परीक्षा केंद्र की ओर रुख़ किया।

38

एक साल बाद

कॉलेज छोड़े हुए सुरभि को दो साल हो गए थे। दिल्ली की कंपनी में उसने अच्छे से पैर जमा लिए थे। महिमा भी उसके साथ ही रह रही थी। महिमा का कहना था कि उसे जल्दी ही शादी करनी पड़ेगी और फिर सुरभि से अलग होना उसे याद आएगा। लेकिन सुरभि जानती थी कि महिमा पीछे गया हुआ कुछ याद नहीं रखती। कॉलेज से निकलने के बाद आज तक सुरभि ने महिमा से सुनील के बारे में नहीं सुना था। यहाँ तक कि कॉलेज के ही बारे में नहीं सुना, मानो महिमा ने उसे बुरा सपना समझकर पूरी तरह से भुला दिया हो। महिमा का ऑफ़िस, ऑफ़िस में मिले हुए गिफ़्ट्स, लड़कों द्वारा लिखी कविताएँ और शॉपिंग- इनमें ही दिन-रात निकल जाता था। लेकिन सुरभि को कॉलेज याद था। वह कभी-कभी सोचती थी कि भले ही कुछ भी हो, इतनी अच्छी नौकरी में कॉलेज का योगदान तो है ही। कोई और अच्छा कॉलेज होता तो शायद इतना आत्मविश्वास नहीं आ पाता कि वो कुछ बड़ा कर सकती है।

कॉलेज को याद करते-करते सुरभि विवेक के बारे में भी सोचती थी लेकिन दिल्ली में रहते हुए भी कभी मिलने की हिम्मत नहीं हुई थी। उसे लगता था कि उसे विवेक को परेशान नहीं करना चाहिए और फिर यह भी लगता था कि जब विवेक ने ही उसे मैसेज नहीं किया तो फिर वह क्यों मेहनत करे! महिमा चाहती थी कि उसके ऑफ़िस के ऐसे लड़के, जो उसे पसंद नहीं हैं, उनसे सुरभि को मिलवा दे, लेकिन सुरभि ऐसे किसी से भी नहीं मिलना चाहती थी।

एक शाम को महिमा फिर उसी जुगत में थी। गोल्फ़ क्लब में खेलते हुए लड़के की फ़ोटो लाई थी। लेकिन सुरभि ने मना कर दिया। महिमा भी थोड़ी

नाराज़ हो गई। उसका कहना था कि इतना मनाने पर तो वह दसियों बार हाँ कर चुकी होती।

सुरभि अपना मोबाइल देखकर महिमा को टालने की कोशिश कर ही रही थी कि तभी उसके पास कॉलेज से एक मेल आया। कॉलेज ने अपने भूतपूर्व विद्यार्थियों का सम्मेलन रखा था। सुरभि ने महिमा को मीट के बारे में बताया। जिसकी ज़ुबाँ पर दो सालों से कॉलेज का 'क' भी नहीं था, वो इस बारे में सुनकर बहुत ख़ुश हुई और सुरभि इस सोच में पड़ गई कि उसे जाना चाहिए या नहीं। इन्हीं कारणों से महिमा को कभी-कभी लगता था कि भला है उसका दिमाग़ सुरभि जैसा तेज़ नहीं है, तेज़ दिमाग़ के तार हमेशा उलझे ही रहते हैं।

39

डीन साहब ने मीट की शुरुआत में ही विवेक और उसकी सफलता में कॉलेज के योगदान के पुल ही बाँध दिए। डीन साहब का कहना था कि विवेक जब कॉलेज में आया था तब कुछ नहीं था और कॉलेज से निकलते ही आईपीएस बन गया है। अगर कॉलेज नहीं होता तो शायद विवेक वहाँ नहीं पहुँच पाता जहाँ अभी वह है। सक्सेना सर का भी यही सोचना था कि उनके कारण ही विवेक आज 'कहीं का कहीं' पहुँच गया है।

विवेक के पास जब मीट में जाने का निमंत्रण आया था, वह एकेडमी में ट्रेनिंग करने को जाने की तैयारी कर रहा था। पिछले दो सालों में उसकी मेहनत और चेतक भैया की सलाह रंग लाई थी। पहली बार में ही वह आईपीएस बन गया था। चेतक भैया फिर कुछ नंबरों से रह गए थे लेकिन वो भी बहुत ख़ुश थे। वह ख़ुद को द्रोणाचार्य मानने लगे थे और विवेक को अर्जुन। विवेक और चेतक भैया के रिश्ते की कहानी ऐसी थी कि जिसकी शुरुआत की सच्चाई दोनों को ही पता नहीं थी लेकिन वह कहानी अच्छी चल रही थी। चेतक भैया से उनकी असफलता के बारे में पूछा तो उन्हें महाराणा प्रताप का चेतक याद आ गया। उन्होंने बताया कि वह चेतक भी घायल हुआ लेकिन हारा नहीं था और यह चेतक भी घायल हुआ है लेकिन हारा नहीं है।

सेलेक्ट होने के बाद मानो विवेक के दिन ही फिर गए। किसी भी विषय पर रखे गए उसके विचार आदर्श वाक्य बन गए। जिस रास्ते वह चल दे वह सही, जिसे वह छू दे वो सोना। बच्चे-बच्चे का बुरा सपना, क्योंकि सबके अभिभावक उसी के नाम से बच्चों को पढ़ाने के लिए डराते थे। जिन कार्यक्रमों में उसका कोई महत्त्व नहीं था, वहाँ भी उसे मंचासीन किया जाने लगा। घर के आस-पड़ोस और रिश्तेदारी में भी लड़की की विदाई तब तक नहीं होती थी जब तक विवेक एक बार आशीर्वाद ना दे दे।

एक बार विवेक ने फ़ेसबुक से देखकर किसी को जन्मदिन की बधाई दे दी तो तहलका मच गया। लोगों का कहना था कि कितना डाउन टू अर्थ लड़का है, सेलेक्ट होने के बाद भी घमंड का छींटा तक नहीं पड़ा है। एक बार बीच रास्ते में मंदिर होने से विवेक ने बाहर से ही हाथ जोड़कर दर्शन कर लिया तो सभी पुजारियों में हलचल मच गई कि इतनी आधुनिकता में भी यह लड़का धर्म के खूँटे से बँधा हुआ है।

जिस दिन फ़ाइनल रिज़ल्ट आया था उस दिन सभी विवेक को बधाई दे रहे थे लेकिन चेतक भैया दूर दृष्टि वाले थे। वह विवेक को चाय की टपरी पर ले गए जहाँ विवेक ने पहली बार राजेंद्र नगर की चाय पी थी। वहाँ चेतक भैया ने पहले ही सचेत कर दिया कि अब विवेक को सम्मान के कार्यक्रमों में बुलाया जाएगा। कार्यक्रमों में कैसे व्यवहार होना चाहिए इस संबंध में चेतक भैया ने नोट्स बना रखे थे जो उन्होंने पुराने सेलेक्ट हुए लड़कों के क़िस्से सुन-सुनकर बनाए थे। चेतक भैया चाय पीते रहे और विवेक नोट्स पढ़ता रहा। नोट्स कुछ ऐसे थे-

1- कार्यक्रम स्थल पर स्टेज तक पहुँचने तक सबके बीच में चलें। इससे मुख्य व्यक्ति आप हैं ये पता चल जाता है। आप कोई शाहरुख़ ख़ान तो हो नहीं कि कहीं भी खड़े हो जाओ और लोग आपको हवाई चुम्मियाँ भेजने लगें।

2- स्टेज पर जाकर सीधे ना बैठें, थोड़ा आस-पास वालों को बैठने को कहें और फिर बीच वाली सीट लपक लें। इससे आपके सज्जन होने का प्रमाण पहुँच जाता है।

3- यदि आपको प्रोग्राम में कोई पसंद आ जाए तो उसे टकटकी निगाहों से ना देखें। लोगों को शक हो जाएगा। आप बार-बार नज़र घुमा सकते हैं- इससे आपके जागरूक होने के प्रमाण की साथ 'नयनसुख' प्राप्ति होती रहेगी।

4- भले ही आप निरे ठलुआ हों लेकिन फिर भी बीच-बीच में मोबाइल निकालकर खेल खेल लें, इससे लोगों में भ्रम बना रहता है कि आप देश की अत्यंत 'बिजी जायदाद' हैं।

5- पहले ही इस पर नज़र फिरा लें सम्मान में क्या मिलने वाला है, लेकिन जब मालाएँ/शॉल/प्रशस्ति मिलना शुरू हो जाए तब उधर से ध्यान हटा लेना चाहिए। याद रहे, दूल्हा शादी में दुल्हन की तरफ़ न देखे तभी अच्छा माना जाता है। जानता तो वो भी है की दुल्हन घर तो हमारे ही जाएगी।

हाँ, हर समय मुस्कुराते रहें, आगे चल कर इन्हीं में से एक फ़ोटो आपको जड़वानी पड़ सकती है।

6- जनता को देखकर स्पीच दें। यदि बूढ़े लोग हों तो करियर गाइडेंस की बात करें और युवा हों तो अध्यात्म की बातें करें। इससे कोई आपकी अज्ञानता नहीं समझ पाएगा और ख़ुद को ही कोसेगा।

7- स्टेज से उतरकर गाड़ी में जाने तक थोड़ा टाइम लें। लोग आपके लोकल से कैरेक्टर के पीछे नहीं भागेंगे इसलिए आप ही थोड़ा रुक जाओ। हो सकता है कोई फ़ोटो खिंचाने आ जाए और आपका भाग्य हुआ तो ऑटोग्राफ़ भी ले जाए।

विवेक इन सुझावों से ज़्यादा सहमत तो नहीं था लेकिन फिर भी चेतक भैया को उसने कुछ नहीं कहा।

विवेक को अकादमी में जाने के पहले हर प्रकार के मंच पर बुलाया गया। ब्लड डोनेशन से लेकर वृक्षारोपण तक, बेबी शावर से लेकर श्रद्धांजलि दिवस तक, धार्मिक शिविरों से लेकर प्री वेडिंग शूट्स तक। इसी बीच उसे कभी-कभी लगता था कि उसे सुरभि से बात करनी चाहिए या फिर दिल्ली छोड़ने के पहले एक बार उससे मिलना चाहिए, लेकिन वह हिम्मत नहीं जुटा पाया। उसे लगा कि कहीं सुरभि को यह न लगे कि अब सेलेक्ट हो गया है तो आगे बढ़-कर लोगों का मज़ाक़ उड़ाने के लिए फ़ोन कर रहा है या मिलने की बात पर शो ऑफ़ कर रहा है। और फिर सुरभि ने भी तो उसे कोई मैसेज नहीं किया था।

विनय, सुलोचन और चैन सिंह से उसकी कभी-कभी बात हो जाती थी। दिल्ली में रहने के दौरान वह एक बार सुलोचन और चैन सिंह के कमरे पर भी गया था। उनके कमरे से कुतुबमीनार पास में था। चैन सिंह अपनी आदत के मुताबिक़ पलंग पर लेटा हुआ था। विवेक ने पूछा कि उन लोगों ने तो कुतुबमीनार कई बार देखा होगा? सुलोचन का कहना था कि चैन सिंह बिना काम के उँगली भी नहीं उठाता तो फिर कुतुबमीनार जाना तो दूर ही रहा। जिस पर चैन सिंह ने टिप्पणी की कि उनकी छत से कुतुबमीनार दिख जाता है तो फिर वहाँ जाने की क्या ज़रूरत है? सुलोचन ने टोकते हुए कहा कि चैन सिंह छत पर भी नहीं जाता इतना आलसी है। चैन सिंह ने झेंपते हुए उसमें जोड़ा कि जब वो चड्ढी-बनियान सुखाने जाता है तब वो कुतुबमीनार के दर्शन कर लेता है।

चैन सिंह का उसी कंपनी में प्रमोशन हो गया था। मैनेजिंग डायरेक्टर का सोचना था कि उन्हें ऐसा ही शांत, कम उठा-पटक वाला और संयमित लड़का चाहिए। कॉलेज के पहले साल में सपने में भी लड़ने-झगड़ने को तैयार रहने वाले चैन सिंह को अपने स्वभाव से एकदम विपरीत जाते हुए सुलोचन और विवेक ने अपनी आँखों से देखा था। फ़िल्में किसी को इतना संतुष्ट और शांत बना सकती हैं ऐसा उनके सामने तो पहली बार ही हुआ था।

सुलोचन को भी दूसरी कंपनी में अच्छी सैलरी पर नौकरी मिल गई थी। उसका कहना था कि यह सब ईश्वर की दया है। अपराजिता की बात चली तो सुलोचन ने बताया कि वह उस से पराजित हो चुका है। इस संबंध में ईश्वर की दया से सुलोचन सीधे-सीधे इनकार कर देता था।

विनय ने अपना एक छोटा-सा स्कूल शुरू कर दिया था। अभी उसमें सिर्फ़ 50 बच्चे थे लेकिन एक साल में ही उसके स्कूल का अच्छा नाम हो गया था। विनय अपने स्कूल के सभी बच्चों को कवि बनाना चाहता था लेकिन फिर उसे लगा कि लोगों को खाने के लिए भी पैसा चाहिए और कविताओं से आजीविका नहीं चलती। विनय को ये भी समझ आया कि बच्चों का स्वभाव सार्वभौमिक एक-सा होता है चाहे वह गाँव के मिट्टी में लिथड़े बच्चे हों या टाई लगाकर क्लास में बैठे हुए। उन्हें बहुत देर तक बाँधकर नहीं रखा जा सकता, वो करते अपने मन की ही हैं। विनय का बच्चे न सँभाल पाने का अनुभव यहाँ काम आया। उसने बच्चों को अपने पर छोड़ दिया और यही उसके स्कूल की पहचान बनती जा रही थी। लोगों का कहना था कि इस स्कूल में अलग ढंग से पढ़ाया जाता है।

जिस दिन कॉलेज में मीट थी, विनय, विवेक, सुलोचन और चैन सिंह सुबह ही पहुँच गए थे। विवेक की नज़रों ने सुरभि को ढूँढने की कोशिश की लेकिन वह नहीं मिली। चैन सिंह ने कॉलेज में आवंटित कमरे में ही सोना बेहतर समझा। उसकी ऐसी कोई ख़ास मित्रता या यादें जुड़ी हुई नहीं थीं जिसके लिए वह सुबह से बाहर निकले। लेकिन सुलोचन की याद थी। वह एक बार फिर से उसी मंदिर में जाना चाहता था जहाँ वह अपराजिता के साथ जाता था। कई बार दोनों ने वहाँ जन्म-जन्म तक साथ रहने की क़समें खाई थीं लेकिन अब सुलोचन को लगता है कि शायद अपराजिता ने उँगलियाँ क्रॉस कर रखी होंगी। क़समें पॉपकॉर्न नहीं होती कि टाइम पास करने के लिए खा ली जाएँ।

विनय और विवेक ने सोचा कि क्यों न एक बार उसी गाँव होकर आया जाए जहाँ जाकर वे पढ़ाते थे। जाते समय कॉलेज के गेट पर देखा कि एक बैनर विवेक का भी लग रहा था जिसमें कॉलेज की तरफ़ से विवेक को आईपीएस बनने की बधाइयाँ प्रेषित की गई थीं। विवेक जानता था कि उसको बधाई देने से ज़्यादा यह कॉलेज के मार्केटिंग का अपना तरीक़ा है।

विवेक को थोड़ा-सा ये भी लगने लगा था कि अब लोग उसे जानने लगे होंगे लेकिन ये भ्रम दिन भर में कई बार टूटा। पहले तो विवेक को बधाई देते हुए बैनर के तले खड़े गार्ड ने ही आई-कार्ड माँग लिया तब बाहर जाने दिया। फिर जब पुलिस चौकी के सामने से निकले तो भी हेड साहब और संतरी ने नहीं पहचाना। जब से एसआई साहब चौकी के इंचार्ज हुए थे तबसे हेड साहब संतरी के पास ही कुर्सी लगाकर बैठते थे। उनका सोचना था कि जितना एसआई साहब के साथ बैठेंगे, उतना ही काम करना पड़ेगा।

विनय ने दोनों को नमस्ते किया। संतरी ने पूछा कि क्या वो दोनों कॉलेज के प्रोग्राम में आए हैं? विनय ने हाँ में गर्दन हिलाई तो हेड साहब बोले कि उनका भी कार्यक्रम में आमंत्रण है। कोई लड़का इस कॉलेज से आईपीएस बन गया है। विनय विवेक की तरफ़ इशारा करने ही वाला था कि हेड साहब बोले कि उन्हें अभी भी आश्चर्य है इस कॉलेज का लड़का आईपीएस कैसे बन सकता है! पहली ही बार में कॉलेज छक्का कैसे मार सकता है! विवेक और विनय चुप रहे। थोड़ी देर शांति रही तो नमस्ते कहकर आगे बढ़ गए।

विवेक ने विनय को कहा कि अच्छा रहा कि वह चुप रहा। यदि कुछ बोलता तो दस बातें सुननी ही पड़तीं। विवेक अभी भी पुलिस से डरता था। अभी उसमें अधिकारी का रौब नहीं आया था। शायद उसे चेतक भैया से एक क्लास इस विषय पर भी लेनी पड़ेगी।

गाँव का माहौल वैसा ही था। वही खेत थे, वही कीचड़ में सनी पगडंडी, वही लाठी से टायर दौड़ाते हुए नंग-धड़ंग बच्चे, वही आँगनों में जलती हुई सिगड़ी, वही तंबाकू और पान की पीकें, वही ट्रैक्टर की गड़गड़ाहट।

दोनों को लगा मानो फिर से अपनी-सी दुनिया में आ गए हैं। उनको लगा था कि शायद उनके आने पर सभी जहाँ हैं वहीं रुक जाएँगे। छतों से उनके ऊपर फूल बरसेंगे। लोग अपने-अपने दरवाज़े पर मालाएँ लेकर खड़े होंगे और बच्चे

ज़ोर-ज़ोर से तालियाँ बजा रहे होंगे। यह सब उनके दिमाग़ में स्लो मोशन में चल रहा था। लेकिन गाँव में ऐसा कुछ नहीं था। गाँव की अपनी रफ़्तार थी। गोबर इकट्ठा किया जा रहा था, दातुन किए जा रहे थे और जो उन दोनों को पहचान भी गए वो भी बस उनको नमस्ते करके एक तरफ़ हो लिए।

विवेक को अपने अधिकारी होने के कारण इससे ज़्यादा की उम्मीद थी लेकिन शायद वह समझ गया कि गाँव में अभी किसी को पता नहीं है कि वह आईपीएस है। ये भी शायद नहीं पता हो कि आईपीएस क्या होता है। उनके लिए तो एसआई ही सबसे बड़ा पुलिस अधिकारी है जिसके आने पर सब डर जाते थे, सरपंच काका खड़े हो जाते थे, बच्चे घरों के अंदर हो जाते थे, गाँव में सन्नाटा छा जाता था। शोले के गब्बर सिंह के गाँव में आने जैसा वातावरण हो जाता था।

विवेक और विनय सीधे सरपंच काका के घर पहुँचे। काका खाट में और धँस चुके थे। बैठने में थोड़ी और परेशानी होने लगी थी पर बहू पर कसे जाने वाले ताने बढ़ गए थे। बहू के साथ दिक़्क़त यह थी कि अब काका उतना अच्छा नहीं सुनते थे तो बहू की पलटवार करने की क्षमता को बहुत बड़ा धक्का लगा था। काका तंज़ कस देते थे लेकिन उसका जवाब नहीं सुन पाते थे। उन्हें ताने मारने की अपनी शक्ति बढ़ी हुई लगने लगी थी और बहू के घरव्रता होने पर भी थोड़ा-थोड़ा नाज़ होने लगा था। मेहमानों को बोलते थे कि काम भले ही कम करती हो लेकिन पलटकर जवाब नहीं देती है।

दोनों को देखकर काका बड़े ख़ुश हुए। विनय ने काका को बताया कि विवेक पुलिस ऑफ़िसर बन गया है। विवेक ने काका को वह सिक्का दिखाया जो काका ने उसे दिया था। काका बड़े ख़ुश हुए लेकिन उस सिक्के को देखकर उन्हें यह भी याद आया कि उनके गाँव में आज तक विद्यालय नहीं आया है। काका ने बताया कि विवेक और विनय के पढ़ाए कुछ बच्चे तो अच्छा कर रहे हैं और बाक़ी सब जस के तस हो गए हैं। खेत पर जाते हैं, भट्टी पर जाते हैं और ढाबों पर जाते हैं। विवेक ने बताया कि बच्चों से काम-धंधा कराना अपराध है। तो काका ने बताया कि उनके गाँव के तो बड़े भी ढंग से काम-धंधा नहीं करते तो बच्चों की तो छोड़ ही दो। खेतों, ढाबों और भट्टियों पर झुंड बनाकर मस्ती करने जाते हैं। पिकनिक मनाकर शाम को वापस आ जाते हैं।

कुछ देर वो दोनों गाँव में रुके। कुछ बच्चे, जिनकी स्मृति को अनुमान का

भी सहारा मिला, विवेक और विनय को पहचान गए। विनय ने उनसे उनकी क्लास में दो साल पहले पढ़ाये हुए प्रश्न पूछना शुरू किया तो एक-एक करके सभी नदारद हो गए।

विवेक को लौटते में विनय ने कहा कि उसे गाँव में जाकर ही सीख मिली कि कोई किसी के लिए रुकता नहीं है। उसको ये लगता था कि उसकी पढ़ाई ने बहुत कुछ बदल दिया होगा या उसके जाने पर लोग उसे याद रखेंगे, लेकिन ऐसा नहीं है। विवेक भी, जो कि अधिकारी होने से थोड़ा हवा में उड़ने लगा था, यह सुनकर वापस ज़मीन पर आ गया था।

मीट में डीन साहब ने चिलोंटाजी को मुख्य अतिथि के तौर पर आमंत्रित किया था। पिछले दो सालों में विवेक से भी तेज़ तक़दीर चिलोंटाजी की पलटी थी। अब वह व्यापारी से उद्योगपति और कर्मठ समाजसेवी हो गए थे। कॉलेज में उन्होंने 1000 पेड़ लगवाए थे जिस पर पेड़ों से बड़ा उनका नाम लिखा हुआ था।

कार्यक्रम में डीन साहब इतना बोले कि बच्चों के भागने तक की नौबत आ गई थी। वो तो एक लड़के ने एक मिनट के लिए माइक का तार हटा दिया तो डीन साहब को मजबूरन बैठना पड़ा। वह इस बात पर शर्मिंदा भी थे कि उनके कॉलेज के कार्यक्रम के साउंड ने धोखा दे दिया लेकिन बाक़ी सभी ख़ुश थे। वे डीन साहब के स्टेज पर आने पर ऐसे धोखे चाहते ही थे।

विवेक को सम्मानित करने का मुख्य उद्देश्य था कॉलेज के पास एक ऐसी तस्वीर का होना जिसे वो वेबसाइट पर अपलोड कर सकें। विवेक जब स्टेज पर पहुँचा तो डीन साहब ने जो फूलों का गुच्छा चिलोंटाजी को भेंट किया था, वही चिलोंटाजी से लेकर विवेक को भी भेंट किया। हाथ में पकड़ते समय विवेक को समझ आया कि ये फूलों का गुच्छा तो प्लास्टिक का है। डीन साहब की सोच थी कि कार्यक्रमों में होने वाले अनावश्यक फूलों की बर्बादी को रोकना चाहिए। लेकिन साहब के पीए का कहना था कि डीन साहब की सिर्फ़ पैसे बचाने की सोच थी। फूलों से उन्हें कोई ख़ास लगाव नहीं है।

विवेक ने अपनी स्पीच में वो सब कहा जो वह नहीं कहना चाहता था। उसने डीन साहब का आभार व्यक्त किया। उसने कहा कि यदि यह कॉलेज नहीं होता तो शायद वह आज वहाँ नहीं होता जहाँ है। उसने चिलोंटाजी की भी जमकर तारीफ़ की। सक्सेना सर की क्लास की तारीफ़ की जिसमें वह सोता रहता था।

प्रोफ़ेसर साहब के साक्षर को भी सराहा।

जब वह कुछ और लोगों के नाम ले रहा था तभी उसे हॉल में पीछे की ओर सुरभि बैठी हुई दिखाई दी। लाइब्रेरी में पहली बार मिलने से लेकर दिल्ली के बस स्टैंड पर आख़िरी बार मिलने तक के सारे चित्र उसके दिमाग़ में उभर गए लेकिन उसकी हिम्मत नहीं हुई कि वह सुरभि का नाम ले पाता। उसने अपना वक्तव्य समाप्त किया और जाकर चिलोंटाजी और एसआई के बीच में स्टेज पर लगे सोफ़े में धँस गया। उसने फिर से सुरभि को ढूंढने की कोशिश की लेकिन उसकी नज़रें सुरभि को नहीं ढूँढ पाईं।

चिलोंटाजी ने वक्तव्य में उनका नाम लेने के लिए विवेक का धन्यवाद करते हुए कहा कि विवेक को कोई भी काम हो तो उन्हें बता सकता है। विवेक चाहता था कि जो कॉशन मनी (सुरक्षा निधि) के नाम पर चिलोंटाजी ने दो साल पहले दो हज़ार रुपये लिए थे, वह सूद समेत वापस दे दें। लेकिन विवेक ने स्टेज पर होने के नाते उस बात को जाने दिया।

फिर एसआई साहब ने विवेक के कान में कुछ टिप्स दिया। एसआई साहब ने विवेक को कहा कि यदि वह एक अटेम्प्ट और देकर आईएएस बन सकता हो तो बन जाना चाहिए। कारण पूछने पर उन्होंने बताया कि पुलिस सबसे पिटी हुई क़ौम है। कोई उसका सगा नहीं है। पुलिस को सब गाली देते हैं। विवेक यदि आईपीएस में सेलेक्ट ना हुआ होता तो शायद विश्वास न करता क्योंकि जनता में उसने यही सुना और देखा था कि पुलिस पिटती नहीं पीटती है। 'पुलिस का कोई सगा नहीं' ऐसा नहीं है बल्कि 'पुलिस किसी की सगी नहीं है'। 'पुलिस को सब गाली देते हैं' ऐसा नहीं बल्कि पुलिस सबको गाली देती है। लेकिन क्योंकि अब वो मन से पुलिस वाला हो गया था तो उसे एसआई साहब की बातें सही लगने लगीं। फिर एसआई साहब ने धीरे से वह बात जोड़ी जो वाक़ई में वह कहना चाहते थे और जिसका उन्हें मलाल भी था। उन्होंने विवेक के कान में कहा कि पुलिस में उतने रिसोर्स (साधन) नहीं हैं जितने प्रशासन में हैं।

सिस्टम में इस साधन शब्द की अद्‌भुत व्याख्या है। पूरा खेल साधनों का है। हर व्यक्ति साधन चाहता है भले ही वह साधन किसी भी साधन से मिले। सरकारी साध्य की सिद्धि में हर व्यक्ति अपना-अपना साधन फ़िक्स करना चाहता है। कुछ लोग इन साधनों का बँटवारा भी करते हैं, ऊपर तक पहुँचाते हैं और कुछ लोग

अकेले ही चबा जाते हैं। विवेक अभी इन परिभाषाओं से अनभिज्ञ था इसलिए बात ख़त्म करने के लिए हाँ में हाँ मिलाकर फिर से सुरभि को ढूँढने लगा।

40

मीट के उद्‌घाटन समारोह समाप्त होने के बाद सभी एक-दूसरे से मिलने लगे। सुलोचन अपराजिता से नज़रें मिला चुका था। उसने सोचा कि एक बार तो क़समों की क़ीमत न रखने पर अपराजिता को उलाहना देना ही चाहिए। चैन सिंह को पता था कि सुलोचन रायता फैलाएगा इसलिए उसने सुलोचन को रोकने की भी कोशिश की, पर सुलोचन नहीं माना।

चैन सिंह को लगा कि अब वो अकेला बचा है और उसे किसी से मिलने की भी ज़्यादा इच्छा नहीं है इसलिए कमरे पर जाकर आराम ही कर लेना चाहिए। चैन सिंह जैसे ही जाने को हुआ विशिष्ट प्रकार के बच्चों के एक झुंड ने उसे घेर लिया। ये सभी आलस्य से अभिभूत बच्चे थे और आलस्य की पूर्णता को प्राप्त करना ही अपनी प्रेरणा मानते थे। चैन सिंह के नाम और उसके प्रमोशन की ख़बर इसलिए तेज़ी से फैली थी क्योंकि यह मुक़ाम उसने कुछ न करते हुए पाया था। उन बच्चों के लिए यह विवेक की उपलब्धि से भी बड़ी उपलब्धि थी।

चैन सिंह विश्वास नहीं कर पा रहा था कि उसे एक दिन आलस फैलाने का भी अवसर मिलेगा। आलस्य के प्रति लोगों की दीवानगी देखकर उसे सुखद आश्चर्य हुआ। उसने बच्चों को बताया कि यदि लोग आलस्य के भक्त हो जाएँ तो दुनिया से सारी परेशानियाँ ख़त्म हो जाएँगी। जोशीले और कर्मठ लोगों के कारण ही दुनिया में उन्माद और उत्पात मचा हुआ है। इस मनुष्य की सार्थकता इसी में है कि अपना ज़्यादा उपयोग मत करो, स्वयं को सहेजकर रखो। आलसी आदमी को लोग पहले गाली देते हैं, फिर उसे समझने लगते हैं और फिर उसके जैसे ही बन जाते हैं। सच्चे आलसी व्यक्ति को आलस्य का प्रचार करने की आवश्यकता भी नहीं होती। उसका जीवन ही उसका संदेश बन जाता है। सुलोचन तो हमेशा से ही कहता था कि उसे चैन सिंह में आध्यात्मिक रूप दिखता है, वही रूप निखरकर आ भी रहा था।

विनय कोने में खड़ा होकर पानी पी रहा था, तभी उसके पास एक लड़की आकर खड़ी हुई। लड़की ने बताया कि वो वही है जो फ़ेसबुक पर विनय की कविताओं को लाइक और कमेंट करती है। उसे विनय की कविताएँ बहुत पसंद हैं। विनय ने बिना सोचे-समझे कह दिया कि उसे लगा कि कोई लड़का लड़की बनकर उसकी टाँग खींचने के लिए फ़ेसबुक पर यह सब कर रहा है। लड़की समझ नहीं पाई कि इसका क्या जवाब दे। विनय को भी लगा कि कुछ बातें मन में बोलने की होती हैं मुँह से नहीं। विनय ने बात बदलते हुए लड़की से पूछा कि क्या वह भी कुछ लिखती है! इसके बाद जो उन दोनों की साहित्यिक चर्चा शुरू हुई तो वह मीट के अंत तक चलती ही रही। विनय को अपनी विधा का साथी मिल गया था। अब उसे किसी और से मिलने की कोई ख़ास इच्छा नहीं बची थी।

विवेक स्टेज से उतरते ही एक बार सुरभि को देखना चाहता था लेकिन उसे बड़े हुजूम ने घेर लिया। वृहद स्तर पर विवेक से प्रश्न पूछे जाने लगे। क्या विवेक सोता था या नहीं? खाता था या नहीं? सोता था तो कौन से सर के पीरियड में सोता था? खाता था तो कितनी देर में खाता था? लाइब्रेरी में किस ओर बैठकर पढ़ना चाहिए? वास्तु का यूपीएससी में कितना महत्त्व है? एक अटेम्प्ट में परीक्षा निकल सकती है या तुक्का लगा है? अभी तक तो फिर भी प्रासंगिक सवाल थे लेकिन उसके बाद विवेक को सर्वज्ञ और महाबोधि प्राप्त हो ऐसा मानकर प्रश्न आने लगे। विज्ञान और भगवान में से किसे पसंद करेंगे? क्या पृथ्वी का नाश होने वाला है? क्या गाँधीजी ने वाक़ई देश आज़ाद कराया है?

विवेक प्रश्नों का स्तर देखकर घबराने ही वाला था की उचित समय पर उचित व्यवधान उत्पन्न हुआ।

सुनील अपनी सेना के साथ विवेक से मिलने आया था।

कॉलेज ख़त्म होने के बाद सुनील ने जिस जूनियर लड़की से बातचीत शुरू की थी वो भी सीनियर होकर कॉलेज से निकल गई थी। सुनील उससे भी जूनियर लड़की से बात चला बैठा। जब ये हुआ तो सुनील के खेमे में फिर गहन चिंतन शुरू हुआ था। इस बार का चिंतन टपरी की बजाय चूहे की दुकान पर हुआ था। चर्चा का विषय यह था कि यदि इस तरह ही चलता रहा तो सुनील भैया कुंवारे रह जाएँगे और जूनियर पर जूनियर सुनील भैया की वफ़ा और नेकी का फ़ायदा

उठाकर दिल तोड़ती जाएँगी। दूसरे पक्ष का कहना था कि इसमें सुनील भैया की भी थोड़ी गलती है। उन्हें कॉलेज के बाहर टपरे पर बैठना बंद कर गाँव जाकर प्रधानी लेनी चाहिए। सुंदर भी इसी पक्ष में था। सुंदर मन में बिना गाली के बग़ैर सोचता भी नहीं था। इसलिए उसने गालियों की आड़ में सोचा कि यदि सुनील भैया प्रधान नहीं बने तो वो कब तक फ़र्ज़ी आदमी का चेला बनकर रहेगा! सुंदर ने इसी बात को सबके सामने कहा कि यदि सुनील भैया प्रधान बन गए तो जूनियर तो क्या, जूनियर की सीनियर भी वापस आ जाएगी।

मीट में सुनील को महिमा तो दिखी थी लेकिन अब सुनील को लगा कि महिमा बहुत आगे निकल गई है इसलिए महिमा से क्या ही बात करेगा! लेकिन महिमा ने जैसे ही सुनील को देखा, वह सुनील के पास गई और हाय-हेलो के बाद सीधे पूछा कि वो कॉलेज में ज़्यादा अच्छी दिखती थी या अब? महिमा सुनील के जवाब का इंतज़ार नहीं कर पाई क्योंकि जूनियर्स की एक टोली फिर से महिमा के साथ फ़ोटो खिंचाने आ गई थी। लेकिन सुनील के खेमे में एक चर्चा फिर से शुरू हो गई। एक का कहना था कि जीवन में पहली बार हुआ है कि महिमा ने आगे आकर सुनील भैया से बात की है, नहीं तो सुनील भैया ही लार टपकाते हुए महिमा के पीछे घूमते रहते थे। लेकिन दूसरे पक्ष का कहना था कि उस बस के पीछे नहीं भागना चाहिए जो आधे किलोमीटर दूर रुककर फिर हॉर्न बजाकर आपको बुलाए। क्या पता ड्राइवर मज़े ले रहा हो और जब तक आप पास पहुँचो, वह फिर आधा किलोमीटर आगे भगा ले जाए। इसी मंथन के बीच सुनील को विवेक दिख गया था और प्रश्न पूछते हुए लड़कों को एक तरफ़ करते हुए सुनील ने भी अपना प्रश्न रखा, "अरे यार विवेक, ये बता मेरा आर्म्स लाइसेंस बनवा देगा क्या?"

जो प्रश्न विवेक से पूछे जा रहे थे उसके हिसाब से विवेक को ये प्रश्न सरल लगा, भले ही वो उसका उत्तर नहीं जानता था। विवेक अभी आईपीएस बना भर था, उसको नौकरी का 'क ख ग घ' भी नहीं आता था। विवेक ने सुनील को दिलासा दिया कि लाइसेंस बनवा देगा। विवेक पिंड छुड़ाकर सुरभि को ढूँढना चाह रहा था कि तभी चूहे ने भी एक प्रश्न दाग दिया। चूहा विवेक का मोबाइल नंबर चाहता था ताकि कोई भी उसकी गाड़ी रोके तो वह विवेक को फ़ोन लगा सके। विवेक ने चूहे को चेतक भैया का नंबर दिया और आगे बढ़ गया। विवेक

को पता था कि किसी दिन यदि इसने चेतक भैया को फ़ोन लगाया तो इतना ज्ञान मिलेगा कि यह ख़ुद चालान कटाकर आगे बढ़ जाएगा।

विवेक जब महिमा से मिलने पहुँचा तो भीड़ को पार करते हुए महिमा तक पहुँचना पड़ा। विवेक को समझ आया कि चाहे वह कुछ भी बन जाए महिमा की ख्याति को वह नहीं छू पाएगा। जब विवेक महिमा तक पहुँचा, वहाँ राकेश अपनी पत्नी और दो बच्चों से महिमा को मिला रहा था। राकेश गाँव का सरपंच बनना चाहता था लेकिन घर-परिवार की ज़िम्मेदारी में वह बच्चे सँभालता रह गया। राकेश अपनी बीवी को बताने लाया था कि वह किसी फ़र्ज़ी क्लास में नहीं था बल्कि उसके पास महिमा जैसे विकल्प भी थे फिर भी उसने अपनी बीवी को ही अपनी बीवी चुना।

महिमा ने विवेक को देखकर सैल्यूट ठोकते हुए बधाई दी। विवेक ने धन्यवाद कहते हुए सुरभि के बारे में पूछा। महिमा ने दिल्ली में उसके रूम, सुरभि की नौकरी और उनकी शॉपिंग की कहानी से शुरुआत की। विवेक ने बीच में बात काटते हुए महिमा से पूछा कि सुरभि अभी कहाँ है? महिमा ने कहा कि वो उसकी मम्मी थोड़ी है कि पग-पग पर उसका ध्यान रखे। वैसे भी इतने लोग उससे मिलने उमड़ रहे हैं।

विवेक वहाँ से निराश होकर निकलने को ही था कि महिमा ने विवेक को आवाज़ लगाकर कहा, “जब तुम स्टेज पर थे तो सुरभि तुम्हारे लिए बहुत ख़ुश थी।”

41

विवेक ने जैसे ही महिमा को सुना, वो जल्दी से जल्दी सुरभि से मिलना चाहता था। शायद अब वह जानता था कि सुरभि उसे कहाँ मिलेगी! उसने जल्दी से अपना बैग उठाया और ऑडिटोरियम के बाहर रवाना हुआ। सक्सेना सर ने विवेक को रोकना चाहा। वह विवेक को जताना चाहते थे कि उसकी सफलता में उनका कितना बड़ा रोल है। लेकिन विवेक 'थैंक यू सर, सॉरी सर' कहकर वहाँ से भाग निकला।

सक्सेना सर का कहना था कि वे सही सोचते थे। सफलता सबसे पचती नहीं है। विवेक को ही देख लो। उसके पास अपने शिक्षक से बात करने तक का समय नहीं है। लोगों को सक्सेना सर से सीखना चाहिए, ऐसा उनका सोचना था। एक सफल प्रोफ़ेसर होने के बावजूद वह अपने प्रोफ़ेसरों को समय पर सालगिरह और जन्म दिवस की बधाई देते हैं।

विवेक भागकर सीधे लाइब्रेरी पहुँचा। जैसा उसने सोचा था वैसा ही था। सुरभि वहीं बैठकर पढ़ रही थी, जहाँ वह पढ़ती थी। विवेक जब टेबल के पास पहुँचा तो सुरभि ने वैसे ही झल्लाकर चेहरा उठाया, जैसा उसने पहली बार सालों पहले किया था। सुरभि को लगा कि शायद लाइब्रेरियन सुरभि से कहने आया है कि कार्यक्रम वाले दिन तो कम-से-कम लाइब्रेरी को बख़्श देना चाहिए। लेकिन जैसे ही उसने विवेक को देखा, वह ठीक हो गई।

"अब लाइब्रेरी में क्यों बैठी हो?" विवेक ने मज़ाक़ किया।

"तुम मीट में क्यों आए हो?" सुरभि ने पूछा।

"अरे, प्रश्न का जवाब प्रश्न से! लेकिन पूछती हो तो बताता हूँ। दोस्तों से मिलकर यादें ताज़ा करने आए हैं मीट में।"

"मैं भी वही कर रही हूँ लाइब्रेरी में।"

विवेक को समझ आया कि सुरभि किताबों से दोस्ती की बात कर रही है।

विवेक ने मज़ाक़िया तंज़ कसते हुए कहा, "अच्छा! मतलब सारी दोस्ती किताबों से निभाओगी। हम से मिलने नहीं आई हो?"

"मिलना तो था। लेकिन अब कुछ लोग सेलिब्रिटी हो गए हैं। उनसे मिलने के लिए अपॉइंटमेंट लेना पड़ेगा।"

"ऐसा कुछ भी नहीं है। और यदि ऐसा थोड़ा-बहुत हुआ भी है तो औरों के लिए। जिन्होंने सेलिब्रिटी बनाया है उनके लिए नहीं।"

"यूपीएससी की तैयारी में बातें भी बड़ी-बड़ी करना सिखाते हैं क्या?"

विवेक ने हँसकर कहा, "वो तो तुमने मेरी स्पीच में देख ही लिया होगा।"

"मैंने पूरी नहीं सुनी। मैं लाइब्रेरी आ गई थी।"

विवेक समझ गया कि वो क्यों ऑडिटोरियम में सुरभि को नहीं ढूँढ पा रहा था। विवेक ने कहा, "स्टेज से मैं तुम्हारा नाम नहीं ले पाया लेकिन तुम्हारा मेरे सलेक्शन में बहुत बड़ा रोल है।"

सुरभि ने आँखें किताब में गड़ाते हुए कहा, "कोई बात नहीं। स्टेज पर नाम लेने के लिए मैंने तुम्हारा साथ दिया भी नहीं था।"

दोनों कुछ देर तक चुप हो गए। समझ नहीं आया कि क्या बात करें। विवेक को अभी भी सुनील भागकर उसकी ओर आते हुए दिख रहा था, फिर दूसरे ही पल में महिमा, सुरभि और विवेक का मज़ाक़ उड़ाते हुए दिख रही थी और फिर अगले सेकंड में सुरभि का वह चेहरा याद आ रहा था जब उसने विवेक को फटकार लगाई थी कि ये फ़िल्मी प्यार के बहकावे से बचे रहोगे तो पार हो जाओगे। और हुआ भी वही। जब तक विवेक तैयारी कर रहा था, नाव पर उसने ऐसा कोई भी पत्थर नहीं रखा जो उसे डूबा दे। यहाँ तक कि उसने सुरभि से बात करने तक का टाइम नहीं रखा था।

इसी उधेड़बुन में उसने अपने बैग में हाथ डालकर कुछ टेबल पर रखा। सुरभि उसे देखकर चौंक गई। उसने पूछा, "यह तुम्हारे पास अभी तक है?"

वह सुरभि के फ़र्स्ट ईयर के फ़ोटोकॉपी नोट्स थे जो सुरभि ने विवेक को दिए थे। विवेक ने यूपीएससी की तैयारी के दौरान भी सहेजकर रखे थे। कभी-कभी मन भारी होता तो उसे देखकर सुरभि को याद कर लेता तो मन का सारा कूड़ा साफ़ हो जाता। विवेक ने कुछ जवाब नहीं दिया। सुरभि हँस दी। वही लाइब्रेरी वाली हँसी थी। पूर्णिमा के चाँद जैसी तेज़ लेकिन शीतल। विवेक यही

देखना चाहता था। अब उनके बीच की मैली परतें हट चुकी थीं।

विवेक की सोच थी कि इन नोट्स को सुरभि के हाथों द्वारा लाइब्रेरी में ही रख देना चाहिए। किसी नये 'विवेक' के काम आ जाएगी। सुरभि का भी यही मानना था। दोनों देर तक बातें करते रहे और थोड़ी दूर लाइब्रेरियन उन्हें कुछ इस तरह देखता रहा कि कब दोनों निकलें और कब वह मीट में जाकर रसगुल्ले दबाए।

* * * * *

यह किताब अपने शीर्षक के अनुरूप गाँव और कॉलेज के बीच एक रोचक कहानी को सादे किरदारों के माध्यम से बुनती है। इसमें हास्य है तो व्यंग्य भी।

सृष्टि देशमुख, IAS

* * * * *

अगम जैन की किताब, वह गाँव जो हम छोड़ आए और वह शहर जिसको हम छोड़कर वापस जाना चाहते हैं, के ठीक बीचो-बीच की कहानी कहती है। हमारे समय की एक ज़रूरी किताब।

दिव्य प्रकाश दुबे, लेखक

* * * * *

उपन्यास का सरल कथानक गाँव और शहर के अंतर से लेकर आमजन और आभिजात्यता, अँग्रेज़ी और हिंदी आदि के बीच के अंतर को सहजता से स्पष्ट करता है। चुटीले-पैने व्यंग्य कहानी में रस भर देते हैं। कोई भी मध्यमवर्गीय छात्र इसके वातावरण में ख़ुद की ही कहानी को पाएगा और एक बार शुरू करने के बाद इस उपन्यास को पूरी तरह पढ़कर ही दम लेगा।

रवि कुमार सिहाग, IAS

* * * * *

लेखनी अत्यंत सरल एवं सहज है। बहुत ही प्रभावी व्यंग्यात्मक शैली में मानवीय भावनाओं को जिस प्रकार प्रकट किया गया है, वह तारीफ़ के क़ाबिल है। कहानी के विभिन्न अध्यायों को लेखक ने रोचकता के साथ इस प्रकार जोड़ा है कि एक बार उपन्यास शुरू करने पर इसे ख़त्म किए बग़ैर दम नहीं लिया जा सकता।

रोहित काशवानी, IPS

* * * * *

एक लेखक के तौर पर अगम जैन की लेखनी परिपक्व है, आपको कहीं से यह एहसास नहीं होगा कि यह हिंदी में उनका प्रथम प्रयास है।

मयंक पांडेय, IRS